京極派と女房

岩佐美代子
Iwasa Miyoko

笠間書院

はじめに

昭和から平成に至る長い年月を、戦争と敗戦の混乱を経て現在の平穏に至るまで、成行きに流されつつも、結局は幼少時から一番なじんだ日本文学に支えられて生きてまいりました。つく〴〵ありがたく、幸せであったと思っております。

本書は、女流文学関係・中世自照文学関係・京極派和歌関係の考察を中心に構成いたしました。うち、「紫式部のお宮仕え」は平成三年、平安文化博物館の特別展図録『光源氏と平安貴族』に書かせていただきましたもの。「自照文学の深まり」は昭和六十年十二月『国文学解釈と鑑賞別冊　日本文学新史　中世』に、編者小山弘志先生のおすすめで、おこがましいと思いつつ書きましたもの。「土岐善麿と京極為兼」は、平成二十三年、武蔵野大学「土岐善麿記念公開講座」での講話で、内容的には以前発表した所と一部重りますが、土岐先生の御功績をより具体的に知っていただきたく、「武蔵野文学館紀要」から再録いたしました。当日、先生の御子息がお聞き下さり、お喜びいただいたと後にうかがい、嬉しく存じました。

また、研究とは別に、その間何かにつけて綴りました雑文が大分たまりました。全くの私事に過ぎぬ閑文字ながら、これもまた研究以前に私の生き方の根本となった大切な要素として捨て難く、何の経験もない私に得難い職場をお与え下さった、伊原昭先生と国会図書館の方々、故池田利夫先生と鶴見大学の皆様、そして幼時から勉強の基本を養って下さいました女子学習院の諸先生への心からの感謝のしるしとしてまとめました。

最後のインタビューは、畑違いの政治経済関係雑誌「公研」からのお求めでしたが、聞き手の古屋隆氏が上手に話を引出して下さり、私の生き方全体をまとめるような形になりましたので、転載させていただきました。また付載の著作目録は、平成八年の退職時刊行「国文鶴見」二一号に、同僚の小野正弘先生が私にも言わず丹念に編纂して下さいましたものに、多くをよらせていただきました。両氏に心から感謝申上げます。

改めて見直しますと九十一年とは大変な歳月で、自分としては何の疑いもなく記した文言に注が必要になり、はてどう説明すれば現代的にわかるかと、当惑しばしばでございました。行き届かぬところは御海容下さいますようお願い申上げます。

京極派と女房——目次

歌舞伎狂の小娘

疑似ライブラリアンの記

大学時代から現在へ

インタビュー

女房生活追想

清少納言のお裁縫

二十年前、小論「女流日記の服飾表現」を発表した時、『枕草子』のそれをも一往考えようとは思ったのだが、実はそのあまりの多彩さに辟易《へきえき》し、且つは『日記文学研究　第二集』（一九九七、日記文学研究会、新典社）への寄稿という大義名分もあって、『枕』については頬被りを極めてしまった。以来、多年気にかかっていたのであるが、今回、別の意味で『枕』を見直しているうち、服飾表現そのものにまでは手が届かないが、その前段階、「裁縫」についてだけでも考えてみたいと思い立った。「お裁縫」が女子教育の重要な一科目であった頃の女学生の、「運針」や「四つ留《どめ》」で苦労した記念でもある。

本文は陽明文庫本を底本とする、渡辺実校注『枕草子』（一九九一、新日本古典文学大系）による。ルビは適宜取捨した。また『虞美人草』のルビは漱石自身の付けたものであるが、なお一部を括弧内に補った。

明治四十年（一九〇七）というから、思えば今から一一〇年の昔、東大・一高の教職をなげうって朝日新聞社に入社した夏目漱石は、その新聞小説第一作『虞美人草』の一節に、二階座敷に寝そべって日向ぼっこの兄、宗近君と、裁縫《しごと》をしながらの妹、糸子さんとの無邪気なおしゃべり、当時当り前であった家庭生活の一こまを、読者の誰の眼にもあり〳〵と見えるように、実に上手に描写している。

○針を離れぬ糸子の眼は、左の手につんと撮《つま》んだ合せ目を、見る間に括《く》けて来て、いざと云ふ指先を白くふつくらと放した時、漸く兄の顔を見る。

○針の針孔《めど》を障子へ向けて、可愛らしい二重瞼《ふたへまぶち》を細《ほそ》くする。

○紺の糸を唇に湿《しめ》して、指先に尖《とが》らすは、射損《そく》なつた針孔《めど》を通す女の計《はかりごと》である。

○「どこか其所《そこ》いらに鋏《はさみ》はなくつて」

「其《その》蒲團の横にある。いや、もう少し左。――其鋏に猿が着いているのは、どう云ふ譯だ。洒落かい」

「是《これ》？‥奇麗でせう。縮緬《ちりめん》の御申《さる》さん」

当時の日常生活そのもの、そして三十余年後、昭和十年代に少女時代を過した私にとっても同様に、実に生き〳〵とした実感のこもる、楽しい語り口であるが、漱石といえば『こころ』と刷りこまれ、「括《く》ける」や「御申《さる》さん」にも注釈が必要（でも、どう説明したらわかる？）となった現代、こんなに美しい、生活文化の活きた描写が、格別の評価も受けず、作品そのものと共に忘れ去られたような形となっている事が、残念でならない。

優雅な服飾表現が、『源氏物語』はじめ古典女流文学作品の特色である事は今更言うまでもないが、その実際の調製――漱石言うところの「裁縫《しごと》」の実態描写は多くない。妻の地位をめぐり、仕立物記事が特別の意味を持つ『蜻蛉日記』でも、その実況としては「きたなげなくして」（下巻、天延元年十月一日）の程度。わずかに『源氏』野分の巻、嵐の翌朝、急の冷えこみに冬物の用意をはじめる花散里の女房達、また手習の巻の、浮舟が自身の為の法要の料の調製に、手伝いを求められて思いに沈む皮肉な場面の、単なる「裁縫」描写ならぬ効果の程が、さすが、と感銘され、その他には『紫式部日記』大晦日の夜の引きはぎ事件の直前、内匠の蔵人が、「あてきが縫ふものの、かさねひねり教へ」ている場面ぐらいのものであろうか。

ところが、外ならぬ紫式部に「したり顔にいみじう侍りける人」「さかしだち、真名書きちら」す、と、女らしくなさを非難された清少納言の『枕草子』にこそ、千年の昔からの女の「しごと」であった裁縫、それをめぐる女性の心と姿とが、実に楽しくユーモラスに活写されているのである。

○ねたき物……とみの物縫ふに、かしこう縫いつと思ふに、針をひきぬきつれば、はやくしりをむすばざりけり。又かへさまに縫いたるもねたし。（九一段）

しゃくにさわるもの。急ぎの縫い物、「出来た！」と針を引き抜いたら、結び玉を作っておかなかったから、あら、お尻から抜けてしまってやり直し。また裏返しに縫ってしまったくやしさ。その実例として、続けて、

○南の院におはします比、「とみの御物《おもの》なり。たれも〳〵時かはさず、あまたして縫いてまいらせよ」とて給はせたるに、南面にあつまりて、御衣《おんぞ》の片身づゝ、たれかとく縫ふと、ちかくも向はず縫ふさまも、いと物ぐるをし。命婦の乳母、いととく縫いはてて、打をきつる、ゆたけの片《かた》の身を縫いつるが、そむきざまなるを見付《みつけ》で、とぢめもしあへず、まどひをき《お》てたちぬるが、御背あはすれば、はや

くたがひたりけり。笑ひの、しりて、「はやく是《これ》縫いなをせ《ほ》」といふを、「たれあしう縫いたりとしりてかなをさん。綾などならばこそ、裏を見ざらん人もげにとなをさめ、無紋の御衣なれば、なにをしるしにてか、なをす人たれもあらん。まだ縫いたまはぬ人になをさせよ」とて聞かねば、さいひてあらんやとて、源少納言、中納言の君などいふ人たち、物うげにとりよせて縫い給《たまひ》しを、見やりて居たりしこそをかしかりしか。（同上）

急の下命を受けた女房達の行動、心理が、目に見るように描写されている。おっとりと雅びやか、と想像される宮廷生活の一面に、こうした臨時の仕立物騒動もあった事は、積善寺供養の折、同寺着御の遅延したについての定子の説明として、

○「ひさしうやありつる。それは大夫の、院の御ともにきて、人に見えぬる、おなじ下襲《したがさね》ながらあらば、人わろしと思《おもひ》なんとて、こと下襲ぬはせ給ひけるほどに、をそきなりけり。いとすきたまへりな」（二五九段）

とある、大夫――道長の、「又あれを着てる」と思われたくないというお洒落感覚からも類推される。

このような「とみの」裁縫に当っては、とりあえず居合わせた女房らが、手ばしこく対応しなければならず、その為には、

○みじかくてありぬべき物　とみの物ぬふ糸。（二一七段）

という心得が必要。昔よく聞かされた、「下手《へた》の長糸《ながいと》」という諺が思い出される。また『虞美人草』の糸子さんの若さでも多少の「計《はかりごと》」を要する、針の糸通しの情景、

○心もとなき物……とみの物ぬふに、なまくらうて、針にいとすぐる。されどそれはさる物にて、ありぬべき所をとらへて、人にすげさするに、それもいそげばにやあらん、とみにもさし入れぬを、「いで、たゞ、なすげそ」といふを、さすがに、などてかとおもひ顔に、えさらぬ、にくささへそひたり。（一五三段）

清少納言のいら〳〵がこちらまで伝わって来るようで、実感あふれ、まことに面白い。

○はるかなるもの　半臂《はんぴ》の緒ひねる。みちの国へいく人、逢坂こゆるほど。生れたるちごの、おとなになるほど。（一〇三段）

誰もが首肯するであろう、東北旅行の道程・嬰児の生い先の遙かさに先立って挙げられる「半臂の緒」。長さ一丈二尺（約四米）というから、往復八米を、裁目に糊をつけ、ほつれぬよう延々とひねり止めて行かなければならない。見ただけで、「フウー、うんざり」と思う、作業する女性の本音が聞えるよう。現

実体験から来る具体性が、この短章を観念的な一般論となる事から救い、思わず微笑んで納得するものとしている。

「お裁縫」の結果として、裁ち残しの小切れ、「裂帛《さいで》」が出る。捨ててしまってもいいようなものだが、何だか捨てられない。何かになるかしら、と、とっておく。

○すぎにしかた恋しき物……二藍葡萄染などのさいでの、をしへされて草子の中などにありける、見つけたる。（二七段）

すっかり忘れてぺちゃんこになったのを、思いがけず物の間から見つける。ああ、これ、あの時のおべべの残り切れ。好きだったなあ、あの着物。誰さんにあげちゃって、惜しかった。――そんな事を思って暫し眺め、懐旧。やがて何もせずにもとの物の間に挟み、それっきり忘れてしまう。そんな体験は、女の子なら誰にもあるはず。きわめて簡潔、しかも実感にあふれた、見事な断章である。

「香炉峰の雪」（二八〇段）の逸話に代表される、「才女」のイメージを離れて、こうした片言の中から浮ぶ清少納言の面影をしのぶ時、頭弁行成が悪口まじりに言う、「思はしかるべき人」の条件――

○目はたゝざまにつき、眉はひたいざまに生《お》ひあがり、鼻は横ざまなりとも、たゞ口つき愛敬づき、おとがひの下、くびきよげに、声にくからざらん人……。（四六段）

口元が愛らしく、あごの下がちょっと撫でてみたいぐらいきれいで、声の魅力的な人、という、個性的な姿が浮び上って来る。格別の美人ではないが愛嬌があって好ましい、そんな女性が小袖袴に袿を楽々と着流して、手には桧扇ならぬ針と糸、急ぎの「裁縫《しごと》」なのに、めどに糸が通らない、ああ、じれったい……。そんな清少納言を想像すると、『枕草子』は、もっともっと身近な楽しい作品になるのではなかろうか。

『源氏』ばやりの世の中だけれど、『枕』はまた全然別物。皆様、たまには「中関白家没落の悲劇」というようなお堅い関心を離れて、気楽に面白く『枕草子』を読み直してみませんか。他のどんな文学作品にもない、宮廷女房の裃《かみしも》を（裳・唐衣を？）脱いだ楽しい日常が味わえると思うのですが。

紫式部のお宮仕え

一　私のお宮仕え

　紫式部が宮廷女房であるとは、言うまでもない事。しかしその実態がどのようなものであったかは、必ずしもよくわかっているわけではありません。春秋の京都御所公開の時に飾られる十二単のお人形や、石山寺で筆を手に月を見上げているおなじみの姿では、その内面までは想像のしようもありませんし、自ら綴った『紫式部日記』も、お宮仕えの体験・階級社会の感覚の失われた現代では、解釈が詳細になればなる程、かえってわからない所がふえる一方です。私は中世和歌・日記の研究者ですが、どうした廻り合せか、少女時代に大変昔風のお宮仕えをつとめました。その体験から『紫式部日記』を読みますと、研究とは別に、深く共感し、うなずく所が多々ございます。そんな人間から見て、式部のお宮仕えのありようがどう見えるか、という事で、素人論議ながら書かせていただきます。

　私のお宮仕えいたしました方は、昭和天皇の第一皇女、現天皇のお姉さまに当られます、照宮成子内親王さまでいらっしゃいます。大正十四年（一九二五）御誕生、昭和十八年（一九四三）御成婚、東久邇宮盛厚《ひろ》王妃となられ、敗戦によって皇族籍を離れて一市民として五人のお子さまをお育てになり、昭和三十六年（一九六二）、三十五歳のお若さでおかくれになりました。私はたまたま学齢が同じであったために、満四歳から折々皇居や葉山御用邸に上ってお遊び相手をし、学校では六十人の同級生の中でも、身長がほとんど同じというような事で、しばしば机を並べるなどして、当時の女学校課程御卒業まで、前後十三年をすごしました。先生方の御教育方針もきびしく、今にして思えば随分辛い窮屈なおつとめではございましたが、子供心にも宮さま大事の一念で、黙って辛抱し通した少女時代だったと思います。

宮さまは、お小さい時から、定子皇后の闊達な才気と彰子中宮の沈着な洞察力を兼ね備えた、実にお美しい方でいらっしゃいました。『源氏物語』の冒頭、幼い光源氏に向けられた、「かかる人も世に出でおはするものなりけり」という世人の嘆声は、私には作り物語ではなしにつくづくと実感できます。本当にすぐれた高貴の方は、幼くしてすでに、「この方のためなら命もいらない」という程の、恋にも似た強い感動を、周囲の人々にお与えになるものなのです。そしてそうした主君をいただいた時にこそ、女房は奉仕の思い出を日記に綴るのです。

定子皇后と清少納言がめぐりあって『枕草子』が生れ、彰子中宮と紫式部がめぐりあって『紫式部日記』が生れたのは、何とすばらしい事だったでしょう。両作ともに、主君讃美の言葉には阿諛《あゆ》追従《ついしょう》の影もなく、主君と自己との個性の交流を見事に描き切っております。下って私共は、そのような文学をこそ成すことはできませんでしたが、六十人の同級生、誰一人として、十三年間、宮さまにお世辞お追従を申し上げた事も、利用しようとした事もなく、真実、宮さまの御ためとのみ思ってすごした事を、誇りに思っております。

二　内の女房と宮の女房

一口に宮廷女房といっても、内裏に所属する「内の女房」と、皇后・中宮に奉仕する「宮の女房」とは性格が違います。

「内の女房」は、基本的には令制によって身分・職掌・待遇のきちんと定められた公務員です。はじめは後宮十二司といって、十二の役所がありましたが、そのうち天皇に近侍して廷臣との連絡役をつとめ、三種の神器を扱い、礼式を司る「内侍司」だけが特別に発達し、命婦《みょうぶ》・女孺《にょじゅ》等の女官を指揮して宮廷経営に当りました。他の司は衰退して下級女官のみとなりました。尚侍《ないしのかみ》は実務につかぬ貴女で、天皇の后の一人となりますので、公務上は典侍《ないしのすけ》・掌侍《ないしのじょう》（いわゆる内侍）が最も活躍します。神器の守護、諸廷臣との事務的折衝に責任の持てるしっかりした人が、中級公家の女《むすめ》から選ばれるものです。その下につく女官らも含めて、実務家型女房と申せましょう。

これに対して、「宮の女房」は、一部に後宮事務を取り扱う公務員的な人もおりますものの、多くは皇后・中宮の里方からつけられた、私的な侍女です。彼女らには公的な役職はなく、あまたの后妃の中でも我が御主人様に天皇の御寵愛、廷臣らの信望が集るよう、華やかな演出、気のきいた応待で、天皇はじめ公卿殿上人の関心をひきつけるのが大切な役割です。定子皇后のための清少納言の活躍は、その典型的なものでしょう。どんな形にせよ、御主人に箔をつけるのが目的ですから、紫式部のように才能を買われて出仕する人もあれば、さして能はなくとも、良い家柄のお姫様が懇望されて出る場合もあります。教養型、ないしは装飾的女房とでもいう事になりましょうか。

宮廷というと、いかにも身分関係のやかましい、上下の別のはげしい世界とお考えの向もあるかもしれません。しかし案外そうでもない所もあるのです。上御一人《かみごいちにん》（天皇なり皇后なり、臣下から見て直接奉仕する貴人の敬称）に対しては、廷臣は皆、臣下という点で平等ですし、臣下はそれぞれ自分の職務については他の干渉を受けない権威を持っております。これは女房も同じことで、特に「内の女房」は最も生活的、直接的に天皇に奉仕する役柄とて、職責上廷臣と対等にわたりあい、てきぱきと事を処理して行きます。扇で顔をかくす位のたしなみはあっても、男性の前に姿を見せ、直接会話をかわすのは日常普通の事ですし、言わず語らず政治上の機微にも通じております。その姿は「宮の女房」から見れば、一寸けむったくもあり、うらやましくもあり、「でもあんな女らしくない事、私にはできないわ」という所でしょうか。ともかく主上側近という事からも、やや敬遠したい存在だったろうと思われます。

一方「宮の女房」は、対外的には御主人の飾りとなる事が第一の役割です。お側を取り囲んで優雅な雰囲気を盛り上げ、訪問する公卿殿上人に姿を見せるような、見せぬような思わせぶりの態度で、気のきいた、また艶なやりとりをし、面白いとか奥床しいとかいう後宮の個性をアピールします。廷臣らは、身分的には女房より格段に高くとも、女房の後にある皇后・中宮、更にその後に控える里方の権門を考慮に入れますから、女房をも丁寧に取扱い、決して威張ったりしません。多忙な「内の女房」から見れば、そのつとめぶりは呑気なものとも見えましょうが、はっきりした任務分担がないだけに人間関係がむずかしく、また装束なども贅を競うことになりがちで、内実はなかなか苦しい。すぐれた御主人ならおっとりした姫君のようでもきちんと人事管理には目を配り、何かの折にはピシリと叱られもします。華やかなようでもやはり「すまじきものはお宮仕え」でもありましょう。

このように、何かと辛い事はありましても、一国の政治と文化の中枢に身を置き、高貴の方々に親近し、男女平等、広い社会をエンジョイできる女房生活は、それこそ三日したらやめられないという所で、専業主婦におさまって「えせ幸い《ざいわ》」などに満足している人の気が知れない、と清少納言も言っています通りです。紫式部も何とか彼とか言いながら、やっぱり里下りすると宮中が恋しい気持を綴っております。

三　清紫二女、それぞれの役割

上に述べましたような「宮の女房」の役割が、最も効果的に生き生きと機能したのは、おそらく定子皇后の後宮であったと思われます。正暦元年（九九〇）藤原道隆女定子が一条天皇中宮となられた時、天皇は十一歳、定子は十五歳でした。そして三年後、十八歳の定子のもとに三十歳近い清少納言が初出仕して、枕草子の時代がはじまります。ここに見る定子の女房管理ぶりは活殺自在、実に鮮やかで、清少納言をのびのびと活躍させせつつも、決して彼女ひとり御ひいき、という印象を与えず、誰をでも殿上人がほめたと聞けばお喜び下さる、調子に乗りすぎれば陰に陽にたしなめられる、その手綱さばきは天才的とも申せましょう。

しかしやがて中関白家《なかのかんぱく》は没落し、長保元年（九九九）、道長が十二歳の彰子を二十歳の一条天皇に女御として進めた時、定子はすでに出家しておられました。翌年、中宮の位も彰子に譲って皇后となり、その年末に二十五歳でなくなられます。しかし天皇は依然として心中深く定子を愛しておられましたし、その中宮時代の、あの華やかでウィットに満ちた後宮の思い出は、公卿殿上人の脳裏からも容易に拭い去られはしなかったはずです。それに、後宮にはまだまだ、成熟したライバルの女御達――義子・元子・尊子らがおられます。いくら怜悧でも、まだ少女の域を脱しない彰子を中心に、どうしたら天皇・廷臣の心をとらえ、他の女御達に乗ぜられぬ、魅力的な後宮が演出できるか。

おそらく道長は、定子のような個人的才幹のみに頼った、自由奔放な後宮づくりの限界を見据え、もっとはっきりした政治的意志による、失敗を許さない完璧な管理体制を持つ、新しい後宮経営をめざしたのではないでしょうか。そのために、零落してもなお軽快瀟洒な特色を保った定子後宮に対抗して、思い切って豪華重厚な調度・人材で、幼い中宮をカバーし、格式の高さを誇示して、先ずライバルに対する優越性を確保したものと思われます。そんな中の一つの布石として、紫式部の出仕もあったことでしょう。

式部が宮仕えに出たのは、寛弘二年（一〇〇五）頃かと言われております。彰子入内後六年、道長の後宮経営策の一環としてはややおそすぎるようにも思われますが、またかえってそこに、道長の微妙な思わく、式部の苦しい立場が想像されます。「中宮もすでに十八歳。もうそろそろおめでたの気配があってもよさそうなものを……。それに、毛並のよさが自慢で集めた女房達も、おっとりとお上品なばかりでもう一つ迫力がない。ここは一つ、文名高い為時女（『源氏物語』をどの程度書いていたかは別問題として）をスカウトして、世間をアッと言わせてやろう」。これ位の事を道長が考えても当然でしょう。一方、若き日の夫宣孝との贈答歌を見ても、ピリッとした利かぬ気のなみなみならぬものの感じられる式部の方では、万事御主人の意に従わねばならぬお宮仕えは気に染まず、不特定多数の男女に接して心ならぬ行動も義務づけられる女房生活などまっぴら願い下げ、という所ですが、道長の命を拒めない父為時の身分を思えば自分を殺して出仕せざるを得ず、度重なる懇請についに腰を上げたのでしょうか。

それにしても、一旦決意した以上、式部の心中には、自分でなくてはできぬ、独自のお宮仕えを、とひそかに期するものがあったはずです。いやいや押し出されたのだと他人のせいにしてすますような、いいかげんな人ではありませんから。その時、モデルとして考えたのは、やはり定子と清少納言のような、肝胆相照らす主従関係だったでしょう。しかし、現実は必ずしもそうは行きませんでした。

四　彰子と紫式部

彰子は入内のはじめ、一条天皇が笛を吹いて聞かせながら、「ほら、こっちをごらん」とお誘いになった時、「笛をば声をこそ聞け、見るやうやはある」とおっしゃったという、無邪気で闊達なかわいいお姫さまでしたが、一方同じ頃に、生物知り《なま》の人が出しゃばって大失敗したのを、大変はずかしいものと身にしみて感じられたという体験もあって、定子とは対照的に、無難穏健を第一とし、女房達も目立たず静かなのがよろしい、御自身も特定のお気に入りの女房を作らず、平等公平に誰にでも接しようという態度を取られました。それはたしかに中宮という公的立場からは正しく、えこひいきや思いあがりから来る政治的破綻を後宮から起してはならぬという、道長の宮廷管理方式にそった事でもあったでしょう。

しかし、なま身の人間の感情は、そう簡単に管理できるものではありません。一定の職務分掌に専心すればよい「内の女房」なら、またはなまじ大して魅力的でない御主人をいただく通り一遍の「宮の女房」づとめなら、それでもよろしいでしょうが、あいにくと彰子は包めば包むほど、「宮の御心あかぬ所なく、らうらうじく心憎くおはします」すぐれた人柄でした。気の進まぬながらに初出仕した式部は、直ちにそれに魅せられたに違いありません。何程か教育係的役割を期待されていたとすれば、得難い逸材を与えられた喜びは大きかったでしょうし、教養的・装飾的女房の役割に甘んじるとしても、この方のためならば清少納言・斎院中将ともまた異なる独自の形で、その後宮を盛り上げてあげる事ができる、そのために余生を捧げても惜しくはない、と思ったことでしょう。その、彰子に惚れこんでしまった式部の心に、一律に無難公平という管理的お宮仕えは辛いものでした。

当初から彰子の後宮づくりに参加したのなら、または、「物語好み、よしめき歌がちに、人を人とも思はず、ねたげに見おとさむ」人という先入観なしに迎えられたのなら、事情は少し違ったでしょう。それがそうは行かないのが浮世の廻り合せというものか。彰子を心から敬愛しながら、人前であからさまにそれを表明しかねるつつましさ、彰子の「いとうちとけては見えじとなむ思ひしかど、人よりけにむつましうなりにたるこそ」という遠慮がちの仰せを、せめてもの愛顧として胸に畳むもどかしさ。こうして、「一といふ文字をだに書きわたし」さず、才能も愛情も押え押えて生きている私は一体何なのか、道長の収集した物珍しい調度の一つとして存在するにすぎないのかという空しさ。お宮仕えの体験者としてはつくづくと身につまされる、奉仕者の立場の根本的な辛さです。

けれどこの葛藤ゆえにこそ、『枕草子』とはまた全く性格を異にする、『紫式部日記』という名作は成立しました。一方の『枕草子』もこの日記との対照により、一層の光を放つのです。

五　日記に見る紫女の思い

『紫式部日記』を読んでおりますと、この作者は何とまあ複雑な、心のひだの深い人だろうと思わずには居られません。その冒頭、秋のけはひ入りたつままに、土御門殿の有様、言はむ方なくをかし。池のわたりの梢ども、遣水のほとりの草むら、おのがじし色づきわたりつつ、大方の空も艶なるにもてはやされて、不断の御読経の声々、あはれまさりけり。やうやう涼しき風のけはひに、例の絶えせぬ水のおとなひ、夜もすがら聞きまがはさる。

御前《おまへ》にも、近うさぶらふ人々、はかなき物語するを聞こしめしつつ、なやましうおはしますべかめるを、さりげなくもてかくさせ給へる御有様などの、いと更なることなれど、うき世の慰めにはかかる御前をこそたづね参るべかりけれと、うつし心をば引きたがへ、たとしへなくよろづ忘るるにも、かつはあやし。

たったこれだけの文章の奥行きの、何と広く豊かなことでしょうか。

先ずは初秋の土御門殿の清朗な夕の風情がうたいあげられ、風の動き、水音にまじって聞える御読経の声々は、御産近きを暗示します。そしてその主、中宮の、御伽《おとぎ》の女房達にも悩ましさを見せぬさりげない心遣い、もてなしの美しさ。物思い深い身の、ためらいながらの出仕でありながら、やはり最高の御方に奉仕する喜びに魅せられてすべてを忘れる、その心の我ながらあやしさよ。——宮仕え人の思いのすべてがここに凝縮されたような密度の濃い文章です。

紫式部ほどの人を、内心のさまざまの葛藤にもかかわらずお宮仕えに引き出し、「うき世の慰めにはかかる御前をこそたづね参るべかりけれ」と言わせてしまった彰子。しかし日記の中には、その具体的な姿態・容色は、たた一箇所しか描かれていません。しかもそれは、皇子誕生の喜びに湧くことごとしい祝賀行事の中で、一人何心もなく純白の臥所《ふしど》に眠るお姿です。

御帳のうちをのぞき参らせたれば、かく国の親ともてさわがれ給ひ、うるはしき御けしきにも見えさせ給はず、少しうちなやみ、面やせて、大殿ごもれる有様、常よりもあえかに、若く美しげなり。小さき燈炉《とうろ》を御帳のうちにかけたれば、くまもなきに、いとどしき御色合の、そこひも知らず清らなるに、こちたき御髪《みぐし》は、結ひてまさらせ給ふわざなりけりと思ふ。かけまくもいと更なれば、えぞ書き続け侍らぬ。

無心の寝姿ゆえにこそ、式部の心の中では、平生互いに遠慮がちな中宮との対話が、見事に成立っています。彰子は夢にも知らぬ事ながら、式部にとってはこの一瞬が何物にもかえがたい、お宮仕えの至福の一時だったに違いありません。

それかあらぬか、のちに源氏物語御法《みのり》の巻、紫上の死顔を、平生ひそかな恋心を抱きながら疎遠にもてなしていた夕霧が、大殿油をかかげてしみじみと見る場面に、このイメージが使われています。

御髪《みぐし》のただうちやられ給へる程、こちたくけうらにて、露ばかり乱れたる気色もなう、つやつやと美しげなるさまぞ限りなき。燈《ひ》のいとあかきに、御色はいと白く、光るやうにて、とかくうち紛《まぎら》はすことありし現《うつつ》の御もてなしよりも、言ふかひなきさまに何心なくて臥し給へる御有様の、あかぬ所なしと言はむも、更なりや。

義母と主君と、立場は違いますが、心からの愛慕の情をあらわし得ない辛さ、他人とは違う真心を披瀝しかねるもどかしさは同じです。夕霧の紫上への思いに重ねて、式部の中宮への思いをよみとるのは、私の深読みにすぎないでしょうか。

六　この君とこの女房と

『枕草子』に描かれた皇后定子の姿は、その悲運にもかかわらず明るく華やかで、生き生きと躍動しています。『紫式部日記』に描かれた中宮彰子の姿は、その栄光にもかかわらずおだやかにつつましく、可憐さの中に静かな威厳をたたえています。それぞれに、この君あってこそこの女房があり、この名作が成ったのだと思わずには居られません。

それにくらべたら私のお宮仕えなど、三文のねうちもありはしない事は言うまでもありませんが、それにしても御主人様だけは、定子・彰子にもひけを取らないすばらしい方でいらっしゃいました。それは宮さまを存じ上げておられるすべての方が、首肯なさる事と存じます。そのようなすぐれた方に奉仕し、お宮仕えの哀歓を他の読者・研究者以上にしみじみと共感しつつこれらの作品を読める幸福を、今にして深く思いますと共に、今は昔の夢となったこのような世界を、現代の方々によりよく理解していただきたく、「宮さまの御事は他へもらさぬもの」という長年のたしなみを振り切って筆にいたしました。不都合な点はお見許しいただきたく、この小文でなま身の女房としての紫式部の、片鱗をだけでも想像していただけましたなら、望外の喜びでございます。

「はだかぎぬ」あれこれ

女房装束というと誰でもすぐに、あのきらびやかな十二単を思いうかべるが、中世も南北朝まで下って来ると公家社会の経済は逼迫《ひっぱく》して、彼女等もそう優雅に着飾っては居られなくなる。この時期の女房日記を読んでいると、見なれない衣裳の叙述があらわれてとまどう事が多い。光厳天皇の典侍を勤めた日野名子の日記、『竹むきが記』にたった三回だけ見える、「はだかぎぬ」という言葉もその一つである。

「女房のしやうぞく、元三の程はものゝぐなるべし。四日ははだか衣、五日よりはうち〳〵すがたにてうす衣どもなり。（中略）七月十五日、はだか衣也」。これは元弘二年（一三三二）の正月衣裳の記事。これによれば「はだか衣」とは「ものゝぐ」（裳唐衣の正装）と「うち〳〵すがた」（平常着）との中間の、略礼装ともいうべきものであったらしい。古く桜井秀氏は「室町盛世に於ける女装の起源と竹向日記の服飾史的価値」（考古学雑誌六巻六号、大5・2）という論文において、「かゝる名称の服制は絶えて他書の載するを見ず」（圏点原文）と言いつつも、野宮家伝本「衣装寸法」の朱字書入に「ハダカ単トハ束帯ノトキ打衣袙ヲ不著ヲ云々」とあるのを引いて、「はだか衣」とは「「衣」と袴のみを用ゐ表著・唐衣の類を用ゐざる者」と定義しておられる。以来百年、服飾史の研究も『竹むきが記』研究も、それぞれに進展してはいるものの、「はだか衣」については桜井氏説にまさる新見はあらわれない。私も『竹むきが記』以外に何か用例はないかといろいろの文献を注意して見ているが、今の所他の用例を見出すに至らない。

「はだか」とは何もヌードの事ばかりではない。覆うもののない事、あるべき飾りのない事が「はだか」である。鞍を置かない馬が「はだか馬」、櫓や塀を失った城が「はだか城」。されば重袿・表著・唐衣・裳など、本来あるべき礼装用服飾をすべて省略し、広袖の衣一枚を小袖袴の上にはおる事で礼装のしるしとした姿を「はだか衣」と称したのであろう。そう解するのがいかにも妥当と思われるのが、『竹むきが記』における、残る一つの用例である。元弘の変の折、一旦は笠置へ持ち去られた神璽の筥が内裏に返し納められるに当り、作者は損傷したその外装を裹《つつ》み直す大役を承わった。「朝がれゐの大しやうじにてからげきこゆ。はだか衣也。（中略）きぬの袖をだにはづさず、うち返しなど(注)いたせぬ事なれば、いとからきわざにぞ侍し」。新調の布で裹み直した上を組紐で絡《から》げるのに、ぞろぞろした衣の広袖など肩脱ぎしてしまいたい所だが、神璽に対しそんな失礼な事はできない。筥をひっくり返してギュッと絡げれば簡単なのだが、とんでもない。そんな粗相な扱いは禁物。――そういう作業の大変さ、作者の緊張ぶりが、「はだか衣」に関する桜井氏説を肯定する事によって如実に目の前にうかんで来る。支証となる他作品の用例はないが、桜井氏説を正解と認めて誤りないであろう。

元弘年間（一三三一～三四）においてはまだまだ「もの、ぐ」が本来的正装であるという観念が誰の頭にもあったから、これに対して「はだか衣」と言われたのだが、あと百五十年もたつかたたぬうち、同じ服装が「きぬはかま」と呼ばれて、晴の場所で通用するれっきとした正装に成上ってしまったらしい。永享九年（一四三七）十月二十一日、後花園天皇が将軍足利義教の室町第に行幸の時には、「女房達みなきぬ袴なり。伏見殿の南の御方（天皇生母、敷政門院幸子）参らせ給。御衣袴也」（群書類従巻第四〇、同日行幸記）と堂々と記されている。「下克上《げこくじょう》する成出者《なりでもの》」（建武二年二条河原落首）は人間社会のみならず服飾界にも言葉の世界にもあったようである。「はだか衣」の語の用例の少いこともそれで説明がつこうか。

ついでに書きそえると、昭和の初めから貞明皇后（大正天皇皇后、九条節子《さだ》）に命婦としてお仕えし、二十六年（一九五一）崩御まで奉仕した私の義母は、今参り当時ほんとうにこの「はだか衣」姿で、御所の拭き掃除から何からしたそうである。髪はおすべらかしを略した「お中《ちゅう》」という形、袴は切袴、衣は壺折のようにはしょって（「おかいどり」というスタイル）、「きぬの袖をだにはづさず」……。冬はゴリゴリの袴ですれて、内股にひびがきれたという。「いとからきわざにぞ侍し」とはこの事。そんな生活をしていた女房が、つい九十年前までは現実に居たのである。片々たる女房日記一つ、おろそかには読みすてられない。

［注］「い」は「は（ハ）」の誤写であろう。「ひっくり返しなど、もちろん（将《は》た）してはならぬ事だから」。

中世自照文学考

自照文学の深まり――『方丈記』より『とはずがたり』へ――

一　中世自照文学の特質

「自照文学」（自己観照、自己返照の文学）といえば、直ちに中古女流日記――自己を素材とし、心の内部に深く食い入って行く自己告白的文学、公的、社会的事実の単なる記録を超えて「私」の内面に徹し、半生を追懐してかくあるべかりし自己を確認する私小説的回想記という性格が思いうかべられる。しかし中世に入るとこの様相はやや変化する。

保元平治の乱に平安京三百六十年の泰平の夢を破られて以後、応仁の乱による最終的荒廃に至るまでの三百年間に、京洛の地は幾多の兵乱と天災を送り迎え、それに伴う社会不安と、旧来の支配体系たる公家政権の威信失墜をまのあたりにして、自己存在の基底をゆるがされた男性知識人層の中には、このような時代に生きねばならぬ自己の生を顧み、その内心を、公式漢文体の規矩を脱した自由な和文体で思うままに表現したいという願望が強まった。一方、急速に昔日の栄光を失いつつある宮廷に実務をもって奉仕する女房らは、自己内面の追求もさることながら、身をもって体験した宮廷文化の生きたあり方をあるがままに如実に語り残すことにも、使命感と意欲とをもって取り組んだ。更に、政治の中心が京・鎌倉の二極に分裂したため、交通は活発となり、知識人の往来の増加に伴い、旅という非日常的世界にあってはじめて味わいうる新鮮な見聞と、新たな視点による自己省察とを主題とする「紀行」が、独自の発達をとげた。

かくて、中世自照文学は中古のそれとは趣を異にし、現実生活の事実により密着して、社会と自己とのかかわりを通じ、その中に生きる自己のあり方を照らし出して行く、という方向に進んだ。中古中世のはざまに栄えた平家文化圏を舞台に、公達資盛との悲恋を綴る『建礼門院右京大夫集』にしても、私家集というより日記文学の性格が強く(注1)、平家の華麗な世盛りと悲痛な没落という社会的事件を身をもって体験した上で、極限的な悲歎そのものをかく確かに見、語りうる右京大夫の意志力、構成力、表現力は、中古文学の主情性から中世文学の知性、社会性へと一歩を踏み出したものである。作者の悲歎は個人のそれであると同時に平家関係者すべてのそれであり、更に時代を越えて戦いに愛する者を失ったあらゆる人間の悲歎につながりうるという普遍性を獲得している。単に抒情的、感傷的であるばかりでなく、個人と社会の葛藤をえがく中世自照文学の先駆とみなしてよい、注目すべき作品である。

時代の展開につれ、『方丈記』『とはずがたり』『海道記』のような、中世ならではの名作が生れて来るが、同時に一部女流日記については中古作品にくらべて記録性が強まり、それだけ自照性が後退したと指摘される場合もある。しかし時代の変化、社会生活の変容を考慮に入れるならば、文学における自照性というものも中古とはまた形を変えてあらわれて来て当然であろう。中世の自照文学は「社会の中の個」という自覚に立ち、社会事象の如実な記録の中におのずから自己返照の感懐を盛りこみ、自己とその属する社会とを、現実を見つめる客観的な眼で照らし出して行く方向に、自照文学の境地を深めて行ったのである。

二　『方丈記』

『方丈記』は通常「随筆」のジャンルに属するとみなされているが、本質的には中国文学の「記」の伝統をうけついだ、事実にもとづく評論文であり、一定の主題と構想のもとに論理的に構築された作品である。「つれづれなるまゝに」「よしなしごとをそこはかとなく」書きつけた『徒然草』とは性格を異にし、現実社会の論評がおのずから回想と自己返照に回帰して行く点で日記文学に近く、広く自照文学と見るべきであろう。起（序章、無常の理の提示）承（五大災厄と半生の回顧、無常の実証）転（閑居の楽しみ、無常世間における安住）結（終章、真の解脱に向けての反省と弥陀への帰一）の鮮かな構成を持ち、対句仕立ての見事な和漢混淆体《こんこうたい》で綴られた本記は建暦二年（一二一二）成立。古典作品中最もよく読まれ、論ぜられるものの一つでありながら、追随する模倣作、影響作の存在を許さず、文学史上孤高の名作として屹立している。

ゆく河の流れは絶えずして、しかももとの水にあらず。よどみに浮ぶうたかたは、かつ消えかつ結びて、久しくとどまりたるためしなし。世の中にある、人と栖《すみか》と、またかくのごとし。

あまりにも有名な序章の冒頭は、平明な言葉と完璧な対句表現によって、「水」といういきわめて普遍的なものの映像を、読者の心裏に鮮明に結ばしめ、もって「無常」という抽象的概念を具体的に的確に説き示している。

「無常」という命題が、単に選ばれた知識人や宗教者の思惟の中にのみ観念的に存するのでなく、現実の社会現象として、貴賤老若すべての人間生活をおびやかすに至ったのが中世という時代である。これを、人間生活において最も現実的にしてしかも根源的な「人と栖」の問題としてとらえた所に、作者鴨長明の卓抜な視点がある。五大災厄の選択もこの見地からなされ、従って当時最大の社会的事変であったはずの源平の戦乱は福原遷都をもって代表されている。それは決して長明の時代認識が浅かったからではなく、彼の明確な主題意識による選択であった。『平家物語』にえがかれる特殊な悲壮美の「無常」ではなく、尋常普通の平凡人の人生をも容赦なく侵害する普遍的な「無常」を、最も具体的な形でとらえようとしたのである。

「人と栖」の問題はまた、「心とその栖である身」との関係に容易に転化しうる。五大災厄の描写は、火災の実況を「吹き迷ふ風にとかく移りゆくほどに、扇をひろげたるがごとく末広になりぬ」と言い、飢渇によるインフレ状況を「頼むかたなき人は、みづからが家をこぼちて、市に出でて売る。一人が持ちて出でたる価、一日が命にだに及ばず」と表現するなど、感情的嗟歎を却け、異常事態そのものの持つ科学的な法則性を明確に認識し、論理的に記述するが、ついで筆はなめらかに通常の人生における「心と身」の葛藤に流れこみ、やがて自己の不運の回想、それゆえの住居の転変を語る。これも作者自身の体験であると同時に、人生「をりをりのたがひめ」には誰もが遭遇するであろう普遍的な疎外状況である。作者はついに閑居の気味の礼讃、安心立命の境地に達するが、この方丈の小庵に展開される小宇宙もまた、中古以来日本人が育みあこがれて来た王朝文化の見事な集約である。しかもここで作者はその先蹤とした白楽天『池上篇并序』・慶滋保胤『池亭記』の隠逸の清境にもとどまらず、今一度自らの心奥を返照して仏者としての矛盾を自らに問い、不請《ふしょう》の阿弥陀仏にすべてをまかせて筆をおく。この心理の動きも、時代と階層を超えてあらゆる日本人の心理の中にひそむ共通の願望、共通の矛盾を作者の個性によって鮮かに形象化したものである。

本記の研究は枚挙にいとまなく、しかも本文研究・文体論・作品論いずれも、いわば研究者の数だけの論があるというべく、なお真摯な考究による新説が続々と登場する。この事実そのものが本記の偉大さを物語るものである。本記は作者自身の心を追求した自照文学として優れているのみならず、無常の世に展転する人間存在そのものの自画像として、長く読みつがれる国民的文学となっている。それは「社会の中の個」に眼を開いた中世自照文学の、最大の成果であったと言えよう。

三　男性仮名日記

『方丈記』の成立と前後して、二人の廷臣により三篇の仮名日記が書かれた。源通親『高倉院厳島御幸記』は治承四年（一一八〇）三～四月の御幸後まもなくの成立、『高倉院昇霞記』は養和二年（一一八二）正月同院一周忌後まもなくの成立と思われる。いずれも漢文日記の、日次記に対し特殊の事件をまとめて詳記する「別記」に当る性格のものであるが、政治家であると同時にすぐれた歌人・文人でもあった通親は、特にこれを和文で記している。おそらく、平清盛の暴政によって位を退いた上、その意向を慮って前例のない厳島神社参拝を行い、なお失意のうちにわずか二十一歳で崩じた末代の賢王の心を汲んだ近習通親が、形式に堕しやすい漢文体でこれらの記をなすにしのびず、より自由に、微妙な含みをもって真情をあらわしうる和文体をえらんだのであろう。前者は『栄花物語』を思わせる流麗な筆で御幸の一部始終を簡潔に綴り、覚一本系『平家物語』にも影響を及ぼしている。後者は対句を多用し故事仏典を自在に引いた和漢混淆体の文飾豊かな悼詞と、あらためて御重態から崩後一年間の悲しみを詞書の多い私家集風にまとめたものとの二部に分れ、特に悼詞の文体は『方丈記』『東関紀行』の先駆として注目される。両記ともに、作者が明確な文学意識をもってそれぞれ創作意図に合致した文体を書きわけている事は明白であり、男性にとっても仮名文が自己の感懐を託すに足る文学性をもって認識されて来た事を物語っている。

『源家長日記』になると和文体に対するこのような心の構えはややゆるみ、作者は女房日記のようにごく自然に仮名文を駆使して、「別記」的でない日次に従った回想記を綴る事に全く抵抗を感じていない。本記は後鳥羽院の和歌所開闔《わかどころかいこう》源家長が、その生涯の最も輝かしい日々であった『新古今和歌集』撰定前後の事どもを中心に、建久七年（一一九六）から承元元年（一二〇七）に至る十二年間の後鳥羽院参仕の思い出を記したもので、巻尾の脱落により正確な成立時期は不明ながら、内部徴証から承元四年（一二一〇）〜承久三年（一二二一）の間の成立かと考えられている。『新古今集』および当時の歌人らの研究には欠くことのできない貴重な資料であると共に、男性日記と女房日記との著しい接近ぶり、特に男女を問わず自らの所属した宮廷の栄光をたたえる事に生きがいと郷愁をおぼえる中世人の真情をまざまざとあらわして、記録的態度自体の中に作者の内面がにじみ出て来るという、中世宮廷日記独特の性格を色濃く示している作品である。

やや時代が下って、飛鳥井雅有が五篇の仮名日記を残している。『無名の記』（巻首欠、仮題。『仏道の記』とも）『嵯峨の通ひ』『最上の河路』『都路の別れ』『春の深山路』。前四篇は『飛鳥井雅有卿記事』の名で一括されて伝わる。文永五年（一二六八）〜弘安三年（一二八〇）の間の断続する日記であるが、それぞれ主題を異にし、また原題不明の『無名の記』以外はすべて「通ひ」乃至「……路」の題号を持ち、作者が自らの体験の作品化に当り、各作の個性を保ちつつも一連の旅行記的性格のシリーズとしてまとめようとするが如き創作意図を感じさせる。雅有は「おとこもかなにかくらん事、この国のことわざなれば、ゆへあり。（中略）うるはしき事は、げに真名《まな》にてもありなん。されば、そのかたは、さ様にかきぬ。歌がたなどは、かやうにこそあらめとおぼゆれば、今よりかきつく」（『嵯峨の通ひ』）と述べている通り、廷臣としての公務記録は漢文で記すという確たる方針を持っており、それに対し男性仮名日記をより自由な文芸的な営みとして楽しみつつ試作を重ねたようである。『無名の記』は小品紀行ながら虚構性、物語性が注目されている。(注2)『嵯峨の通ひ』は文永六年藤原為家の許で『伊勢物語』『源氏物語』『古今集』の講義を受けた日次記、『春の深山路』は弘安三年春宮（のちの伏見天皇）に仕えた一年間の日次記で、共に当時の廷臣の文芸生活・趣味生活を語る資料として評価されて来たが、通親・家長の日記の如き文飾を施さない淡々とした日常記の中に登場人物の人間性とこれに対する作者の心境を活写して、散文史上特色ある作品というに憚らない。他二篇は共に鎌倉下向の小品紀行である。

以上の男性仮名日記は、従来文学的価値をほとんど考慮に入れず、資料としての興味をもってのみ扱われて来た。しかしたとえ『方丈記』のような完成を期し得られずとも、作者らはそれぞれに新しい男性仮名散文の方向を模索している。次に述べる女房日記ともども、これらの一見記録的な日記の自照性、文学性が、改めて検討されて然るべきであろう。

四　女房日記

中世女流日記の特色の一つは、そのほとんどが本質的に、「女房日記」――主家と主人の繁栄を、作者の属する共同体全構成員を代弁して讃美する半公的日記――の流れを汲むものであるという点にある。中古における『蜻蛉日記』『和泉式部日記』『更級日記』とは甚だ性格を異にするものであり、むしろ『源家長日記』と同一基盤に立つものである。

『建春門院中納言日記』は藤原俊成女、健御前の日記である。本来題号なく、冒頭の和歌「たまきはる命をあだにききしかど君こひわたる年は経にけり」の初句を取って『たまきはる』と呼ばれていたが、佐佐木信綱が作者の女房名により命名した。他に『健御前日記』『健御前の記』とも呼ばれる。『健寿御前日記』の称もあるが従い難い。本記は奥書によれば建保七年（一二一九）作者六十三歳の時完成した第一部と、没後弟定家が書き捨ての反古を発見整理した第二部とから成る。作者が奉仕した建春門院・八条院・春華門院後宮の回想記である。執筆動機は心をこめて養育した春華門院の夭逝にあるが、第一部の叙述はすべてが理想的であった建春門院時代が最も詳しく、対照的に鷹揚で規律に乏しい八条院時代が、なつかしみつつもやや批判的に語られ、春華門院については養育の苦心と生前の美しさを控えめに述べたのち追慕詠八首をもって終っている。むしろ第二部の方に春華門院御悩の詳細・後鳥羽天皇践祚《せんそ》の秘話等興味深く文学的にもすぐれた部分があるが、作者は意識的にこれを切りすて、建春門院出仕の女房の名寄せや四季折々の衣裳の描写、女房らの奉仕態度等の筆を費している。現代的な眼から見れば甚だ記録的で文学性を欠くようであるが、実は当時の女房にとって同僚間の格付け、装束の適否、勤務上の反省や心得等は最も重大な関心事であり、これを語ることによって作者は自らを語り、また主家の繁栄を賛美しているのである。第二部にえがかれた私的悲傷や政治的秘話等は女房として語るべき事ではなく、作者が一旦はこれを書きながら反古にしてしまったところに、むしろその作品に対する自律的な意図をよみとる事ができる。

『弁内侍日記』は藤原信実女弁内侍が、奉仕した幼帝後深草天皇の践祚から筆を起し、寛元四年（一二四六）

から建長四年（一二五二）に至る宮廷内の出来事を、簡潔な短文と和歌という一定した形式で日次的に記したものである。その形式から、『後深草院弁内侍家集』とも呼ばれ、また『弁内侍寛元記』の称もある。現存本は巻末に著しい欠損があり、『井蛙抄』『増鏡』等の記事によれば天皇退位の正元元年（一二五九）まで同一形式で書きつがれたかに想像されるが、成立時期は確定できない。本記は宮廷内の諸行事と、わずか四歳で受禅した幼帝をめぐる廷臣、女房の無邪気な嬉戯の有様とを明るい筆致で記し、「永遠の乙女心」「微笑の文学」と評された。(注3)その明朗性は従来専ら作者の人柄に帰せられて来たが、それだけでなく、全く形ばかりの幼帝を戴いた何の映えもない宮廷生活を、こよなくめでたいものによそおい讃えねばならぬ女房日記の使命と、これに徹していささかの乱れをも見せまいとするプロの女房の気概とが、張りのあるユーモラスなきびきびとした文体の中にうかがわれる。当時の社会の現実であった天変地異・世情不安にも眼をふさぎ、内裏炎上や摂政更迭をも深刻にはうけとめない作者の態度は、無心、清純、ないし「ふてぶてしいエリート意識」とさえ評される場合があるが、(注4)作者は中関白家の没落に目もくれず定子中宮讃歌をうたいあげた清少納言と同様の決意をもって、意識的に社会事象の暗部を無視していると思われる。その事自体が作者の社会的関心の一つのあらわれであり、自己主張であって、単に本記の表面だけを見て自照性のない楽天的で単純な作品と断ずるのは早計であろう。

『中務内侍日記』は高倉永経女、藤原経子が、伏見天皇の春宮時代から在位時にかけ、弘安三年（一二八〇）～正応五年（一二九二）にわたり奉仕した宮中生活の回想記。成立はその後間もなくと推定されている。本来上下二巻に分れていたとおぼしく、上巻は文芸ずきの春宮を中心とする近臣女房らの風雅の遊び、下巻は天皇践祚後の華やかな宮廷諸行事とその中での内侍としての自らの勤務ぶりを記す。その間、やや長文の尼崎紀行・初瀬紀行が挿入され、変化の乏しい宮廷記事の中の彩りとなっている。本記は『弁内侍日記』の姉妹編の如くにみなされ、憂愁の色濃い序文・最終段の筆触と、対照的に宮廷の現実讃美を露わにした行事記録との性格的矛盾から、「個性の分裂と動揺」の名言をもって定義づけられた。(注5) しかし本記の憂愁は、後嵯峨院の二皇子、後深草・亀山両帝をそれぞれ祖とする持明院・大覚寺両皇統対立の時代にあって、迭立《てつりつ》による皇位の脆弱性を暗黙のうちに知りぬいている当時の宮廷人すべての憂愁であった。この現実認識ゆえにこそ、作者は平和で幸福な「今」のひと時をいとおしんで記録にとどめ、永く思い出のよすがとしようとしているのであって、憂愁と現実讃美とを分裂や矛盾と考える必要は全くない。作品から想定される作者像もまた、従来はこの憂愁を個人的なものと見る見地から、感傷に泣き濡れた病弱の中年女性と規定されて来たが、先入観を排して子細に読めば、作者は『源氏物語』『狭衣物語』を愛読し、才気も茶目っ気も好奇心もあり、宮廷実務にもたけた有能な女房であったことがわかる。(注6) 下巻の大部分を占める有職故実記事も、現代人の考えるような形骸化した知識ではなく、彼ら宮廷人にとってはかけがえのない自己の存在証明であり、その記録そのものによって自己を語っていることを忘れてはなるまい。

以上三種の女房日記は、恋愛について語るところがほとんどない。この事が中古女流日記とくらべ面白くない、自照性に欠けるとされる一因でもある。しかし王朝盛時のような、天皇をめぐって女御更衣が寵を競い、廷臣女房間の恋愛遊戯が宮廷の雅事として賞美される時代はすでに過去のものであった。院政の恒常化によって恋愛を解せぬ幼少年の天皇が打ち続き、上皇の愛情生活は後述『とはずがたり』に見るように私的で放縦隠秘なものとなって行った。このように変質した宮廷社会で、男女を問わず日記文学に新たに登場するのが、廷臣女房相互の友愛関係である。家長の長明に対する、雅有の為家・春宮（伏見）に対する、それぞれに深い親愛をもってその人物をえがきつつ、あわせて自らをも語るとなく語っている。女房日記でも同様であって、幼い同僚常陸ややり手の女房三河に寄せる健御前の思い、洞院実雄はじめ公卿殿上人の面々と恐れげもなく軽口をたたきあう弁内侍と同輩女房達、播磨の中将源具顕の夭折に涙をそそぎ、年ごとの思い出の日に懐旧歌を取りかわす中務内侍と大納言殿など、中古女流よりはるかに広い人間関係の中で生き、男女にかかわらぬ友情をごく自然に培って自らの心の糧とし、実社会人の生活文学を創りあげている。友愛の文学が恋愛の文学のような心の深淵に迫りえないのは、情念の深浅によりやむをえぬ事ではあるが、また一方恋愛が文学のすべてでもない。いたずらに社会事情の異なる中古女流文学の規矩をあてはめてこれら三日記を品評するのでなく、また宮廷記録即虚栄、外面的ときめつけるのでもなく、中世という時代性格、実務家女房という作者の自覚を尊重しつつ、謙虚に日記本文に耳を傾ける所に、研究の新たな出発点があろうと思われる。

五　『とはずがたり』

とはいえ、何といっても地味で波瀾に乏しい上来三日記にくらべ、中古女流日記にも比肩しうるほどに華麗で文学的魅力豊かな、中世日記随一の名作として、『とはずがたり』が挙げられる。後深草院に仕えて二条と呼ばれた、中院雅忠女が、自らの恋愛遍歴と出家行脚の数奇な半生を記した作品である。文永八年（一二七一）～嘉元四年（徳治元年、一三〇六）、作者十四歳から四十九歳までの記で、成立は正和二年（一三一三）以前と考えられる。全五巻、前三巻は華やかな宮廷生活を、後二巻は出家後の漂泊の旅を語る。本記は長く世に知られず、昭和十五年（一九四〇）宮内庁書陵部蔵の孤本が発見紹介されてのちも、内容が皇室の恋愛秘事にわたる関係上研究が進まなかった。戦後この方面の禁忌が解かれ、昭和二十五年（一九五〇）『桂宮本叢書』の一として翻刻刊行、その奔放な内容、赤裸々な描写、広汎な行動半径は世人を驚かし、急速に研究が進展、ひとり本記のみならず、中世女流日記全般を見直すきっかけを作った、その意味でも記念碑的な作品である。

幼くして母を失った作者は、亡母が乳母として仕えた後深草院の手許で四歳の時から育てられ、十四歳で院の愛を受けるが、なお初恋の人ともいうべき雪の曙（西園寺実兼）とも交情を続ける。院は作者を寵幸しつつも上臈女房の位置にとどめ、他の女性との情交の手引をつとめさせたり、近衛大殿（鷹司兼平）や亀山院に侍寝のため提供したりする。院の弟である高僧有明の月（性助法親王）は作者に激しい思いを寄せ、二子をあげるが熱病で急逝する。このような愛欲の葛藤から作者は院の嫉視を買って御所を追われ、出家して東国・西国を行脚する。その間鎌倉で将軍交迭の政変を見、備後では豪族の争いにまきこまれる等の事もあり、武士・庶民の間に恋愛を離れた豊かな人間関係を持つ。たまたま帰京しては後深草院に再会して真情を語る機会を得るが、嘉元二年七月院の崩御にあい、裸足で柩車を追う劇的な場面をもって別れる。その後父母の追善に心をかたむけ、院の三回忌をよそながら拝して筆を止めている。

本記は中古日記・物語的な艶冶な恋愛絵巻と、中世隠者文学的な孤独漂泊の人生探求の複合した、特異な作品であり、表現においても『源氏物語』等の古典をふまえた優雅な文体と、中世日記に見る記録的で簡潔なきびきびした文体が見事な調和を示し、独自の力強さで読者を作品世界に引き入れる魅力をそなえている。このような複合的性格から、その主題は後半を重視して懺悔録ないし信仰告白の書とするもの、前半を重視して愛欲肯定の遊戯文学、デカダンス文学とするもの、そのいずれにも偏らぬありのままの人間記録とするもの、人生いかに生くべきかを追求する修行の記とするもの、等々、研究者により見解がさまざまに分れている。いずれにせよ、作者自身巻末に記す如く、後深草院崩後、院との縁による数奇な人生をふりかえり、夢想を得て更に因縁の深さを思いめぐらして、「身の有様をひとり思ひゐたるも、あかずおぼえ侍るうへ、修行の志も、西行が修行のしき、うらやましくおぼえてこそ思ひ立ちしかば、その思ひをむなしくなさじばかりに」書きとどめたものであり、よかれあしかれ一途に懸命に生きた生を空しく葬るにしのびず、誰に乞われるともない問わず語りに半生を語ることで、自己確認、自己浄化を遂げたいという願望のほとばしりがこの優作を成したのである。もとよりこのような願望は日記文学作品すべてに通ずる制作の原動力であるが、本記の場合その気魄が筆端にみなぎり、書き進められる一々の記事が単なる回想にとどまらず、作者の人生の中に一つ一つ意味づけられて随処に迫力ある盛り上りを創り出しており、そのどこに重点をおいて読むかによって主題論もさまざまに分れうるような、厚みのある作品になっている。他の諸日記にくらべきわだって深い文学性を有する所以である。

表現上特に注目すべきは、本記における自照性が、主情的部分よりもむしろ論理的部分、記録的部分によくあらわれ、効果を発揮している点である。作者の筆は自己の利、不利にかかわらず、事実を描破する時に非常な力を発揮する。作者の処遇をめぐる東二条院と後深草院の問答や、作者が院を粥杖で打ったため贖《あが》いを要求されてはねつける継祖母の言など、作者にとり必ずしも愉快な記事でないにもかかわらず各人物の心情を見事に代弁して論理的に記述しており、東二条院御産記事、北山准后九十賀等は当代の宮廷生活を活写する歴史物語、『増鏡』にそっくり取り入れられるほど記録としても的確である。しかもこうした自分に不利な事、心の傷みをおさえて女房として奉仕せねばならぬ行事を、私情をまじえず冷静に記録している態度の底に、そう書かねばならぬ作者の悲しみがなまなましく脈うち、それが作者自身の心情を事件の裏側から明らかに照らし出しているのである。これは中古女流日記にはなかった新しい自照性のあり方であり、上述して来た中世日記の記録性に最もすぐれた文学性を付与した豊かな結実ということができる。

六　『うたたね』『十六夜日記』

古来中世女流日記の代表としてよく知られて来たのは阿仏尼の『十六夜日記』であるが、同じ作者の『うたたね』も近年注目されている。本記は作者が若き日に貴人との恋に敗れ、自ら髪を削いで山寺にかくれ、更に転々として結局遠江に下るが、乳母の病の報に再び京に戻るという青春体験記で、情熱的な筆致から失恋事件後間もなくの成立と考える説が有力である。しかし自らを浮舟に擬した雨夜の出家出奔、実在感の感じられない恋人の描写など、自己劇化の著しさと古典を模した美文調の観念的修辞表現から、かなりの虚構による創作的作品とする見方もあり、(注7)単純に額面通りの自己告白とするには問題が残り、成立期にも再考の余地が生れる。むしろ主題構想は中古日記・物語の亜流というべく、しかしながらそれをこれだけ自己の文学としてまとめあげ、かつ添景に見る庶民の言動や紀行中の自然の動態に独自の生彩ある観察表現を行っている所に、作者の才能と時代性、作家的成長の一過程を見ることができる。

『十六夜日記』は歌人藤原為家の妻、冷泉為相の母としての作者が、愛児の播磨国細川庄相続権の正当性を訴えるため鎌倉に下った紀行で、弘安二年（一二七九）十月十六日出京、二十九日下着、以後翌年秋までの滞在記に、弘安六年頃の詠かと思われる長歌を添えたもの。出発の経緯と感慨を述べる序章は古来名文として知られ、わが子のため、家のため献身した烈女、賢母の記として作品全体を覆う評価を生んだ。これに対して道の記は声価の割に単調で名所歌の見本にすぎぬ、また鎌倉滞在記にも訴訟の実情や焦燥はえがかれず京の縁者達との間に交わされた贈答歌の文範に外ならぬとの見方もある。(注8)しかし作者にとりまた中世人にとって、歌枕に寄せる思い、そこで伝統に則って詠む歌、また遠路に心を通わせる消息文とその歌とが、果して現代人が感ずるように陳腐平板、形式的で単調なものであったか否かは軽々に判断できず、滞在記を中心に、母としてだけでなく和歌という文芸に生きた歌人の記として、文学的価値を評価する新たな見直しも提唱されている。(注9)本記もまた女房三日記と同様、作者にとって語るべき事は何であったのかを深く見きわめ、中世人の心になりかえっての読みとりが望まれるし、一方伝統和歌のあり方を通じての考察がなされねばならない。長歌は鶴岡八幡宮ないし幕府要路の人物に向け、勝訴を願って献ぜられたものので、必ずしも最初から添えられていたものではないかも知れぬが、理を立て事を分けて自己の正しさを主張する論理的態度は『とはずがたり』のそれとも通い、序章と呼応して、全篇を統一する強い効果をあげている。この部分を功利的形式的として見過すのでなく、作者の真情をうけとめ、全体を一部のまとまりある作品としてとらえる時、自己の使命を自覚し、これに忠実に行動した阿仏尼の姿がはじめて正しく認識されよう。それはまた、中世女流日記作者すべてに通ずる顕著な性格でもあろうと思われる。

なお本記は従来、いわゆる残月抄本に代表される流布本本文をもって普及し、研究されて来たのであるが、早く玉井幸助により、天理図書館蔵九条家旧蔵本がその原形である事が指摘され、(注10)岩佐が両本文を全般にわたり対照して、玉井説の正しさを証明、今後の研究は九条家本本文によるべき事を明らかにした。岩佐『宮廷女流文学読解考　中世編』(平11、笠間書院)に詳論と共に両本文対照が掲げてあるので参照されたい。

七　『竹むきが記』と女流日記の終焉

同じく賢母の記と目される作品に、日野資名女名子の『竹むきが記』がある。上下二巻、上巻は元徳元年（一三二九）～正慶二（元弘三）年（一三三三）、後醍醐天皇の北条幕府討滅を企てた元弘の動乱の中で、対立皇統たる持明院統――北朝に仕える作者が光厳天皇典侍の職責を果しつつ、重臣西園寺公宗と愛しあって戦乱の最中にその室となるまで。下巻は三年の空白（この間公宗は後醍醐天皇に叛したとして処刑。その後遺子実俊を生む）をおいて建武四（延元二）年（一三三七）～貞和五（正平四）年（一三四九）、日陰の身であった実俊を世に出し、一旦傍系に奪われた西園寺家の家督を取りもどして北朝高官の地位を安泰ならしめ、自らは在俗ながら禅に帰依して心の安定を得、苦難の半生を回顧して終る。空白部分に失われた「中巻」が存在したと見る説もあるが、『太平記』巻十三に見るその悲劇は当事者としては語るにしのびず、あえて無視して書き残さなかったと見る方が妥当であろう。成立は貞和五年をあまり隔たらぬ時期かと推定される。

本記も女房日記の性格が顕著で、北朝宮廷の繁栄、西園寺家の栄光をたたえる部分に力点が置かれ、文学的好素材と思われる動乱の中の恋や夫を失った悲歎はごく控えめにしか語られない。しかし一見記録的ないし功利的と見えるその語り口の中に、その栄華、栄光がすでに過去のものとなり、私的人生も無惨に踏みにじられてしまった事を骨身にしみて自覚している作者の、幻の栄光を再び現前させずにはおかぬという強い意志と願望とが認められる。また下巻の信仰告白は、西園寺家後室として多端な俗事に追われる作者が、出家遁世せずして安心を求めうる道として主体的に禅をえらび取った過程を物語り、異色の自照

性を示している。(注11)

以上通観して来た女流日記はいずれも、公的社会の中である一定の立場を有する作者が、その身分、使命を深く自覚し、「社会の中の個」として描くべき事、描くべからざる事を峻別しつつ筆を運んでいる。この点『方丈記』や男性仮名日記とも通じ、記録する事自体をもって心情を表現すると共に、時には口をつぐみ、言及を拒否する事によってもまた別の心情表現を行っている。もとより回想記の常として現実美化も行われ、『とはずがたり』『うたたね』には特に文学作品としての構成上かなり強い虚構性も認められるが、中世女流日記の中古作品に対する特色は、この力強い使命感による記録性、そこにおのずから照らし出される自己とその属する社会の確認、というに尽きよう。中古日記の華麗さには及ばずとも、中世女性らはまた別の独自の形で、懸命に生きた自らの生をあとづけているのである。

『竹むきが記』は観応の擾《じょう》乱(一三五〇〜五二)で南北朝の戦乱が泥沼におちいる直前に成立した。この擾乱をもって創造的な公家文化は終りを告げ、武家文化がこれに取ってかわる。同時に中古以来四百年の伝統を持つ女流日記も『竹むきが記』をもって終焉の時を迎えるのである。皇室の疲弊、無力化と打ち続く戦乱によって、女房文学の拠点たるべき後宮サロンが存在しえなくなった事、婿取り婚から嫁入り婚へという婚姻史上の転換が最終段階を迎え、女性が肉体的精神的自由を失って男性に隷属し、文学への欲求のみならず語るべき人生そのものをさえも持ちえなくなった事がその原因である。以後明治の女流文学の開花まで、その才能を「家」の中に埋没してしまう女性史の流れを思う時、「西園寺家」という名家の栄光に執し、婚家のために全力を傾けてわが子を守り育て、もって夫の愛に報いた名子の記が女流日記の掉尾を飾っている事はまことに象徴的でもあり、同時に幾分かの運命の皮肉をも感じさせる。

八　紀行文学

これまで見て来た日記中にも紀行として扱いうるものもあり、内容的に旅の記が重要な役割を果しているものもあるが、中世にはまた旅そのものをえがく事を主目的とした紀行文学が発達した。「旅」とは出発地から目的地まで日々に歩を運ぶ、その動きそのものであり、その具体的描写は日々の記録によって行われる。時々に移り変る風光、知るも知らぬも会っては別れる人々、遠ざかり行く都、等々は詩情をかき立てると同時に流転して定めない人生の縮図をも思わせ、非日常世界に身を置くことにより客観的に自らを顧みる契機を与える。旅日記が単なる観光備忘録にとどまらず、自照性をそなえた紀行文学たりうる所以である。

鎌倉幕府開設により京鎌倉の往還が盛んとなり、東海道の宿駅が整備され、文化人らが所用のため、仏道修行のため、東国遊覧のためにしばしば往復するようになる。彼らは現実の旅の中でまた業平・西行のあとをしたい、日本中国の故事を思い、名所歌枕に心を引かれて詠歌するという、歴史・文学史追懐の旅をもあわせ行っているわけで、そこに、八橋では杜若を詠み、菊川では承久の悲劇を思い、宇津の山では修行者を点出するなど、個性的な実景実情描写ならぬ一種の型も生れて来る。文章も和漢混淆体や擬古的和文体を駆使した美文調で、現代的文学観からすれば類型的で真情に欠けるとして、ややもすれば低い評価をしか与えられない。しかし『十六夜日記』の項にも述べた通り、現代的感覚のみからする性急な裁断は慎むべきであろう。このような紀行の様式が『平家物語』『太平記』の道行文、謡曲の構成詞章にも強い影響を及ぼし、室町・近世のあまたの紀行文の祖型となってついに『奥の細道』の名作を生み出すに至ることを思う時、中世紀行文学の価値は今日再び見直して然るべきものであろう。

早く鴨長明の伊勢紀行、文治二年（一一八六）〜建久元年（一一九〇）ごろ成立の『伊勢記』のあったことが『夫木和歌抄』等によって知られ、佚文集成もなされているが（注12）完本は伝わらない。これについで成立も早く、かつ作品として最もすぐれ、後代に大きな影響を及ぼしたのが『海道記』（注13）である。本記は京白川に住む一隠者が貞応二年（一二二三）四月から五月にかけ鎌倉下向、また帰京した記であり、旅行後間もなくの成立と推定される。作者は古くから鴨長明説（寛文板本等）、源光行説（群書類従本等）があったが、いずれも伝記上の事蹟が本文にいう所と合致せず、現段階では著者未詳とするのが妥当であろう。本文にえがかれる所によれば、作者は五十余歳で八十歳の老母があり、中年で出家し、承久の乱で誅せられた廷臣らに深い関心を持つ人物で、貞応二年の東下がはじめての経験であるということになる。もとよりこの自画像にも相応の韜晦《とうかい》や虚構はあろうが、長明はすでに建保四年（一二一六）没。光行は河内方源氏物語研究の祖、承久の乱に鎌倉で斬罪になる所を危うく助命された人物で、作者に擬するにふさわしいが、年齢・旅行体験等からいって矛盾が多すぎる。

本記は構成上三部に分かれる。第一部は序で、自らの不遇の半生、鎌倉幕府善政の讃美と旅立ちの決意、旅程の概略を記す。第二部は紀行の中心部で、十四日間の路次の記を和歌をちりばめて詳記し、約十日間の鎌倉遊覧の後母を案じて帰京した旨をまとめて簡潔に記す。第三部は旅によって得た仏道帰依の覚悟を仏典を引いて述べ、本記も旅中の景趣を語るのが目的ではなく、入信の志を信べて読者と仏縁を結ぶのみであるとしている。本体は四六駢儷《しろくべんれい》体にならった華麗な和漢混淆体で、複雑な対句表現を用い、格調が高い。しかも冒頭の感慨、承久の乱を追懐する路次の思い、末尾の無常観等、作者の切々の真情が一貫して流れ、重厚な感動を与える名文である。道中の名所旧跡の取捨、故事の引用、場所ごとの感懐のあり方についても、先駆的作品として後代に与えた影響はきわめて大きい。

『東関紀行』(注14)は『海道記』から十九年後、仁治三年(一二四二)八月京から鎌倉へ下り、十月帰途についた一閑人の紀行で、成立は帰京後間もなくかと考えられる。作者は五十歳ぐらいで、隠遁を思いながら出家に至らず一往の暮しを立てている人物と自ら言っている。古来鴨長明(正保板本)、源光行(『夫木和歌抄』)、源親行(群書類従本等)などと言われて来たが、前二者は年代的に該当せず、光行の男親行も承久以前から主として鎌倉に在住しているので、仁治三年初旅という序文と矛盾する。結局これも著者未詳とするほかない。

本記は短い序文に続き、十余日にわたる路次の記を詳しく記し、鎌倉滞在の記は至って簡略で、望郷の思いに駆られ十月二十三日の暁鎌倉を出立する時の詠歌をもって終る。結局序文に自らいう通り、旅中の「目にたつ所々、心とまるふしぶし」を書く、紀行そのものに目的をおいた作品であり、この点『海道記』と性格を異にする。文体は『海道記』よりも和文調の強い和漢混淆体で、対句を多用する事は同様であるが行文はより流暢優美となり、一方表現が類型化して真情流露の力強さは後退する。現代的評価からすれば『海道記』に劣るとされる所以であるが、しかし本記は延慶本・長門本『平家物語』、『源平盛衰記』に影響を与え、後世芭蕉はじめ多くの愛読者を得ている。日本人一般の親しんで来た普遍的な美意識と教養とを「旅」を通して適切に展開し、紀行文学の典型を創りあげたという点で、『十六夜日記』とともども再検討の価値ある作品であろう。

武家歌人として源実朝に親近した宇都宮(塩谷)朝業、法名信生の家集、『信生法師集』(注15)はその前半は紀行形態をなし、『信生法師日記』とも呼ばれる。元仁二（嘉禄元）年（一二二五）仏道修行のため京を出発、鎌倉に実朝の墓参を果し、姨捨山、善光寺を巡り、下野国塩谷郡の故郷に立ち寄り、亡妻の十三年忌の感慨、子等への思いを述べて終る。全体に無常を歎ずる思いが流れ、信濃配流の伊賀光宗を訪い、また北条政子の死に遭遇するなど、特色ある記事も見られる。後半家集とあわせ、鎌倉文化人の教養の蓄積、文学性の深化を見、次代室町期の紀行輩出の原点をさぐるにも注目すべき作品である。

このほか、異色の紀行として高野山内の確執紛争により讃岐に流罪となった学僧、道範阿闍梨の『南海流浪記』(注16)がある。その原因となった仁治三年（一二四二）七月の根来伝法院焼失に筆を起し、翌四年正月離京、配所に下り、建長元年（一二四九）赦免帰山に至る間の見聞を、漢文記録体と漢字片仮名まじり文を交え、和歌は平仮名をもって表記、配流紀行と共に同事件で配流された友の死を悼み、また善通寺の弘法大師遺跡を訪ねて感動し、西行詠歌のあとを偲ぶなどの記事を含む。道範の没後六年、正嘉二年（一二五八）にその遺稿から抜書した旨巻末に記されているから、独立した文学作品と認めうるか否かの問題は残るが、道範自身にある程度の構想や作品化の意図があったものと見、特異な表記、文体の混在に、男性仮名日記への模索、「男性が日記文学紀行文学を、おのがものとして確立しようとする試み」をよみとり、文学史的な定位をすべきであるとする説もあらわれている。(注17)

日記・紀行の制作を通じて、和漢混淆文から漢文脈を消化吸収した和文体へと男性仮名散文は発達し、女流日記の終焉と共に、自照文学もまた男性主流となって行くのである。

［注］

（1）今関敏子「日記文学に於ける回想と虚構」（『日本文学』昭59・12）
（2）佐藤恒雄「飛鳥井雅有『無名の記』私注」（『中世文学研究』昭56・8）
（3）池田亀鑑『宮廷女流日記文学』昭2
（4）小林智昭「弁内侍日記ノート」（『国語国文』昭49・2）
（5）（3）に同じ。
（6）岩佐美代子「中務内侍日記と狭衣物語」（『国文鶴見』昭58・12）
同「中世宮廷の源氏物語享受」（『むらさき』昭60・6）
（7）今関敏子「『うた、ね』の主題をめぐって」（『古代文化』昭59・2）
（8）風巻景次郎「阿仏尼の文学」（『国語と国文学』昭4・10）
（9）森本元子『十六夜日記・夜の鶴全訳注』昭54
（10）玉井幸助『十六夜日記』解題　岩波文庫、昭34
（11）岩佐美代子『竹むきが記　全注釈』平23
（12）簗瀬一雄『校註鴨長明全集』昭55
（13）長崎健「海道記」（『中世日記紀行集』日本古典文学大系　平6）
（14）同　「東関紀行」（同右　平6）
（15）今関敏子『信生法師集全訳註』平14
（16）『群書類従』紀行部。
（17）森田兼吉「南海流浪記考」（『日本文学論究』昭54・7）

京極派論考

土岐善麿と京極為兼

一　『作者別万葉以後』

私は、昭和十九年（一九四四）当時、在学中でした女子学習院高等科で、久松潜一先生の国文学史のお講義で教えていただきました永福門院の歌、

花のうへにしばしうつろふ夕づく日入るともなしに影きえにけり　（風雅、一九九）
真萩散る庭の秋風身にしみて夕日の影ぞかべにきえゆく　（同、四七八）

の二首をはじめて知り、まあ、この世にこんな美しい歌があるのかしらと思う程感動いたしまして、それで永福門院研究を志したのでございますが、当時は、この作者の属する「京極派」という作歌グループに関する研究資料はほとんどございませんでした。わずかに学校の図書館で見つけました、土岐善麿編『作者別万葉以後』、これは大正十五年（一九二六）、私の生れた年に出た御本でございますが、これによって永福

門院・伏見院・京極為兼の歌を承知し、勉強をはじめた次第でございます。

『作者別万葉以後』とは、その序文に書かれております通り、和歌の研究にはどうしても、延喜五年（九〇五）『古今集』から永享十一年（一四三九）『新続古今集』に至る二十一代にわたる勅撰集を読まねばならない、しかし、あの膨大な二十一代集を全部読むのは全く閉口だ、それなら業平・小町から西行・定家というように、特別な歌人の作だけを各勅撰集から拾い出すという形で、二十一代集と『新葉集』を再構成したらどうだろう、とお考えになった土岐先生が、釈迢空――折口信夫さんと御相談の上編纂なさったものでございますが、後年、たゞ一度先生にお目にかかりました折、先生はまるで昨日の事のようにその時の事をお話し下さいました。計画をお聞きになった折口さんはすぐに、業平から後村上院に至る二十三歌人の名をさら〳〵とお書きになって、「ま、こんなもんですかね」とお示しになったそうですが、その中に当時全く無名の存在であった『玉葉集』『風雅集』の歌人、京極為兼・伏見院・永福門院の名が入っていたのでございます。

二　『京極為兼』・『新修京極為兼』・日本歌人選『京極為兼』

右のタイトルに掲げましたように、土岐先生は三回にわたって為兼の評伝をお書きになっていらっしゃいますが、その最後の御本、日本歌人選『京極為兼』（一九七一、筑摩書房）の冒頭に、「この一冊の縁起」と題して十一首の御作をのせておられます。その冒頭歌と最終の二首、及び続く一節を次に引かせていただきます。

1　たくましく中世に生きし為兼と　現代のわれを　対決せしむ

10　ますらをのいのちを懸けてせしわざも過ぎては空し　われの知るまで

11　空爆のいまぞ迫るに　くらき灯のもとに書きつぎき　最後の章を

右の十一首は、戦後まもなくの「述懐」で、あの時局のもとに『京極為兼』（初版昭和二十二年・西郊書房、新修版昭和四十三年・角川書店）のペンをとっていた、そのわたくしのすがたである。

まことに感銘深いお言葉でございまして、及ばずながらその同じ時代に生き、同じ研究の大志を持った者として、心からの共鳴を覚える次第でございます。

実際、それまでのところ、佐佐木治綱氏の『伏見天皇御製の研究』『永福門院』、これは両方とも昭和十八年（一九四三）に出ております。それから、それよりちょっと前に佐佐木信綱、久松潜一両先生がいくつかの小さな論文を書いていらっしゃいますが、それ以外、研究はほとんど皆無でした。この当時はご記憶の方もいらっしゃると思いますけれども、皇室関係の言論の規制が大変厳しかった。また、万世一系に抵触するような歴史的事実――、持明院、大覚寺という二つの天皇の系統が対立いたしまして、結局、南北朝、南の吉野に後醍醐天皇、北の京都に光厳天皇という二人の天皇が対立。そういう時代の公平な歴史的な考察は、もう一切封殺されておりました。ご年配の方ご記憶と思いますけれども、後醍醐天皇が何しろありがたい。そして、楠木正成、正行、これは大変な忠臣であって、足利尊氏は、とんでもない逆賊であると……。京都に後醍醐と対立する天皇が別にいらしたなどということは口に出してもいけないと……。そういう時代でございました。

敗戦によってそういう禁制は一往自然消滅したとは申しましても、それまで後醍醐天皇に反逆した逆賊であると扱われておりました足利尊氏を、初めて社会正義の面から正当に評価し直した高柳光寿氏の『足利尊氏』という御本が出ましたのは、昭和三十年（一九五五）でございます。敗戦から十年も経って、やっとそういうことが言えるようになったのです。

そういうことを思いますと、昭和二十二年（一九四七）刊の『京極為兼』、土岐先生はその時点で南北朝の発端であるところの皇統対立につきまして、すでに「そもそも後嵯峨法皇の遺詔は、後深草天皇に長講堂領を賜い亀山天皇に長く皇統を伝えられたものであったということになっていたが、これは誤りで、実は後深草天皇に長講堂領、熱田社領、法金剛院領および播磨国衙《こくが》領等を伝えられ、亀山天皇には六勝寺、鳥羽院領を付せられ、治世の君については、幕府の推戴に任せられる旨の遺詔であったということである。（中略）北条氏が亀山天皇の親政を奏上したのは、後嵯峨法皇が北条氏に擁立された方で、叡慮が亀山天皇にあることを知っていたからであるが、やがて亀山天皇の皇子世仁親王（後宇多天皇）が皇太子に立たるるに及び、後深草上皇の院政を期待した廷臣の失望は大きく、持明院統のものは皇統継承のことに関して活動することとなったのである」と、こういうことをはっきり言っていらっしゃるのです。もちろん先生は、後醍醐天皇を批判なさったわけでもありませんし、大変上手に書いていらっしゃいまして、大丈夫とは思いますけれども、心ある人がそこに示された天皇代々の系図を見ましたならば、まさに持明院統と大覚寺統と二つの系統に分かれて、北朝と南朝として相対立し、そして結局は現在の皇室につながっていくのは北朝系統であるということはわかるわけです。本当にこれは、その当時として画期的な勇気ある発言でございました。しかもそれは、実は戦後、天皇制関係の発言が自由化されるより、はるか以前に書かれていたんですね。

南北朝系図

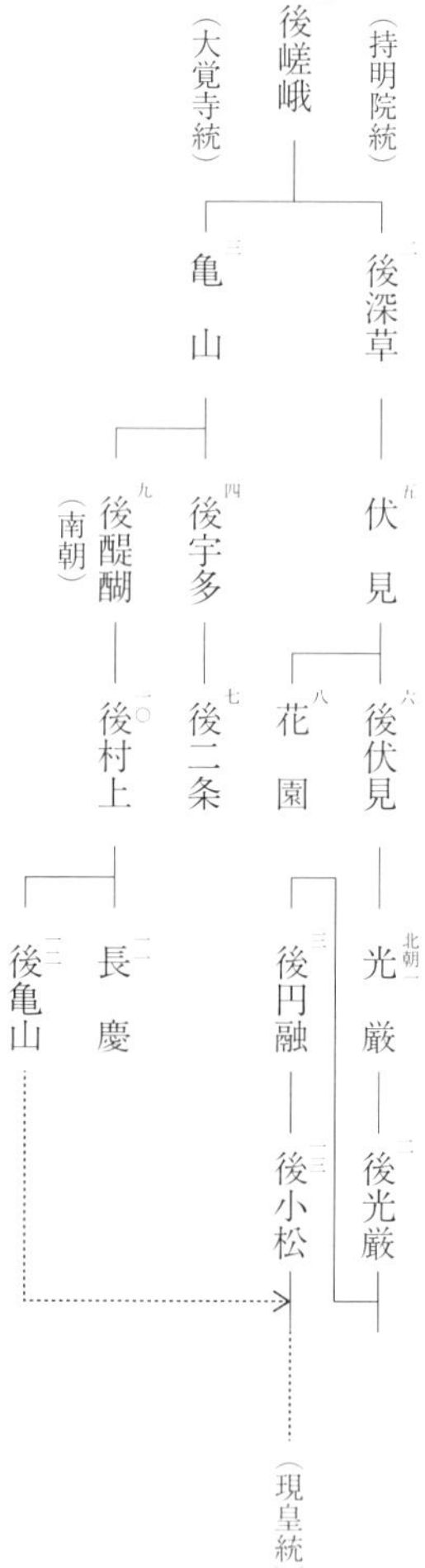

すなわち、後年に、この御本を大幅に増訂した『新修京極為兼』（一九六八、角川書店）の一番初めの所、「新修版のはじめに」という文章に次のように書かれているのです。

そもそもこの小冊の稿を成したのは、昭和十八、九年の交であった。当時、春秋社の出版企画として、いわゆる歴史叢書的なものの執筆をそれぞれ専門の諸家に求めたが、ぼく自身は京極為兼を選んだわけである。しかもいよいよ刊行の間際になって、戦災のため一切はむなしく灰となり、組版も原稿も無に帰したものと断念していたところ、意外にも、校正刷が一部だけ、担当社員の手に残っていたことがわかり、それをせめてもの記念にともらっておいた。

それからやがて二年の後、はからずもこれがザラ紙の本となったのは、窪田空穂翁の門に出入りする一青年が新しく事業を始めるというのにたいし、その請託に応じたわけである。

昭和十八、九年（一九四、四五）と申しますと、アッツ島、サイパン島で日本軍が全滅する、学徒出陣、東条内閣総辞職というように、戦局がひどいことになっているのは誰の目にも明らかでした。その中でますますヒステリックに万世一系がいかに尊いかということが強調され、南北朝とすら言うな、吉野朝と言えと……。そういうふうに学校で教えるように言われたのです。私は南北朝で習ったんですね。でも私の一年下のクラスから吉野朝になった。だから、それは、はっきり覚えております。そんな時代にこの御本が書かれて、二十年には刊行間際まで行っていたというのはすごいことでございます。

こういうことを研究していらっしゃるということがわかりましたらば、まず、憲兵がそれとない世間話のようなふりをして、様子を探りに来る。そして、こういうことを調べていらっしゃるとなると、土岐先生はまさか、もうお年でご立派な方ですから、兵隊に取るわけに行きませんけれども、文学報国会とかいうような機関から、「海外の占領地を視察して、何か国民を励ますような歌でも詠んでください」とかうまいこと言われて、海外におっぱらわれてしまうと。そういうことだってないわけではなかったんですね。御本だって検閲されますから、当然出版できないということになったはずです。まことに、文学者としての、また一人の人間としてすらの、生命にかかわる、大変なお仕事でした。

戦後、極端な物資不足の中で刊行されて、先生自ら「ザラ紙の本」とおっしゃったのは、今ここに持ってまいりましたこの御本でございます。そのうえ、私が散々読んでますます汚くしてしまいまして、もう中のほうはこんなに黄色くなっておりますけれども、それでもその当時としては大変珍しいことに、表紙は大変風雅な和紙でございました。そして、B6判、たった二百六十三頁という小冊の中に、六章をお立てになり、なお付録として、当時知られるかぎりの為兼の資料を集成なさった略年譜まで添えてあるのです。この御本は、本当に敗戦後最初の独創的な国文学研究書でございました。

その当時、これは八十円でございますが、昭和二十二年（一九四七）と申しますと、いわゆる預金封鎖、新円切り替えということがございまして、古いお札は持っていても使えない。預金も自由に使えない。何も収入のない人は一ヶ月に五百円だけ引き出して使ってよろしい。他に収入のある人は三百円しか出してはいけない、つまり、どんな人でもそれ以内で月々生活しろという時代の八十円でございます。当時、夫は無収入の大学生で、まさに五百円生活でございましたから、もう本当に私、これを買いますのは、清水の舞台から飛び降りるような思いでございましたけれども、でも本当にありがたい御本でございました。

三　為兼・京極派和歌の研究

その後、為兼・京極派の和歌の研究は、次田香澄、小原幹雄、井上宗雄、福田秀一、といった方々をはじめ、多くの研究者によって進められてまいりましたけれども、その大きなまとめといたしましては、井上宗雄先生の『京極為兼』が平成十八年（二〇〇六）に吉川弘文館の人物叢書の一冊として出ております。これを御覧になっていただきたいと思います。他に、歴史家の今谷明氏の『京極為兼』、これは平成十五年（二〇〇三）にミネルヴァ書房から出ておりますけれども、これは歌人としての考察が不十分でございますし、歴史的に見ましても、ちょっと疑問なところがございますので、おすすめはいたしません。

さて、為兼の活躍いたしましたのは、新古今時代から約百年経っております。宮廷和歌は妖艶、幽玄、有心の新古今歌風の創造性を失いまして、宮廷行事の一環として、時、折節にふさわしく、題に従って、古来の発想、表現に則って、行儀よく読むものというふうにされておりました。

為兼は、歌道家の為家の次男、為教の息子ですから御子左《みこひだり》家の一員で、庶流ではございますけれども、そんな一般的な歌なら十分詠めるだけの技能は持っていました。でも、為兼はそれに飽き足りなかった。もっと自由な題材を、自由な言葉で、自分の言葉で詠みたいと考えておりました。

それが、たまたま出仕いたしました持明院統の皇太子、後の伏見院になる方とその近臣グループの共感を呼びまして、以後、三十年余りの年月をかけて、今日、京極派と呼ばれております非常に新しい歌風を創造したのです。

勅撰集というのは、時の天皇の御命令で作るものです。為兼は伏見院の系統、持明院統の天皇が位におられるときに、彼を撰者とする『玉葉集』を作りました。それから三十三年経ちまして、今度は為兼の教えを学ばれました光厳院が自らお選びになりました『風雅集』という歌集ができました。両方とも非常に優れた勅撰集でございます。

これに対して伝統歌風を守る嫡流の二条為世という人は、大覚寺統、後醍醐天皇の方へ伝わるその皇統に接近いたしまして、そういう方々が天皇に就いておられる時代に『新後撰集』『続千載集』という二つの集を撰んでおります。

このように勅撰集の撰者になるためには、その歌風を支持する天皇の系統を治世の君、すなわち実際に政治を執る方の座に就けなければならないというわけで、為兼は持明院統政権のために政治的にも活躍いたしました。そのために壮年期には佐渡へ流され、晩年には土佐へ流され、二度の配流生活を味わうことになりました。結局は土佐から京都には帰って来られなくて亡くなっております。

為兼なり、京極派和歌についてお話したいことは沢山ありますけれども、まずその歌をご紹介しておきます。

四　京極派の歌

京極派代表歌人達の最高の作品をあげます。

○枝にもる朝日のかげのすくなさにすゞしさふかき竹のおくかな　（玉葉、四三二、為兼）
○宵のまのむら雲づたひかげみえて山のはめぐる秋のいなづま　（同、六二八、伏見院）
○花のうへにしばしうつろふ夕づく日入るともなしに影きえにけり　（風雅、一九九、永福門院）
○空はれて梢いろこき月の夜の風におどろく蝉のひとこゑ　（同、四二一、花園院）
○更けぬなりほしあひの空に月は入りて秋風うごく庭のともしび　（同、四七一、光厳院）

また、為兼個人の秀歌としては、

○波の上にうつる夕日の影はあれど遠つ小島は色暮れにけり　（玉葉、二〇九五）
○山風はかきほの竹に吹きすてて峰の松よりまたひゞくなり　（同、二二二〇）

○沈みはつる入日のきはにあらはれぬ霞める山のなほ奥の峰　（風雅、二七）
○吹きさゆる嵐のつての二こゑにまたはきこえぬあかつきの鐘　（同、七八六）

など、まことに現代でも文句なしに共感できましょう。為兼は実景を天象、明暗、そういうものによって立体的、動的に描き出し、印象派の絵を見ているような、優れた作を創出いたしました。これからは、その為兼の表現の根本をなす思想について申し上げて、これをお聞きいただけなかった土岐先生の御霊にささげたいと存じます。

五　唯識説とは

ご承知のように、当時の和歌は題詠でございまして、目の前にない風景や、実際にはしてもいない恋、そういうものを、題に示された状況に忠実に、昔から用いられてきた歌言葉を用いて表現しなければなりませんでした。

けれども為兼は、もっと自由に、目の前のありのままの風景、また実際の自分の心、そういうものを自分の言葉で表現したいと思ったんですね。その欲求と現実とのギャップに苦しんでいた彼に、光明を与えたのが「唯識説」という仏教理論でございます。

唯識説というのはとんでもなく難しい仏教の根本理論でございまして、私のような者の浅薄な理解で何か言うことは大変恥ずかしい次第でございますけれども、主として、横山紘一氏の『唯識論の哲学』（一九七九、平楽寺書店）、これによりまして為兼歌論に関わる部分だけに限って申し上げます。

唯識と申しますのは、仏教の一切空の理論を一種の認識論をもって説く説でございます。古代インドの瑜伽《ゆが》行者、すなわちヨガの行を通じて仏の教えを理解する、そういう行者は一人で深い山にこもってヨガの実習によって精神統一を行う。そして、心の中のつぶやき、これを「意言《いごん》」と申します。意言によって仏の教えの内容を心の中にまとめる。これを「止心《ししん》」と申します。そして、その教えの内容を「影像《ようぞう》」、ヴィジョンとして目の前に描き出すという修練を行う。これを「観察《かんざつ》」と申します。止心、観察、すなわち「止観」ですね。あの天台止観とか、摩訶止観とかいう、その止観というのはこれでございます。

こうして心の作用一つで、時には仏様の姿を生きているように目の前に見る。また、死体がだんだん腐敗して白骨になるまでの過程をありありと見る。いずれも実在そのままのヴィジョン、影像として自在に描き出すことができる。そういう体験を重ねてまいります。

そういう実践行の中から彼らは、外界に存在する事物、これを「境《きょう》」と申します。たとえば、このコップが境ですね。それとまったく同じものを心、これを「識《しき》」と申しますが、その識の働き一つで、自分の目の前に作り出すことができる、という確信を得ます。

その結果として、現在、外界に存在していると信じて疑わない諸々の事物、たとえばこのコップも本当は、ないんじゃないか。心の働きによって作り出したヴィジョン、影像に過ぎないのではないか、というふうに考えるようになります。

このように考えて行って、修行者はついに、「実に外境《げきょう》は無くして、唯《た》だ内識《ないしき》のみ有りて外境に似て生ず」。これは「成《じょう》唯識論」という唯識の根本経典の中にある言葉ですけれども、「本当は外界の事物というものは無くて、ただ心の中にそれを認識する事によって外界の事物のように見えるのだ」という、「唯識無境」の大命題に到達したのです。

これは、まるでありえないことのようにも思われますけれども、現代におきましても比叡山の修行の中では行われ、密教絵画の表現の中にその成果が認められるということを、『日本の美術 33 密教画』（一九六〇、至文堂）という本の中で、石田尚豊氏が言っていらっしゃいます。

> 『観想《かんそう》』すなわち『仏を観《み》る』ことである。眼《ま》のあたりに仏を観ることを大胆に肯定することである。科学の進んだ今日、仏を観るなどとは笑止の沙汰であろう。これが幻覚とのみ言い切れるかどうかは体験者でないわたくしには断言できない。（中略）この仏を観る修行は、『観想行《かんそうぎょう》』として今なお叡山に伝わる。仏を観るにあらざれば止めずという強い意志のもとに連日修行をつづけ、数ヵ月の荒行《あらぎょう》の果てに一瞬忽然として仏が影現《よう》し、五体は電撃をうけたように感動にわななく。周囲の景観はそのままに、影現像は静かに観者と相対し、いわゆる幻覚のはかなさとは本質的に異なる感覚であるという。（中略）金剛界系の尊像が鏡のごとき白円光内に正面向きに描かれる。

それに引き続き、

> 金剛系が観想の盛んな南インドに発達したことをあわせ考えるときに、観者と相対して影現する観想の体験を如実に反影しているものといえよう。（中略）したがって阿闍梨や仏画作者に観想行の体験が生きているかぎりは、そのまま作画衝動につながるため、他の宗教画に見られないような生きいきと

した迫真力をもつのであって、儀軌にもとづきただ機械的に描かれるようになれば、密教画の本質的な生命は失われ、いたずらに形式化してしまうわけである。

と述べられています。

これは、ありえないことのようにも思われますけれども、皆様、そんな経験はおありだと思います。私、年がら年中やっておりますけれども、たった今さっき、そこに置いた時計がない。ない、ない、どこへ行った。周りまで巻き込んで大騒ぎ。入ってきた人が「何、時計がないって。何よ、そこにあるじゃない」と言われて、何べんもそこ見たのにって、がっくりするなんていうのは、しょっちゅうあることでございますね。時計があっても自分が認識しなければ、自分にとっては時計はないのと同じ。ない、ない、ない、と探すことになります。認識した人にとっては時計があるのは当たり前で、笑われてしまうという、そういうことだとお考え下さいませ。

六　認識と悟りのメカニズム＝識の四分説

さて、この唯識説の最大の特色は、こういう教説を精神的、教訓的に説くのではないという所です。認識作用のメカニズムとして機能的に、非常に精密に説く点でございます。心が心を見るということ、すなわち「認識」が行われるには、必ず認識するもの、つまり主体と、認識されるもの、つまり対象がございます。主体のことを識《しき》と申します。対象のことを境《きょう》と申します。

境は、内なる識とは別に、外界にあるものと、従来の仏教でもそういうふうに考えていたのですけれども、唯識説では、境も識によって作り出されると考えるのです。主体と対象に二分化された心作用、すなわち識のあり方、そういう働きを持つ活動体としての心が、唯識説で言うところの識でございます。一つしかない心が、主体と対象、識と境に分かれる。そこで認識作用が行われる。心が心を見るという形になるわけですね。

そのメカニズムがどうなっているかと申しますと、もっとも素朴には心、すなわち識が二つに分かれまして、主体としての識、これを「見分《けんぶん》」と申します。客観としての識、これを「相分《そうぶん》」と申します。見分が相分を認識するというふうに考える。

ところが、理屈っぽい人がいまして、それだけじゃ足りないじゃないか、と言いました。その認識の結果を確認する第三者がいなくては、認識作用は成立しないのではないかと……。それで、識を三つに分け、自証分《じしょうぶん》というのをもう一つ立てまして、見分が相分を認識する、その作用を認識する自証分がいて、それで認識作用が完結すると考えました。そうすると、もっとつむじ曲がりの人がいまして、それじゃまだだめじゃないか、自証分の作用は誰が認識するんだろう……。それじゃもう一つ、それじゃもう一つ、どんどん溯って、もう論が成立しなくなりました。

ところが、頭のいい人というのはいるものでございまして、自証分の作用を確認する証自証分というものを立てました。その証自証分の認識作用は逆に自証分が認識する、と考えました。そう、二つの作用が行ったり来たり……。それで認識の作用は完結するんじゃないかというふうに考えました。それが、「識の四分説図解」ということになります。

七　八識における阿頼耶識の意義・作用

さて、外的事物を認識する期間としては、次の八識という中の「眼・耳・鼻・舌・身・意」という六識が考えられます。これを次の第七識・第八識に対して、「前六識」と申します。

識の四分説図解（『唯識の哲学』92頁より）

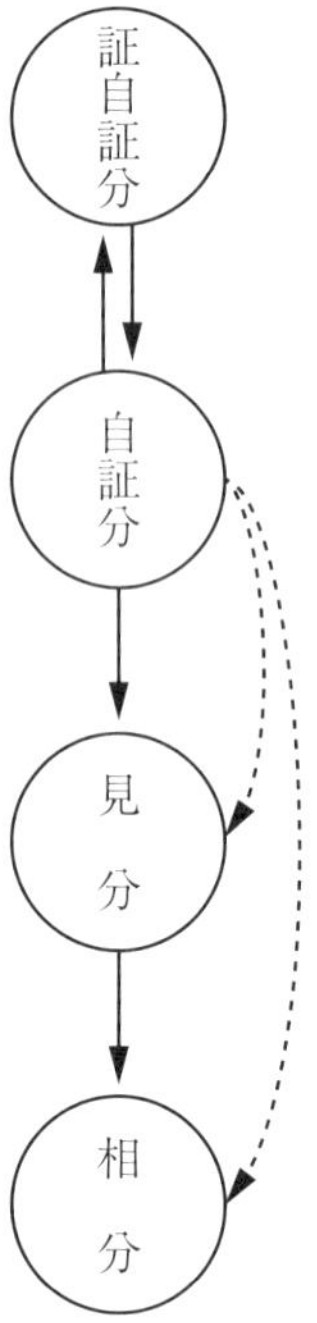

八識図（『唯識の哲学』99頁により作成）

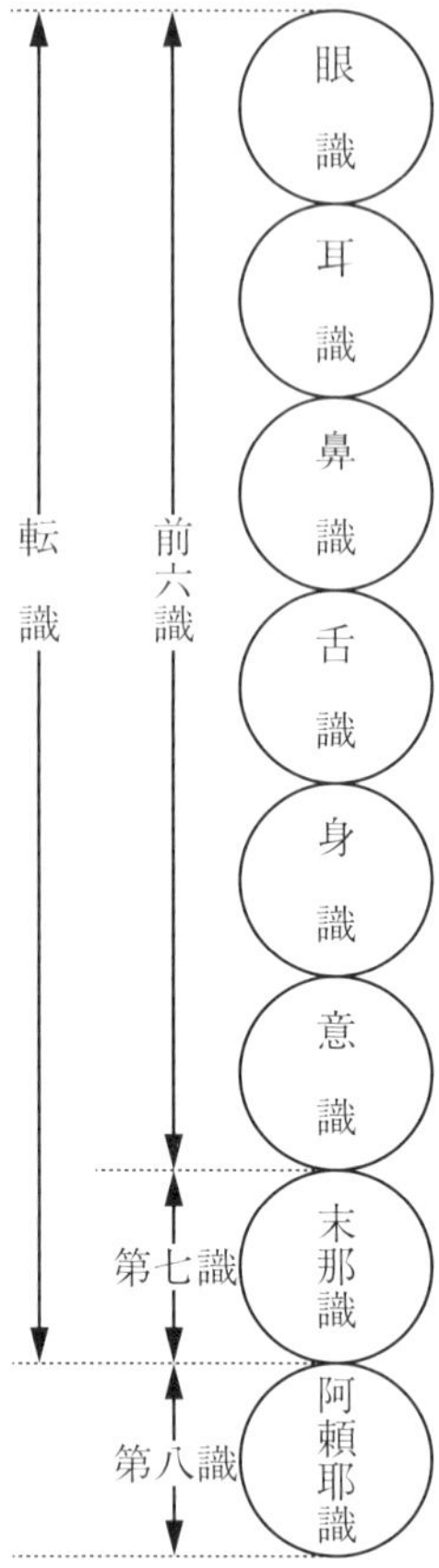

唯識説では外的事物は存在しないと考えるものですから、これらの六識を刺激いたしまして、あたかも外的事物であるかのような影像を作り出させる根本的な識、「阿頼耶識《あらやしき》」、第八識とも申しますが、阿頼耶識というものがあると考えます。

さらに、この阿頼耶識を見て、これが自我であると執着する誤った識、「末那識《まなしき》」があると考えます。これが第七識。

前六識と違いまして、第七識、第八識は、平生は自覚されません。なお、これら八識のうちで阿頼耶識を除く七つの識は、阿頼耶識から転化して生ずるので一括して「転識《てんじき》」と申します。

前頁に示しましたのが、その八識図でございます。この中で、末那識《まなしき》というのは、大変難しくて、いったいどうしてこういうものがあるのか、私にはどうしてもよくわかりません。たぶん、為兼もよくわからなかったのではないかと思いまして、この話には末那識は別に関係いたしませんので、ここのところは失礼して、ほっかむりをさせていただきます。

阿頼耶識の「アラヤ」というのはサンスクリット語でございますが「蔵《ひそ》む」という意味と、「蔵《おさ》める」という意味と、二つの意味がございます。阿頼耶識というものは身体の中にひそんでいて、我々の肉体を維持する生命の根源体である。そして、無限の過去の世界から生き変わり、死に変わり、輪廻して生きてきているその輪廻の主体であるのです。

同時に、阿頼耶識は、その無限の過去世から積み重ねてきた認識作用の経験、これを「業《ごう》」と申しますが、その業の印象を、種子《しゅうじ》という形で、その中におさめている蔵であるとされております。

「悟り」というのは、どういうことかと申しますと、輪廻を断ち切って、法界に入るための阿頼耶識の作用です。その悟りを得るために、どういうことが行われるか。まず、阿頼耶識の中には止観行によりまして、仏の教えを追体験し、認識することに得ました清らかな種子、無漏《むろ》の種子というのが、印象として残っております。一方、過去の経験の世界において誤った認識を重ねてまいりました、汚れた種子、有漏《うろ》の種子も入っております。修行を積み重ねて阿頼耶識の中の無漏の種子を強めていきますと、だんだん有漏の種子が駆逐されていきます。白血球が病原菌を食い殺すように有漏の種子が駆逐されていく。止観行を重ねて、重ねて、ついに阿頼耶識の中が完全に無漏の種子で満たされた瞬間、輪廻的存在の根拠がなくなって、迷いの現世に再び生まれることがなくなります。すなわち仏の世界に入るのだということでございます。

八　心とその働き——相応

さて、話を少し変えまして、心とその働きについて考えますと、対象を認識するには、心の主体、これを「心王《しんのう》」と申します。心の働き、これを「心所《しんじょ》」と申します。心王と心所、心の主体と働きが結合する、これを「相応《そうおう》」と申します。そのときに初めて対象が認識されます。

時計がない、ないと言っているときには、心の主体と心の働きが結合していない状態。それが時計を見つけたときに、相応、つまり心の主体と心の働きが結合します。それで対象が認識されることになります。

この心の働き、心所《しんじょ》には、すごくたくさんのものがあるのでございますけれども、すべての識に共通する、最も基本的な心所を「五遍行《ごへんぎょう》の心所」と申します。それは次のようなもの……。

触《そく》……心を対象に向かわせる作用。

作意《さい》……心を目覚めさせ、対象に働かせる作用。

受《じゅ》……意識のうちに何らかの印象を受け入れる作用。

想《そう》……対象の姿を心にとらえる表象作用。言葉としてこれをあらわす間接の因となる。

思《し》……心を善にも悪にも無記（善でも悪でもない状態）にも作りなし、もって身・語・意の三業を造る心作用。


ちなみに、為兼に私淑して『風雅集』を成立せしめられました花園院は、法号を「遍行」と申上げます。すなわち自ら、出家後のお名前として、「心の働き」を選ばれたのでございます。玉葉風雅歌風を考える上に、深い暗示を与える御法号であると存じます。

九　為兼の唯識への開眼経路

さて、それでは為兼はなぜ唯識に開眼したのか。為兼は若いときから晩年まで、いとこにあたる興福寺の実力者である実聰僧正という人と仲が良かったのです。実聰という人は為兼よりも五つくらい年上の人ですが、大変仲がよかった。おそらく実聰を通じて、為兼はこれを学んだと考えられます。と申しましても彼は、仏教者ではなくて歌人でございます。ですから、「どこまでも自分は自分の心を歌に詠みたいんだ、決まりきった昔からの約束事を並べるのはいやだ」という自分の主張を裏付けるものとして、この唯識説を活用したわけです。自分の心を自分の言葉で思い切り詠《うた》いたいんだ、だけど、そもそも心って何だろう。

言葉でなんか表せそうもない……。

○ことのはにいかに言ひてもかひぞなきあらはれぬべき心ならねば　（中務内侍日記、一一）

という歌を彼は三十歳のときに作っています。また、三十二歳のときにも

○はかりなき心といひてわれにあれどまだそのゆゑを思ひ得なくに　（弘安八年四月歌合、一〇）

という歌を作っています。「何だかわからない心というものが自分の中にある。何だろうと思っていくら首をひねって考えても、どうもわからん」という歌ですね。

その為兼が三十三歳の年の暮れ、弘安九年（一二八六）閏十二月十五日、この日は年内立春でございました。ご承知の「年のうちに春は来にけり一年《ひととせ》を去年《こぞ》とやいはん今年とやいはん」（古今一、元方）という歌、その、暦と矛盾した気持ち、それを彼は二時間のあいだに、一つ〳〵、正直に全部歌にして表わしました。そういう形で百首を詠んだのです。そのうちのいくつかを見ましょう。

○ことし猶のこると思《おもふ》にいつのまにけさより春と霞立《たつ》らん　（一）
○あさ風も音やはらぎてきこゆるは春くるけふのしるしとや思ふ　（八）
○はるのしるしなにとかはみんゆきちりて霞もたゝず鶯もなかず　（一〇）

○ほの〴〵とかすみそめぬる山ぎはのあけはなるゝやはるのくるほど　（三七）
○けふこそ春ぞといへども山の葉のかすみやらぬは猶冬やのこる　（四九）
○山の色は花田にみえてあさ日かげうすのどかなり春きぬらしも　（七三）
○心よりはるとはわけど風あらみゆきふりくらすそらさはがしも　（八二）
○けさしはや春の心になりかへり鶯もなきかすみもたちぬ　（八三）

これらは実景ではないんですね。頭で考えられるかぎりの年内立春の景色とそれに向かって起こる気持ちとを、思いつくに従って克明に歌にしたんです。ですから、霞が立ったって言ったり、立たないって言ったり、鶯が鳴かないって言ったり、鳴くって言ったり、まるで実景ではないのです。だけど、そういう実験をしているうちに、為兼、「あっ」と気がついたんです。

○ふでのうちにおほくのはるをたてゝみればかきつくるまゝにおもかげになる　（九一）

つまり、筆でもって沢山の立春の光景を、心に浮かぶままに書き付けてみたら、それが一つ〱目の前に見えてくるじゃないか、と……。

○もゝかへり春のはじめをむかへ見るもたゞ一時の心なりけり　（九九）

為兼は「こりゃあ、すごいや。おれはたった二時間の間に百遍、立春を体験しちゃったよ。それは心、すなわち識の働きのおかげ。あゝそうか、いままで歌会で、時鳥を待つだとか、忍ぶる恋だとか、ありきたりの題を出されて、別に時鳥なんて待ってもいないのに、恋もしていないのに、何だか心にもないことをもっともらしく詠まなきゃならないのが、いやでいやでしょうがなかった。だけど、心の中でそういう情景を作り出す。影像として目の前に浮かべて、それに向かって起こってきた気持ちを詠めば、現実体験とまったく同じに、時鳥を待っている思いだとか、恋心を秘密にしているつらさだとか、そういうものが詠めるんだ。そうだ、これだ、唯識だ。これで行こう」と思ったんですね。

それで彼は五日後の十二月十九日に『歳暮百首』というのをまた詠みます。これも変な歌でして、

○春をむかへんことは心にいそげども年のなごりは惜しくも有るかな　（二）
○いかにして目に見ぬ年のくれはててまたあらたまる春をまつらん　（三二）
○我がごとくなごりを思ふ人しあらばあはれとくるゝ年もやいは（ん）　（四七）
○人ごとにいそぎ〳〵て送りやれば送らるゝ年のうらみやすらん　（六八）

というようなものです。

まるで年そのものを人間のように考えて、こんなことをいろいろ詠んで試していった。そういうふうに思索を重ねてまいりまして、たぶん翌弘安十年頃、三十四歳頃に『為兼卿和歌抄』という歌論書――和歌に関する方法論――を書きます。これは、大変長いものでございまして、当時、為兼のこういうとんでも

ない変な歌については、当然、批判がいろいろありました、それに対して、一々に反駁をしています。ですから、非常に複雑な部分もあるのですけれども、そのいちばん核心となるのは、次に挙げます一節でございます。

花にても月にても、夜の明け日の暮るるけしきにても、その事に向きてはその事になりかへり、そのまことをあらはし、その有様を思ひとめ、それにつきて我が心の働くやうをも、心に深くあづけて、心に言葉をまかするに、興有り面白き事、色をのみ添ふるは、心を遣るばかりなるは、人のいろひ、あながち憎むべきにもあらぬ事なり。言葉にて心を詠まむとすると、心のまゝに言葉のにほひゆくとは、かはれる所あるにこそ。

――花でも月でも、夜の明け、日の暮れる景色でも、詠《うた》いたいことに向かっては、その情景、状況になりきって、その真実のところをしっかりと見つめ、それに対しての自分の心の働き方（心所）を、いま一つ心の奥にある主体、心王《しんのう》に深く預け（これが相応ですね）、その心から自然に出てくる言葉を信頼して、それにまかせてうたい出せば、そこに巧まずして出て来る技巧、面白さ、味わいが添い、作者自身「ああ自分の気持ちが十分に表現できた」と満足する。それを周りの人間が小ざかしく批判し、非難するには及ばぬ事だ。そういう連中が、風流めかした言葉で本心でもない歌の題の心を詠もうとするのと、私の言う、自分の心の奥底から生まれ出た言葉がおのずから美しく余韻をもって響くのとは、まったく作品としての価値が違うのだよ――。「言葉にて心を詠まむとすると、心のまゝに言葉のにほひゆくとは、かはれる所あるにこそ」。

それでは、この理論を、五遍行の心所と対応させていきます。

①その事に向きては＝触。心を詠むべき対象・主題に向かわせる。
②その事になりかへり＝作意。心を対象・主題に向かって深く働かせる。
③そのまことをあらはし＝受。対象・主題の真実を心にとらえる。
④その有様を思ひとめ＝想。その真実を言葉としていかに表現するか思いめぐらす。
⑤それにつきて我が心の働くやうをも＝思。対象・主題に対しての自分の心の働きのあり方を観察する。
ここまでが五遍行の心所。

そして、

⑥心に深くあづけて＝阿頼耶識の中で、心王と心所が相応する。
⑦心に言葉をまかする＝ここで意言が成立する。これによって和歌作品が成立。

これに対して、

⑧言葉にて心を詠まむとする、というのは、これだけの過程なしに表面的技巧だけの今までの歌のこと。

⑨心のままに言葉のにほひゆく、というのは、①～⑦の過程で自然に生まれ出た、本当に美しい歌。これこそ為兼のめざす本当の和歌だということでございますね。

一〇　為兼詠の完成経過

為兼の場合、この理論だけ先にできちゃったわけでございます。これは大変珍しいことでして、俊成でも、定家でも、歌論というのは、歌が完成して最晩年になって歌論を書いております。為兼は歌ができないうちに理論のほうが先にできちゃった。それから、それを応用して歌を完成させていったのでございます。

その根本が認識です。景色を目の前に出す。恋の状況を目の前に出す。そして、それを認識することによって歌にする。それを種子として識の中に溜め込む。また、次の機会にそれを引っ張り出して、また同じことをやってみると、少し深まる。それをまた心の中に溜め込む。それを何遍も何遍も繰り返しているうちに、有漏の表現が次第に消滅していって、本当に無漏の、美しいありのままの自然の表現というものができるようになった。その状況を次に順序立ててみました。

○さびしさもしばしは思ひしのべどもなほ松風のうすくれの空　（弘安八年四月歌合、33歳）
○故郷を忘れんとてもいかゞせむ旅ねの秋のよはの松かぜ　（永仁元年八月後宇多院十首、40歳）
○峰の嵐軒ばの松を吹きすぎて麓にくだるこゑぞさびしき　（嘉元元年伏見院三十首歌、50歳）

○ふもとなる草にはしげき山あらしの峰の松には吹くかともなし　（同年頃、金玉歌合）
○をかのべやなびかぬ松はこゑをなしてした草しほる山おろしの風　（嘉元三年仙洞歌合、52歳）

松と風の状況を、さびしいとか、故郷が忘れられないとか、そういう余計な部分を次第々々に排除して行って、最後に到達したのが、次の歌です。

○山風はかきほの竹に吹きすてて峰の松よりまたひゞくなり　（玉葉、二一三〇、59歳以前）

山風は、垣根の竹に吹き過ぎて、静かになったと思ったら、また峰の松からひびいて来る。昨日も、今日も、明日も、そして永遠に……。更にまた、

○暮れかゝる麓はそこと見えわかで霧の上なるをちの山のは　（弘安元年百首、23歳）
○春といへばいつも霞の時にあれどなほ山の端の夕あけぼの　（永仁頃、40歳代）
○峰にのみ入日の影はうつろひてふもとの野辺ぞくれまさりぬる　（乾元二年九月、50歳）
○暮れぬるか遠つ高ねは空に消えて近き林のうすくなりゆく　（嘉元元年仙洞歌合、50歳）

こういうふうに同じような風景を繰り返し、繰り返し詠んでいるうちに最後に到達したのが、次のような歌……。

○沈みはつる入日のきはにあらはれぬ霞める山のなほ奥の峰　（金玉歌合、50歳頃）
○波の上にうつる夕日の影はあれど遠つ小島は色暮れにけり　（玉葉、59歳以前）

本当に今でも見られる風景ですね。このようにして為兼はその歌を完成いたします。

一一　完成為兼詠の唯識説との対応

これらの歌は為兼だけじゃございませんで……。為兼はしばらくの間、四十代くらいの活躍期に政治的な問題で佐渡へ流されております。その間、都では為兼の教えに従って、といってもまだ完成したわけでもない、その観念的な教えに従って、伏見院、永福門院はじめ、仲間の歌人たちが自分たちで一生懸命試作を続けて、それが為兼が五十歳になって佐渡から許されて帰ってきたとき、一遍に開花いたします。それで京極派和歌というのはできるのですね。ですから、為兼ひとりじゃない。グループみんなで作った和歌。そこのところにまた京極派和歌の意義があるのでございます。今日は時間の都合でそこまでなかなかお話できませんので、ここでは完成した為兼の歌を、唯識説と対応させるとどういうことになるか、ということで考えたところをお示しいたしておきます。

まず、為兼の歌をあげます。

A　実景を目に見るように迫真的に描写する叙景歌。

○波の上にうつる夕日の影はあれど遠つ小島は色暮れにけり　（玉葉、二〇九五）
○松を払ふ風は裾野の草に落ちて夕立つ雲に雨きほふなり　（風雅、四〇八）

B　従来の恋歌とは違い、「心が心を見る」というような態度で心理分析のように詠み出す恋の歌。これは為兼としてはあまり成功したものではございませんけれども、のちに伏見院、永福門院によって完成しております。ここでは為兼のものを挙げておきます。

○まぎれすぎてさておのづからあらるゝを思はれたちて後の夕暮　（金玉歌合、七六）

まぎれているときには、まあ何とかなっているのに、恋しいと思いはじめたら、もう矢も楯《たて》もたまらないという気持ちを詠じています。

○頼まねば待たぬになして見る夜半の更けゆくまゝになどか悲しき　（風雅、一〇四八）

「どうせ『来る』って言ったって来ないだろうと思って期待しないでいるつもりなのに、夜が更けていくと何だか悲しくなってしまう。この心はいったい何だろう」という歌ですね。非常に心理分析的な歌です。

C　「世のことわり」めいた事を散文的に説く非具象的思念歌。

○木の葉なきむなしき枝に年暮れてまためぐむべき春ぞ近づく　（玉葉、一〇二二）

自然のめぐりの理法を、そのままに詠んだものです。

○物としてはかり難しなよわき水に重き舟しも浮ぶと思へば　（風雅、一七二七）

これは中国に、「君は舟、臣は水、水よく舟を浮かべ、水よく舟を覆す」（荀子）ということわざがありますが、物として見た目だけで軽重をつけることはできにくいことだと……。弱い水、あんなにゆらゆらして頼りないような水に、重い船が浮かぶじゃないか、という歌です。

D　そういう歌すべてにわたって、「心のままに詞のにほひゆく」ように、従来の歌の題だとか、発想法だとか、歌言葉だとかにとらわれない自由な発想と表現法で詠む。

○沈みはつる入日のきはにあらはれぬ霞める山のなほ奥の峰　（風雅、二七）

○枝にもる朝日の影の少なさにすゞしさ深き竹の奥かな　（玉葉、四一九）

○吹きしほる嵐をこめてうづむらし更けゆく山ぞ雪にしづまる　（金玉歌合、六〇）

○とまるべき宿をば月にあくがれてあすの道ゆく夜半の旅人　（玉葉、一一四二）
○大空にあまねくおほふ雲の心国土《くにつち》うるふ雨くだすなり　（風雅、一〇八七）

これらの歌を唯識説と対応させてみます。

一、具象的な事物、物であっても、形として表われない心の中の思い、思念であっても、いずれも止心・観察によって「識」の中に「境」として作り出す実践行。これがA「波の上に」、C「物として」の歌です。

二、心がいくつにも分化して、相互に認識し合う「識」の活動作用。それがB「まぎれすぎてさておのづからあらるゝ」心、それから「思はれたちて後の」どうにもこうにもならない逢いたいという心、そういうふうに分かれた心を、また別の第三者の心が観察するというあり方です。

三、正しい認識作用の手段となる「心」の真実から発した「詞」。それをそのまま詠めば、それが本当の歌である、という宣言。

例えば、「沈みはつる入日のきはにあらはれぬ霞める山のなほ奥の峰」。気をつけて見ていらっしゃると、こういう景色、あるんですね。富士山が霞の中で見えていない。それが後ろにお日様が沈むことによって、すっと浮き出すというような景色。この歌をご存じだと、たま〳〵そのような風景に出会った時、ああ、これだ、とお思いになる。そういうことがあると思います。「枝にもる朝日の影の少なさにすゞしさ深き竹の奥かな」。竹やぶの中で、或る朝、ああ、これだ、とお思いになることがあると思うんですね。こういうふうな心の真実から発した言葉が歌なのです。時代を超えて、ああ、これだ、と思うことがありうる。そのために自分は歌を詠んでいる。
四、こういう一から三の総合によって詠い出された歌こそ本当の歌。そして、それだけじゃない。このような詠作を重ねることによって、歌道は仏法とも一つになりうる、と……。歌道は仏法とも重なっているという事は、為兼卿和歌抄の中で言っております。そして、最晩年になって、前に申しました花園院のご質問に対して為兼が答えています。その言葉の中に、「歌道と仏道は一如である」とあるのです。

為兼は本当に一生をかけて唯識を通じて、この新しい京極派和歌というものを作り出したと私は考えております。こういうことを申し上げまして、土岐先生に聞いていただきましたら何とおっしゃいますか。「まだまだ甘いよ」とおっしゃるだろうと思いますけれども、私、七十年考えてまいりまして、やっとここまでまいりまして、これ以上先へは行きそうもございませんけれど、ここまでのところはお話させていただきました。大変ややこしい話でおわかりになったかどうか恐縮でございますが、これで終わらせていただきます。ご静聴ありがとうございました。

伏見院宮廷の源氏物語

一　とはずがたり

鎌倉末期の宮廷においては、『源氏物語』の研究とは別に、これを自らの生活の中に取りこんで実演して楽しむという、いわば「源氏ごっこ」ともいうべき享受の形のあった事が、『とはずがたり』[注1]の記述によって知られるようになった。

建治三年（一二七七）二月、後深草・亀山両院が小弓の勝負に当り、

御負けあらば、御所の女房達を、上下みな見せたまへ。我負けまいらせたらば、又そのやうに。

と言葉をつがえた折、後深草院が負けてしまった。負けわざの趣向として、院は、

竜頭鷁首《げきしゅ》の舟を造りて、水瓶を持たせて、春待つ宿の返しにてや。

すなわち源氏物語胡蝶の巻の実演を提案したが、余りに大がかりになるとの事で実施できず、この時は女房蹴鞠を行った。妬《ねた》みには亀山院が負けて、五節帳台の試みをまねび、更に弥妬《いやねた》みには後深草院が負けて、ここに若菜下、六条院の女楽のまねびが行われるのである。

紫の上には東の御方、女三宮の琴の代はりに、箏の琴を隆親の女の今参りに弾かせんに、隆親ことさら所望ありと聞くより、などやらん、むつかしくて、参りたくもなきに、「御鞠の折に、ことさら御言葉かゝりなどして、御覧じ知りたるに」とて、「明石の上にて、琵琶に参るべし」とあり。……女御の君は、花山院太政大臣の女、西の御方なれば、紫の上に並び給へり。……心〳〵の楽器、前に置き、思ひ〳〵の茵など、若菜の巻にや、記し文のまゝに定め置かれて、時なりて、主の院は六条院に代はり、新院は大将に代はり、殿の中納言中将、洞院の三位中将にや、笛、篳篥に階下に召さるべきとて……

女房らのみならず、後深草院まで光源氏気取りで、全員参加の源氏ごっこも、院の心遣いで隆親女の女三宮より上座に据えられた作者の明石が、隆親の抗議によって座をおろされるという騒動になり、プライドを傷つけられた作者の出奔という苦々しい結果に終る。「あまりに興あらんとする事は、必ずあいなきものなり」（徒然草五四段）の見本のような一幕であった。

こうした催し以外にも、日常生活の中でさりげなく『源氏』が引かれる事は全く珍しくなく、建治元年

（二二七五）二月、亀山院の後深草院訪問の折にも、後深草院が、

御幸なりぬるに、御座を対座に設けたりしを、新院御覧ぜられて、「前院御時、定め置かれにしに、御座の設けやう悪し」とて、長押の下へ下ろさるゝ所に、主の院出でさせ給て、「朱雀院の行幸には、主の座を対座にこそなされしに、今日の出御には御座を下ろさるゝ、異様《ことやう》に侍」と申されしこそ、「優に聞こゆ」と人々申侍しか。

と藤裏葉を引いて警句を飛ばし、また『増鏡 老の波』（注2）でも『とはずがたり』のこの条を引いた上、すぐ続く四月両院伏見殿御幸にも、

両院の家司ども、我劣らじといかめしき事ども調じて参らせあへる中に、楊梅《やまもゝ》の二位兼行、ひわりごどもの、心ばせありて仕うまつれるに、雲雀といふ小鳥を荻の枝につけたり。源氏の松風の巻を思へるにやありけん。為兼の朝臣を召して、本院「かれはいかが見る」と仰せらるれば、「いと心得侍らず」とぞ申しける。まことに定家の中納言入道かきて侍る源氏の本には、荻とはみえ侍らぬとぞ承りし。

とある。

『とはずがたり』がその冒頭から、若紫、夕顔などを思いよそえつつ書かれている事については、すでに多くの指摘があるが、それは決して特殊な知識ではなく、当時の宮廷人一般の事であり、定家・光行ら

のあとをうける源氏研究の一方に、上皇から廷臣女房に至るまで、いわば高級娯楽として『源氏物語』に親しんでいたというのが、鎌倉末期上層社会における源氏物語享受のあり方であった。
古代宮廷の栄華は過去のものとなり、わずかに即位大嘗会や年々の五節にそのかみを偲ぶ姿勢は、『弁内侍日記』『中務内侍日記』に描かれるところである。これら内裏の諸儀にも直接かかわる事のない仙洞の生活、公事も繁多ならぬ閑暇の日々の興として、こうした「源氏ごっこ」が喜ばれたという事は、銘記してよい。残された記録からは享楽的、頽廃的と見えようとも、それは生活に即した楽しい源氏受容の一つの形であり、次の伏見院の時代において、より文学的な受容発展の形をとる、前段階であったのである。

二　嵯峨のかよひ

遡って文永六年（一二六九）、二十九歳の左少将飛鳥井雅有は嵯峨に住んで、七十二歳の為家に親しんだ。その生活を描いた『嵯峨のかよひ』（注3）の中には、宮廷とはまた異なる源氏物語享受の姿が見られる。

（九月）十七日、昼ほどに渡る。源氏はじめんとて、講師にとて、女あるじをよばる。簾のうちにて読まる。まことに面白し。世の常の人の読むには似ず、習ひあべかめり。若紫まで読まる。夜にかゝりて、酒のむ。あるじ方より、女二人を、かはらけ取らす。女あるじ、簾のもとに呼び寄せて、此のあるじは千載集の撰者のむまご、新古今新勅撰の撰者の子、続後撰続古今の撰者也。まらうどは同新古今撰者のむまご、続古今の作者也。昔よりの歌人、かたみに小倉山の名高きすみかに宿して、かやうの物語のやさしき事ども言ひて心をやるさま、ありがたし。此比の世の人、さはあらじなど、昔の人の心ちこそすれなど、やう〳〵に色をそへて言はる。男あるじ、情ある人の年老いぬれば、いとゞ酔さへそへて涙おとす。暁になれば、あかれぬ。

十九日、午の末つ方より、末摘花をはじむ。申の中程より俄かに雲立ち乱れ、風荒くして、夕立す。……あるじ方より酒とう出て、気色ばかりにてあかれぬ。

廿日、暮るゝ程に行きて、須磨明石ばかり聞きて帰りぬ。今日は盃も出でず、あまり繁くてむつかしきに、よしと思へど、あるじは本意ならぬにやありけむ。

廿一日に、巳の時ばかりに行きて、澪標をはじむ。……蓬生はてて、酒取り寄せて飲む。……

廿三日、身をさらぬ病いさゝか起るやうなれば、夕つけて行きぬ。関屋より薄雲に至りて、夜更けぬ。あちこち行き帰れば、道の風もいとゞ加はれば、とゞまりぬ。

廿四日、槿より初音に至る。昨日聞きし巻に、小鳥を荻の枝に付くる事ありき。折節小鳥を人の許より贈る。荻の枝につけ、酒具して、二人みづから持ち持ちて、あるじの前に置く。ことに興ぜらる。あるじ方よりも酒取り出でて、ことに興ある日なり。……今日は帰りぬ。

廿六日、……胡蝶より常夏に至りて、日暮るれば、いとゞ小暗の山のかげなり。……夜更けて帰りぬ。

廿八日、……今日はさわがしとて、ことさら篝火の巻ばかりなり。……

神無月一日、例の中院に行きぬ。行幸より真木柱に至る。……

二日、今日は梅枝より若菜の半《なか》らばかりにて、暮れぬれば帰りぬ。

五日、若菜の残りより柏木に至る。例の酒取り寄せて飲む。みな人酔ひ乱れて、夜に入りて女房二人出でたり。かの女、筝のことを取り出でて、律に押し下してかきあはす。女あるじのいはく、源氏にはことさら和琴をなんほめたれど、今の世となりては弾く人多からねば、いまださやかなる音を聞かずとて責めらる。病年積りて、清掻《すががき》をだに忘れぬる由を度々返さひしかど、あまりにすまはんも中々上手の心地してかたはら痛ければ、取り寄せて緒合せばかりかきならす程に、やがて箏より楽を弾き出だし侍りしかば、たへずしてつけぬ。……

九日、横笛より夕霧になりて、まらうど来れりとて出で合へば帰りぬ。

十日、酒持ちて行きぬ。御法より竹河の端つ方に至りて、日暮れぬ。

廿三日、日比のいたはりさはやかになるまではなけれど、心もとなければ行きぬ。竹河の残り聞きはてぬ。例の酒あり。……

廿九日、内侍所の御神楽に二人出でんと思へば、ならしの為に、古き所作人中将入道よびたれば、来たり。例の源氏の橋姫の終りほどに来あひたり。……

十一月一日、……椎本を読みはてて、又酒飲み、例の今様朗詠などして、……夜更くる程にみなあかれぬ。

八日、例の源氏、総角なり。……

十四日、例の中院にて、早蕨談義あり。……

十九日、宿木半らばかりにて、日暮るれば帰りぬ。

廿日、宿木の残り、東屋、果てぬ。……

廿一日、浮舟のはじめ、やがて取りおきて、あるじ方より酒出だす。例の事ども果てて帰りぬ。

廿三日、蜻蛉読みて帰りぬ。

廿四日、手習。
廿七日、手習の残り、夢の浮橋果てぬ。……

約二箇月半の内、実質二十三日をかけて読みあげている。一日にどれ位を読み進めたものか、試みに岩波文庫の頁数をもって算出してみる。五十四帖中、野分のみ、読んだ日が明らかでない。「若菜の半ら・残り」とは若菜上・下の事と考え、「竹河の端つ方・残り」「宿木半ら・残り」等は各巻の頁数を仮に二等分して考えた。紅梅は竹河の前に位置するものと一往考えておいた。

九月十七日	桐壺〜若紫	一九八頁
十九日	末摘花〜花散里	一八二頁
廿日	須磨〜明石	八七頁
廿一日	澪標〜蓬生	五九頁
廿三日	関屋〜薄雲	八三頁
廿四日	槿〜初音	一三五頁
廿六日	胡蝶〜常夏	六七頁
廿八日	篝火	四頁
?	野分	一九頁
十月一日	行幸〜真木柱	八六頁

二日　梅枝〜若菜上　一五二頁
五日　若菜下〜柏木　一三九頁
九日　横笛〜夕霧　一一二頁
十日　御法〜竹河端　九五頁
廿三日　竹河残り　二二頁
廿九日　橋姫　四〇頁
十一月一日　椎本　四〇頁
　八日　総角　九二頁
十四日　早蕨　一九頁
十九日　宿木半ら　四八頁
廿日　宿木残り〜東屋　一一六頁
廿一日　浮舟のはじめ　三九頁
廿三日　浮舟の残り〜蜻蛉　九八頁
廿四日　手習（半ば）　四〇頁
廿七日　手習残り〜夢浮橋　五九頁

もちろんごく大まかな推計にすぎないが、興に乗ればとめどなく読み進む日もあり、鞠（九月廿一日）五十首歌（十月一日）楽（十月五日・廿九日）等に興ずる日もその前に相当部分を読んでいる。終って酒・連歌は毎度の事である。しかもこの間雅有は持病に悩まされても居れば、大堰川に遊楽もし、中将への昇進運動もしている。その中で、十一月廿七日に夢浮橋を終るや否や、古今談義を要請し、同日秋下までを読み、翌日古今廿巻を習い通し、奥書を取ったという。好きとはいえ、雅有も為家も、大変な精励、集中力と言わねばならぬ。

そもそも、「読む」とはどのように読んだのであろうか。初日の記事によれば、本文は阿仏が読み、通常の読み方とは違って大変面白かったという。おそらく最後まで阿仏が講師をつとめ、老年の為家は要所々々にごく簡潔に口をはさんで、準拠や難義を指摘し、解説したのであろうか。そのような方式であったら、この日程も決して無理ではなかったであろう。(注4)

もとより雅有も『源氏物語』は十分読みこなしていたに違いない。その親しい本文を、「世の常の人の読むには似ず、習ひあべかめり」という味わい深い読み方——おそらく女主人に語り聞かせる、女房の読みの口調は、男性のそれとは異なるものがあったのであろう——で、女性の口から聞き、為家の口ずから要点を指し示してもらう事で、自ら読む事とは別の感銘を得、言われた以上に多くのものを自得したに違いない。

三　弘安源氏論議

それから十一年後の弘安三年（一二八〇）、四十歳の従三位侍従雅有は、後深草院皇子、春宮熙仁親王（伏見天皇）の側近にあって、和歌を指導し、『古今集』や『日本紀』を講じていた。彼は十六歳の聡明な春宮に嘱望し、この年一年間の奉仕の記、『春のみやまぢ』を成している。春宮周辺には二三十歳の気鋭の廷臣ら——現大覚寺統朝廷では志を得ず、次代、持明院統政権のもとでの栄達を期する青年達が集い、当面の閑暇を詠歌や文芸談義に消していた。彼らの間で「弘安源氏論議」が催されたのもこの年である。雅有もその主要メンバーであったが、『春のみやまぢ』には記載がなく、源具顕の筆録によって、その全貌が知られる。

弘安三年十月三日夜、宿直の近臣らの雑談に端を発した源氏物語論争は春宮の興味を引き、同六日その御前において、左方雅有・範藤・長相・具顕、右方康能・兼行・為方・定成に分れ、各自二題づつあらかじめ問題を取りかわしての、本格的な論議へと展開した。相手をきめて互いに問答し、又双方の方人《かたうど》が論駁を加え、衆議により勝劣を判定して、結局左方が一番まさりで勝と決した。子の時から寅の半ばに至る、白熱した論議であった。人数のうち最年少（二十一歳ぐらいか）と思われる具顕は、康能のすすめによってこの論議の次第を記録し、また後日、戯れに「古今集仮名序」に似せて一文を草した。この二篇を合せて、「弘安源氏論議」（注5）として今日に伝わっている。

第一篇は次のようにはじまる。

弘安三の年、神無月のはじめの三日の夜、この夕より降りつる雨なほやまず、嵐の音さへ荒ましうなりまさりて、いと物むつかしき夜のさまなるに、春宮の御方には、侍従三位・範藤朝臣・兼行朝臣・長相朝臣・為方・定成などさぶらふなるべし。しめやかなる宵のつれ〴〵なぐさむばかりのことを面々に申し出だし争ひて、はて〳〵はくじにかきて、この御方へ為方持て参りなどする程に、明くる夜といふは四日なり、今夜源氏のうちのおぼつかなきことを二くさづゝ問をいだして、六日論議すべきに定まりぬとて、その由為方奉行す。

「つれ〴〵と降りくらして、しめやかなる宵の雨に」源氏と頭中将の雑談から女性論に発展して行く雨夜の品定めに擬して、かりそめの文芸論が公事めいた論議に発展して行くさまが、短文のうちに巧みに描かれている。その論議のさまは、一二を引けば、

一番問云、右　　　　　　　　康能朝臣
河原院の大臣の例をまねびて童随身具する事、おぼつかなし。
答云、左　　　　　　　　侍従三位雅有
河原の大臣の例かの伝に見及ばず、但し長徳の比の記に書きのする事あるにや、細かに引き見ず、逐って勘へ申すべき由を申さる。
右申
長徳の比なほ近例なり、古き証拠侍らむ、菅原の大臣といふ説も又侍るにや。古きを存ぜられば詳しく申し出ださるべし。
左申
長徳の比の記に古きをのせて侍り。詳しき事なほ申し出だし難し、退きて記し申すべし。
この番の勝負、いかにと定まるべきにかと沙汰あり。互に深く此の道を知り、深く此の道を執す。
心にこめて詞に出ださず。彼の潯陽の浪の上に未だ曲調をなさざるに先づ情ありけん琵琶の音も

かくやと覚えて艶なり。深渓にのぞまざれば地の厚きことを知らず、雌雄定め難ければしばらく持にて置かる。

十一番問云、右　　　　　兼行朝臣

かはぶえふつゝかにと言へる、いかなる物ぞや。

答云、左　　　　　範藤朝臣

かはぶえの事、楽器の中に見及び侍らず。但し天暦の比の記に、宴会の時諸卿入興のあまりかはぶえを吹くといへり。同じ日の小一条の左大臣の記に、諸卿うそを吹くといへり。文範卿節会の時かはぶえを吹く、諸人嘲哢すといへるも同じ事にや。文選には金革にかたどるともいへり、また鳳凰来儀すなどにも侍るにや。

右方とりわき申す旨なし、仍左を勝とす。

のごとく、準拠論・難義の釈にかかわるものであって、ために今日の源氏物語研究史の観点からは、初期の研究傾向、故実尊重の時代思潮をしのばせるものという以上の、学問的な高い評価は与えられていない。しかしこの催しは、現代的な「研究」という観点からはとらえられぬ、別の意義を持っている。

そもそもこの催しの参加者は、雅有以外は特に源氏学に長じている証も見えぬ、普通の廷臣らである（康能については後に述べる）。にもかかわらず、格別の準備もなく、識者を他に求めず、春宮近臣の常連だけでこのような催しができたという事は、彼らの間でこの程度の源氏の読み、故実の知識がほぼ共通していた事を示している。そして日常の雑談から発展して、直ちにこうした論議の形が取れるほど、『源氏物語』

が彼らに親しいものであった事が知られる。「問答」という形を取る以上、月旦されるのは準拠・難義といった考証的なものに限られるのは当然でもあろう。しかしこれをもって、彼らの源氏享受が表面的なものであり、文学的な深い理解を伴っていなかったとする根拠はどこにもないのである。

春宮周辺の源氏物語理解のあり方を如実に証するのは、第一篇を草した後、十月二十二日、具顕が再度筆を執った第二篇である。その動機は、跋文に、

極熱《ごくねち》の草薬思ひ立ちてこもり居たるつれ〴〵に、忘れがたく面白き事尽きせず心にかゝりて、古のはかなしごとを見るついでに思ひ出でらるゝ事多ければ、書きまぜたるなり。

というによって知られる。これは、凝りに凝った「古今集仮名序」のパロディであって、近世の『仁勢物語』などに先立つユーモラスな好文字である。

光源氏は式部が心を種として、万の言の葉とぞなれりける。世の中にある人、事わざしげき物なれば、心に思ふ事を見る物聞く物につけて言ひ出だせるなり。

にはじまり、享受史・研究史に移って、

此の物語、寛く弘き年の程より出で来にけり。然れども世にもてなす事は、すべらぎのかしこき御代

には康く和らげる時よりひろまり、下れるたゞ人の中にしては宮内少輔《伊行》が釈よりぞあらはれける。一条三条の古き御代には人のさとり深くしておの〳〵事の心をわきまへけるにや、近き世となりては黄門禅門《定家》の筆にぞおぼつかなき事を引き、詞を釈し、歌をかんがへける。

とする。パロディの制約の中にありながら、正しい認識、叙述であろう。次に六義に擬して物語中の歌を、「帝の詠ませ給へる御歌・やさしき歌・面白き歌・物はかなき歌・ひなびたる歌・心得ぬ歌」に類別例示する。

　さて、

古の代々の帝、春の花の朝秋の月の夜のごとに候ふ人を召して事につけつゝ、歌を奉らしめ給ふ。

にはじまる歌徳讃美の一段にあてては、

古の好ける人々、春の花の匂ひ秋の月の色につけて物知れる人々をとぶらひて源氏を沙汰し明らめける。あるは鞠を見るとておほけなき恋にまどひ（若菜上）、あるは月毛の駒にいざなひてしるべある道をたづぬる（明石）[注6]心々を見もて行きて、やさしくおろかなりとたづね知りけん。しかあるのみにあらず、いさら川と口固め（紅葉賀）、入るさの山にかけて身を恨み（花宴）、喜び身にすぎ楽しび心に余り（明石）[注7]、柴の煙につけて民のあはれを知り（須磨）[注8]、雲井の雁に身を歎き（乙女）[注9]、高砂の老木の松もはづかしく覚え（桐壺）[注10]、大内山の月の影を入る方見せぬといふまで（末摘花）[注11]、物語に向ひてぞ心得ける。又春の朝に花の宴を見、冬の夕に紅葉の賀を聞き、あるは年のはじめに鏡の影を見てかねて見ゆる千歳を祝ひ（初音）[注12]、中川の水泉の流れを見て風俗を詠じ（帚木）、あるは昨日は栄えを離れて官を失ひ世に親しかりしもうとくなり（明石）[注13]、あるは松山の波をかけ（浮舟）[注14]、よるべの水の水草をあはれみ（幻）[注15]、小萩が露を払ひ（東屋）[注16]、霜深き夜のきぬ〴〵の別れを歎き（浮舟）[注17]、あるは道の笹原のわりなさを人に言ひ（総角）[注18]、身を宇治川を引きて世の中を恨み来つるに（早蕨）[注19]、浮舟も身を投げ、宮も思ひやる方なしとなぐさみにけり（蜻蛉）[注20]と聞く人は、源氏の草子を見てぞ思ひやりける。

「源氏五十四帖」を知悉した、実に鮮やかなもじり方であると云えよう。特に「古今序」の「さゞれ石にたとへ、筑波山にかけて君を願ひ」に当る「いさら川と口固め、入るさの山にかけて身を恨み」の部分は、紅葉賀「とこの山なると互に口固む」、花宴「梓弓いるさの山にまどふかなほの見し月の影や見ゆると」を引いたものであるが、「山」が重複する事を避けて、前者はわざわざ、紅葉賀の引歌なる、

犬上のとこの山なるいさら川いさと答へてわが名もらすな　（古今六帖三〇六一）

の、物語の文面にはあらわれない「いさら川」を用いている。また「草の露水のあわを見て我身をおどろき」に当る「中川の水泉の流れを見て風俗を詠じ」は、帚木の中川の件りで、風俗歌「玉垂」催馬楽「我家」を引いた修辞のある事によっている。いずれもこれらの引き事が、作者のみならず読者として想定さ

れる人々に自明の常識である事を示している。現代の源氏学者、「古今序」を前にして、果して何人がこれだけ手のこんだ戯文を綴り得るであろうか。

続く歌仙評に擬して論議の人数を紹介する部分が、また傑作である。

古よりかく伝はれる中にも、堀河院の御時よりぞもてなされける。又今の世には、三つの位藤原雅有なん源氏の聖なりける。これは君も臣もみな許せるなるべし。又藤原康能といふ人、あやしく源氏にたへなりけり。雅有は康能が上に立たんこと難く、康能は雅有が下に立たんこと難くなんありける。

これは言うまでもなく、「古今序」の人麿・赤人評を引いたものであるから、これをもって雅有はともかく、康能の源氏学者としての実力を過大評価しては少々見当違いであり、グループ中の年長、また具顕に論議筆録をすすめた人物への挨拶と見ておいた方が無難であろう。ついで残る六人を六歌仙に見立てる。

少将長相は問題をいだしたれども答ふること少し、たとへば絵にかけるをうなを見て徒らに心を動かすがごとし。

藤原範藤はその心あまりて言葉と、のほれり、盛りなる花の色ありて匂ひ深きがごとし。

藤原為方は言葉たくみにてそのさま身にあへり、高き人のよき衣着たらんがごとし。

藤原兼行は言葉かすかにして始め終りたしかならず、いはば秋の月を見るに暁の雲にあへるがごとし。

藤原定成は古の伊行が流れなり、たしかならぬはよく覚えぬなるべし。

源具顕はそのさまいやし、いはば薪負へる山人の朽木の陰に休めるがごとし。

遍昭・喜撰・小町評に擬した長相・兼行・定成評は、「古今序」の言葉がそのまま、いかにも愛嬌のある、しかし手厳しい論議評となっており、一方、一座の先輩範藤、具顕の当の論敵為方への讃辞、自らへの謙辞も当を得ている。

更に古今集編纂の趣旨・方針を述べた条にならって、

かゝるに今あまねき御うつくしみの波八洲の外まで流れ、広き御恵みの蔭春のみ山の麓にしげくおはしまして、万の政をきこしめすいとま、もろ〳〵の事を捨て給はぬ余り、源氏の事をも忘れじ、物語の趣をも知ろしめさんとて……、

と、論議の趣旨、問答の概略を記し、

それ枕詞の花匂ひ少くして、空しき名のみ筆の海の流れいやしきをかこてれば、かつは人の耳におそり、かつは物語の心に恥ぢ思へど、たなびく雲の立居、啼く鹿の起臥しは、具顕がこの御代に同じく生れてこの事の時に逢へるをなん喜びぬる。定家なくなりにたれど、源氏の事とゞまれるかな。夏引の糸たえず、まさきの下葉色かはらずして、菅の根長く伝はり、筆の跡久しくとゞまれらば、源氏の事をも知り物語の心をも得たらん人は、明らけき朝日の影を見るがごとくにこの時を仰ぎて今のかし

こきを知らざらめかも。

と結ぶまで、実に鮮かな筆さばきと言うべく、生き生きと血の通った、躍るような源氏讃歌である。稀に見る才筆であろう。

跋文によれば、この二篇ともに公表のつもりはなかったが、思いがけず春宮の眼にとまり、賞玩のあまり返却されず、「むげにあとなきも本意なくて」記憶をたどって再び保存用に書き直したという念の入れようである。実際の論議そのものの催行意義もさる事ながら、このような論議記録ないし戯文が書かれ、それが春宮を囲む近臣グループに賞玩された事の中に、当時における源氏物語享受の質の高さがうかがい知られる。

具顕は『古今集』をも『源氏物語』をも、決して後世のような権威主義、神秘主義をもって祭り上げてはいない。楽しんで読むべき文学作品として親しみ、その全貌をごく自然に把握して、必要に応じていつでもどこでも引き出せるようにまで愛読しているのである。そうでなくして、どうしてここまで手のこんだパロディが作れようか。このような源氏物語愛読の姿は、ひとり具顕のみ、またはこの時期のみのものではなく、伏見院宮廷においては君臣ともども、日常茶飯時と言ってもよい程のものであった事は、次に述べる『中務内侍日記』によっても明らかである。

なお本稿初発表後、髙田信敬「弘安源氏論義（管見・箚校）」（『古代文学論叢』一七輯、平20・3）に、論義の場は東宮とは異なる貴人（後深草？）の許かとの説が発表された（『源氏物語考証稿』〈平22〉所収）が、如何。

私はこれだけ多数の東宮側近者が相互の身分・官職に関係なくのび〳〵と論議を交わし得、また記録に残し得た場は、東宮伏見の許ならではあり得まいと考えるものである。

四　中務内侍日記

後深草院女房、二条の『とはずがたり』に対し、同院皇子伏見院の春宮・天皇時代の女房、中務内侍の日記(注21)には、前者のような華やかさではなく、実にさりげなく、『源氏物語』が消化され引用されている。冒頭、弘安三年十二月十五日の夜、春宮に近侍して月を賞する作者は、

すさまじき物とかや言ひふるすなる、師走の月夜なれど、宮の中はみな白妙に見えわたりて、木々の梢は花かと見ゆ。池の鏡もされたるに、枯芦のはかなくしほれ伏したる程、よろづに見所あり。

と記している。「師走の月見」は言うまでもなく『源氏物語』『狭衣物語』の風雅の面影であり、何気なく用いられている「池の鏡」も、実は源氏物語中の印象的な情景、

さえわたる池の鏡のさやけきに見なれしかげを見ぬぞかなしき　（賢木、一四四、光源氏）
うす氷とけぬる池の鏡には世にたぐひなきかげぞ並べる　（初音、三五二、光源氏）

等をふまえたものである。

面白い夜の風情に、寝につくのも惜しまれた作者は、同僚の左衛門督・内侍ともども、

しばしはなほ端を開けて、晴れ曇る空をながめて、何となく物語どもするに、時うつり鳥もしば〳〵鳴くに、またあはれを添ふる鐘の音も枕にちかき心地して、いとあはれに物悲し。

我ならで鳥もなきけり音をそへて明けゆく鐘のたゆるひゞきに　（三、中務）

たゞ心の中ばかり、続かぬ事のみ案ぜらるゝも、我ながらをかし。

と、思わずも夜を明かしてしまった。この「たゆるひゞき」の措辞は理にかなわないと見なされたためか、群書類従本では「さゆるひゞき」と改訂されて流布し、何の疑問もなく、雰囲気に催された感傷詠であると理解されて来た。しかし現存諸本すべての祖本とみなされる彰考館本では、まさしく「たゆるひゞき」と記されている。これは実は、源氏物語浮舟の巻の末尾、入水を覚悟した浮舟の、母に寄せる最後の歌、

鐘の音のたゆるひゞきに音をそへてわが世つきぬと君に伝へよ　（一五五）

によっているのである。――まあ、私だけでなく、鶏も鳴きましたよ、悲しみを添えるように。明けて行く鐘の音の、今しも絶えようとする響に合せて。あの浮舟もこういう時に、あの別れの歌を詠んだのでしょうよ――。文学愛好者なら誰でも体験のあろう、現実の状況に物語の世界を重ね、ヒロインの心情をさながらに追体験できた、喜びの歌である。なればこそ、「我ながらをかし」――何と酔狂な、と思いつつも嬉しいのである。

このように読めばまた、その前提の「何となく物語どもするに」も、単に世間話をしていたのではなく、『源氏物語』をはじめとする物語類について、筋立の品評、人物月日などをしていたものと推測できる。「弘安源氏論議」の発端を思い合わせれば、弘安三年当時の春宮周辺にはいかにもあり得たであろう状況である。

ついで弘安七年の記では、

八月十三日、昼より雨降りてしめやかなるに、暮れぬれば月花やかにさし出でて、小暗の山もたどるまじげなり。夜も更け静まりたるに、人たゞ二人ばかり立ち出でて見れば、御所に成りて、しばし御覧ぜられて。入らせおはしましぬれども、二人はなほ残りて、昔今を泣きみ笑ひみ、転法輪の契、長生殿の心地して、暁近くなれば、入り方の月山の端にかたぶきたるは、入日ならねどをくる《（マヽ）》ゝ心地して、古の小野の山さへゆかしきまで覚ゆるも、入りなんあとの心細さを思ふに臥しぬ。

ながめつる月も入るさの山の端に心ばかりやなほしたふらん

本段は夕霧の巻に全面的に依拠する。先ず、九月十日あまり、母御息所の喪中の落葉宮を夕霧が小野に訪ね、対面かなわず歎きつつ帰京する場面、

道すがらもあはれなる空をながめて、十三日の月いと花やかにさし出でぬれば、小暗の山もたどるまじうおはするに……。

月が「花やかにさし出でる」という描写は『源氏物語』の一特色で、賢木以下九例、また月光を「花やか」と形容するものは他に三例ある。その月齢も十三〜十五日と思われるものが八例に及ぶ。月こそ変れ、十三日の月を「花やかにさし出で」と感ずる感覚は、『源氏』の愛読なくしてはあり得ないものであろう。その連想から、「小暗の山」も自然に導き出される。同僚の女房と二人、月を賞する所に春宮も出御、ややあって入御の後も二人はなお残って語り明かす状況は、前条のそれと同様である。「転法輪の契」は『狭衣物語』、「長生殿」は『源氏物語』をさし、すなわちこの「昔今を泣きみ笑ひみ」もまた、はた眼には酔狂とも見えるであろう、古今の名作を自在に往還する文学談である。そしてなおも夕霧巻の冒頭、まだ病中の母御息所の見舞を口実に小野を訪れた夕霧が、宮と一夜を語り明かす場面、

　風いと心細う更けゆく夜のけしき、虫の音も、鹿のなく音も、滝の音も、一つに乱れて艶なる程なれば、たゞありのあはつけ人だに寝ざめしぬべき空のけしきを、格子もさながら、入り方の月の山の端近き程とゞめ難う物あはれなり。

を引いて、「古の小野の山さへゆかしき」程であったと結ぶ。「夕霧」という、文学的には非常に洗練された高みにありながら、筋立てとしてはごく地味な巻、その精粋部分をかくも日常生活の中に適切に引き、その情景の中に酔い得る春宮周辺の女房達の素養と感性は、きわめて高度のものであると言えよう。

のち、弘安八年（一二八五）かと思われる、七月北山第行啓の際にも、作者は宮内卿・新宰相の二女房とと

もに十三夜の月を眺めつつ、「何となき物語どもして」興じているが、ここでもその話題の中心が『狭衣物語』にあった事が、文中の表現で明らかである。これ以外にも本記には『源氏物語』による措辞が数々見出され、『とはずがたり』よりも更に深く、文学としての『源氏物語』を、グループ共通のものとして愛読している春宮近侍の人々の生態が、生き生きと読みとられるのである。(注22)

五　伏見院の恋歌

春宮時代をこのような近臣女房らとともに、文芸を楽しみ、『源氏物語』に親昵して過した伏見院にとって、『源氏』はどのような影響を及ぼしたであろうか。

私はかつて、国立歴史民族博物館蔵「伏見天皇宸翰源氏物語抜書」を紹介し(注23)、これが当代に数多い、調度手本としての「源氏抜書」とは性格を異にし、巻次の順序も追わず、必ずしも人口に膾炙した有名部分をとりあげるのでもなく、物語の中心主題たる三つの恋物語に源氏の一生の起伏をからませ、下絵の四季風物に巧みに季節を添わせながら、物語全巻を織りなす宿世の糸のあやを暗示する形で入念に構成された、ミニ源氏物語とも言うべきものである事を述べた。詳しくは同論を参照されたいが、もとより「伏見院宸翰」との確証はないものの、その書風は上代様の中に広沢切にも通う力強さを持ち、源氏物語全般に通暁し、心からの愛情をもって五十四帖の真髄をかくも鮮かに極小の一巻に凝縮したその態度は、「弘安源氏論議」にも『中務内侍日記』にも通ずるものである、その上、かかる抜書の成立しえた背景には、それを享受し喜ぶ鑑賞者の存在がなければなるまい。これも「源氏論議」『中務内侍日記』に共通して言える事である。このような高度の源氏物語理解は、現在知られる限り、当代では伏見院宮廷においてこそ、最も確実にあり得ようと思われるのである。

伏見院の歌道上の盟友、京極為兼は、「心のまゝに詞の匂ひゆく」事を作歌の要諦とした。目の前に見る自然であれ、自らの心の動きであれ、虚飾ない対象の真実の姿を凝視し、これを「心のまゝに詞の匂ひゆく」ように、おのずから湧き出る真実の詞をもって詠め、というのである。伏見院とその宮廷歌人達は、この主張を正面からうけとめ、その理想を実現しようと努力を重ねた。しかしこの主張は、言うに易くして行うに甚だ難い。叙景歌であれ抒情歌であれ、或る型があってそれに当てはめて詠歌すれば大過なく一往の作ができるものを、縁語懸詞、本歌本説といった技巧を一切棄て、自分の言葉で詠歌せよと言われても、それでは当時の為兼詠として非難された、

荻の葉をよく〳〵見れば今ぞ知るたゞ大きなる薄なりけり　（野守鏡、五）

のようなものにしかならぬ。弘安末年の『為兼卿和歌抄』において右の主張がなされた後、真に京極派歌風が確立するまで二十年近くを要した事を見ても、その間の消息が察せられよう。四季詠にしても、見たままを正直に詠んだだけでは、「ああそうですか、ご尤も」と言ったら終り、というような、印象薄弱なものにしかなり得ないし、恋の歌に至ってはなおさら、伝統的な状況設定や言葉あしらいの約束事を無視しては、いかに切実な心情を訴えようとしても徒らに独善的な表現が空転するばかりとなろう。

このような苦しみの中から伏見院はじめ先駆的な諸歌人が発見したのは、彼らにとっての共通のもう一つの人生である、『源氏物語』の世界に入り込み、その中で詠歌する事であった。もとより古来、「恋の歌

を詠むには凡骨の身を捨てて、業平のふるまひけん事を思ひ出でて、我身を皆業平になして詠む」（京極中納言相語）の教えはあるものの、彼らはより深く、『源氏物語』の叙景法――人生の真実を背後に持って自然を見、見る者の心と共に生きて動く自然の姿を写し、これにより永遠の自然と人生の営みを暗示する――と、心理描写法――深い人間洞察のまなざしをもって精細に心奥の機微をつき、深層心理のゆらぎまでも如実にえぐり出して描写する――とに深く学んで、新たな歌境を開拓したのである。

『新古今』の源氏取りは、

春の夜の夢の浮橋とだえして峯にわかるゝ横雲の空　（三八、定家）

のように象徴的に語句を用いたり、

身にそへるその面影も消えななん夢なりけりと忘るばかりに　（一一二六、良経）

と、本歌、若菜下の女三宮の、

明けぐれの空にうき身は消えななん夢なりけりと見てもやむべく　（四九一）

と「贈答したる体」を取ったり、いずれにせよ、言葉の次元で明瞭に源氏取りなる事を示している。これに対し伏見院の源氏取りは、一見あまりに微かで、それと認めるのは深読みに過ぎると危惧されなくもない。しかし上来述べて来たような、春宮時代からの『源氏』への親昵ぶりをふまえ、次のような作品を見るならば、『源氏』の影響は明らかに看取されよう。

あくがるゝ魂のゆくへよ恋しとも思はぬ夢に入りやかぬらん　（玉葉、一五九六）

は、六条御息所のそれもさる事ながら、より直接には、病み臥す柏木の煩悶、

まどひそめにし魂の、身にもかへらずなりにしを、かの院の内にあくがれありかば結びとゞめ給へよ。……面やせ給へらむ御さまの面影に見奉る心地して思ひやられ給へば、げにあくがるらむ魂や行き通ふらむなど、いとゞしき心地も乱るれば……　（柏木）

によって居ようし、

人の見する面影ならばいかばかり我身にそふも嬉しからまし　（玉葉、一八二一）

はその前段、病悩を陰陽師らが「女の霊」と占ったのに対する柏木の言葉、

何の罪とも思し寄らぬに、占ひ寄りけむ女の霊こそ。まことにさる御執の身に添ひたるならば、いとはしき身も引きかへ、やんごとなくなりぬべけれ。（柏木）

が無ければ、おそらくあり得ない発想と思われる。

こぼれおちし人の涙をかきやりて我もしほりし夜半ぞ忘れぬ（玉葉、一七六一）

は、移り香をかごとに中君と薫の仲を疑い、はては共に涙する匂宮の心境、

うち泣き給へる気色の限りなうあはれなるを見るにも、かゝればぞかしと、いとゞ心やましくて、我もほろ〳〵とこぼし給ふぞ、色めかしき御心なるや。（宿木）

であろう。なお踏みこんで考えれば、

よもすがら恋ひ泣く袖に月はあれどみし面影は通ひしもこず（玉葉、一四八六）

には須磨退転の源氏を見送って、

月影の宿れる袖はせばくともとめても見ばやあかぬ光を　（須磨）

とうたった花散里のその後が面影に浮ぶようであり、

思ひ〳〵涙とまでになりぬるを浅くも人のなぐさむるかな　（風雅、一二〇一）

には夕霧に婿取られながらそしらぬ顔で甘い事を言う匂宮に、堪え切れず涙を流す中君の心理（宿木）が連想される。

このような鍛錬を経て、伏見院はやがて『源氏』を脱却し、

風の音の聞えてすぐる夕暮にわびつゝあれどとふ人もなし　（玉葉、一三四一）
浦がくれ入江にすつるわれ舟の我ぞくだけて人は恋しき　（同、一四八四）
いづくにも秋のねざめの夜寒ならば恋しき人もたれか恋しき　（同、一六四〇）
鳥のゆく夕の空よそのよには我もいそぎし方は定めき　（風雅、一三八八）

と、全く独自の秀歌を詠出して、『玉葉集』『風雅集』の恋の巻々を飾るに至るのである。こうした経過なくしては、京極派の恋歌は現在見るよりはるかに貧しいものにしかなり得なかったであろう。

六　九条左大臣女と従二位為子

伏見院とはまた異なった形で、源氏摂取による新歌風を開拓したのは、九条左大臣女であろうと思われる。彼女は為家の愛娘であった後嵯峨院大納言典侍と左大臣二条道良（為家の九条邸に住み、九条左大臣と通称）の間の女で、為兼の従姉に当り、京極派歌人の中の年長者である。彼女は歌道家ゆかりの女性として『続拾遺集』にすでに入集を果しているが、伝統的詠風を脱して為兼の主張を実現すべく、特に叙景歌において『源氏物語』を活用した。

つく〴〵と春日のどけきにはたづみ雨の数みる暮ぞさびしき　（玉葉、九九）

温雅な表現でありながら情景はきわめてユニーク、しかも単なる説明に終らない詠者の心の寂しさが、雨滴の織りなす水紋のひろがりのように、鑑賞者の心に沁み入って来る。これはおそらく、さまざまの眼に見えぬ葛藤ののちに落ちつくべき所に落ちついた源氏と玉鬘との、

かきたれてのどけき比の春雨にふるさと人をいかにしのぶや

つれ〴〵にそへても恨めしう思ひ出でらるゝ、事多う侍るを、いかでかは聞ゆべからむ。……

ながめする軒のしづくに袖ぬれてうたかた人をしのばざらめや

程ふる比は、げに殊なるつれ〴〵もまさり侍りけり。あなかしこ。

の贈答、続く、

引きひろげて、玉水のこぼるゝやうに思さるゝを……

に至る、真木柱の巻の情景に触発されての詠に違いあるまい。

風にさぞ散るらむ花の面影のみぬ色をしき春の夜の闇　（玉葉、五六）

は野分の巻の、「御格子など参りぬるに、後めたくいみじと花の上を思し歎く」秋好中宮の心情を、春に取り直した感があり、

しほれふす枝吹きかへす秋風にとまらず落つる萩の上露　（風雅、四八〇）

は更に端的に、

もとあらの小萩はしたなく待ちえたる風の気色なり。折れかへり、露もとまるまじく吹きちらすを

……　　　　　　　　　　　　　　　　　　　　　　　　（野分）

の風情を色濃く反映している。

眼にちかき庭の桜のひと木のみ霞みのこれる夕暮の色　（玉葉、二一〇）

に若菜上の蹴鞠の場面を、

時鳥声さやかにて過ぐるあとに折しも晴るゝ村雲の月　（同、三三二）

に花散里の巻の麗景殿女御訪問場面を連想する事も、決して困難ではないであろう。景色をありのままに、見立や典拠を求めずに詠むという作歌法は、為兼以前から行われはじめていた。

立ちこめてそこともしらぬ山もとの霧の上より明くる東雲　（続後撰、三一八、通光）

山のはにかすめる月はかたぶきて夜深き窓に匂ふ梅が枝　（続古今、六九、家良）

しかしこの程度では、美しい景色をそれらしく三十一字にまとめ得たというばかりの、薄手な作品にすぎぬ。これらと、九条左大臣女の佳什との間の差は何かと言えば、先行叙景歌が眼前の、ただ一過性の景を描いているのに対し、九条左大臣女詠には、「雨の数みる」「みぬ色をしき」「霞みのこれる」に、景の中の或る一点に凝集されて行く作者の眼があり、その背後の、源氏引用による語られざる人生の厚みを通じて、季節々々にくりかえされてやまぬ自然の営みがおのずから表出され、在来の叙景歌とはことなる自然と人生の交流が感得される点であろうと思われる。

伏見院の恋歌同様、このように言葉の上でほとんど明徴のない作品は、源氏取りと言うにはあまりにも深読みと難ぜられもしよう。しかし、上掲の在来叙景歌と「つく〴〵と」等三詠との中間に、過渡期詠として「しほれふす」「時鳥」の二詠を置いて考えるならば、背後に『源氏物語』の血肉化した読みこみなくして、これらの秀歌は成立し得なかった事が、虚心に見て首肯されるであろう。

為兼の姉従二位為子（玉葉集撰定時従三位）もまた、大宮院権中納言の名で伏見院の春宮時代から新風詠歌にかかわった歌人である。彼女の源氏取りは、伏見院・九条左大臣女のそれにくらべてやや地味な、渋い感じの取り方であるが、次のような作品が認められる。

うき中のそれを情にありし夜の夢よ見きとも人にかたるな　（風雅、一〇九五）

は、空蟬の、

いとかくうき身の程の定まらぬ、ありしながらの身にて、かゝる御心ばへを見ましかば……、よし今は、見きとなかけそ。（帚木）

の心理であろうし、

物思へばはかなき筆のすさびにも心に似たることぞ書かるゝ　（玉葉、一五三五）

は女三宮降嫁時における紫上の、

手習などするにも、おのづから古事も物思はしきすぢのみ書かるゝを、さらば我身には思ふことありけりと、自らぞ思し知らるゝ。（若菜上）

の思いを代弁するかのようである。また、

咲きいづる八重山吹の色ぬれて桜なみよる春雨の庭　（玉葉、二六六）

は夕霧の眼に映った玉鬘の容姿、

御髪のなみよりてはら〳〵とこぼれかゝる程……、八重山吹の咲きみだれたる盛りに露のかゝれる夕映ぞ、ふと思ひ出でらるゝ。（野分）

を純叙景歌に活用したかに思われる。

音もなく夜はふけすぎてをちこちの里の犬こそ声あはすなれ　（玉葉、二一六一）

は伏見院の、

小夜ふけて宿もる犬の声高し村しづかなる月のをち方　（同、二一六二）

とともに、定家の、

里びたる犬の声にぞ知られける竹より奥の人の家居は　（同、二二五七）

を仲介としてかも知れぬが、

夜もいたく更けゆく。宮は御馬にて少し遠く立ち給へるに、里びたる声したる犬どもの出て来ての、しるもいとおそろしく……、夜はいたく更けゆくに、この物とがめする犬の声たえず……　（浮舟）

が当然想起されて居よう。

伏見院・九条左大臣女・為子、ともに京極派生成の中核をなした歌人であり、彼らのこのような作品と、伏見院春宮時代からの源氏愛好とをつき合わせて考える時、彼らのグループの共有する、きわめて密度の高い、内面的な源氏取りの詠法の存在は、認められてよいものであろうと思われる。それは多分に享楽的であった後深草院時代の「源氏ごっこ」に対して、より高度で精神的な、文学の上の「源氏ごっこ」であったとも言える。それが「ごっこ」の域を超えて昇華して行った所に、京極派新風和歌の完成があったのである。

七 為兼と源氏物語

さてこのように見て来て、京極派和歌の当の主唱者、為兼の和歌に至る時、そこには『源氏』の影響と言うべき程のものは、むしろ皆無と言ってよい。為兼はさきに引いた『増鏡』の記事の中でも、『源氏』の本文について一家言を持っていた事がうかがわれ、また『中務内侍日記』弘安六年四月二十日、春宮から橘につけての詠歌をたまわった感動を具顕と詠みかわした長歌の中にも、

……繁き草葉の露払ひ　分け入る人の姿さへ　思ひもよらぬ折にしも　いともかしこき情とて　伝へ宣べつる言の葉を　わが身にあまる心地して　げに世に知らぬ有明の　月にとゞむる面影の　名残までこそ忘れかねぬれ（一〇）

と、或いは桐壺の巻の靫負命婦訪問場面、

闇にくれて伏し沈み給へる程に草も高くなり、……か丶る御使の蓬生の露分け入り給ふにつけても……、いともかしこきは置き所も侍らず。

或いは花宴の巻の源氏詠、

世に知らぬ心地こそすれ有明の月のゆくへを空にまがへて

を巧みに詠みこんでいるなど、源氏全般に通暁していたであろう事は明らかである。しかしそれはそれとして、彼の表向の詠歌には、それらしい影ものぞかせていないのは何故であろうか。

中級公家庶流出身の彼には、『源氏物語』は一つの古典学の対象であり、貴人や女房のような、自らの生活に引きつけての耽読に対しては、いささか肌の合わぬ感じを持っていたであろう事、『増鏡』の後嵯峨院の下問に対する、「いと心得侍らず」というそっけない返答からも察せられる。まして歌道専門家としては、あながち『源氏』に範を求めずとも、自己の主張にそった詠法とその対象とを、独自に発見し開拓する事こそ、最大の使命と信じて研鑽を積んだのでもあろう。

八　玉葉集から風雅集へ

花にても月にても、夜のあけ日のくる丶けしきにても、う事《ママ》にむきてはその事になりかへり、そのまことをあらはし、其ありさまをおもひとめ、それにつきてわがこ丶ろのはたらくやうをも心にふかくあづけて、心にことばをます《ママ》るに、有興おもしろき事、色をのみそふるは、こ丶ろをやるばかりなるは、人のいろひ、あながちにくむべきにもあらぬ事也。こと葉にて心をよまむとすると、心のま丶に詞のにほひゆくとは、かはれる所あるにこそ。

弘安末年、『為兼卿和歌抄』(注24)にこのような言挙げがなされた時、それは実体の伴わぬ理想論にすぎなかった。その理想を実現するためには約二十年、古今の詠歌からこの論にふさわしい作品を撰出して『玉葉集』という大勅撰集を完成するまでには更に十年の歳月がかかっている。この間、モデルのない新歌風を実現するために、特に伏見院・九条左大臣女・為子がモデルとしたのが『源氏物語』であった事は、縷述した通りである。

しかし、彼らよりもやや後進の、正応初年（一二八八）以後本格的作歌活動に入ったと思われる、永福門院をはじめとする女房・廷臣歌人らにおいては、『源氏物語』の影響はほとんど姿を消してしまう。わずかに永福門院の、

まきの戸を風のならすもあぢきなし人知れぬ夜のや丶更くる程　（風雅、一〇五九）

が、「月入れたるまきの戸口、けしきばかり押しあけたり」（明石）に通う、と、言えば言える程度である。

吹きしほるよもの草木の裏葉見えて風にしらめる秋の曙　（玉葉、五四二、永福門院内侍）

にしても、

暁方に風すこししめりて、村雨のやうに降り出づ。……日の、わづかにさし出でたるに、憂へ顔なる庭の露きら〳〵として、空はいとすごく霧り渡れるに……　（野分）

とは全く異なった情趣であり、

咲きみてる花のかをりの夕づく日霞みて沈む春の遠山　（玉葉、二〇四、実兼）
よにかゝる簾に風は吹きいれて庭しろくなる月ぞ涼しき　（同、三八七、教良女）
咲きやらぬ末葉の花はまれに見えて夕露しげき庭の萩原　（同、四九三、章義門院）
今朝の間の雪は跡なく消えはてて枯野の朽葉雨しほるなり　（同、九八七、延政門院新大納言）
さてしもは果てぬならひのあはれさのなれゆくまゝになほ思はるゝ　（同、一五〇三、親子）
思はじと思ふばかりはかなはねば心の底よ思はれずなれ　（同、一五八五、遊義門院）

恨みてもかひなき果の今はたゞうきにまかせて見るぞ悲しき　（同、一七九九、新宰相）

もはや『源氏』の世界ではなく、作者の実生活の中に観照された、現実の自然と人生の一断面――しかもそれが個人の感懐にとどまらず、普遍、永遠の真実につながって行く秀作となりおおせている。それは『源氏』への関心が薄れたという事ではなく、上述のような先進歌人の源氏取りによる新境地開拓の努力が実って、縁語懸詞、本歌取等によらぬ新たな自然観照、心理分析の手法が定着し、自己の世界の真実相を正確に詠出するという為兼本来の主張が、ようやく実作として成立するに至ったがためであろう。

更に『風雅集』になってあらわれる後進歌人らに眼を移すと、特に叙景歌においては『玉葉集』よりも更に深く、繊細な感覚をもって寂静の自然に帰一しようとする姿勢に進み、

つばくらめ簾の外にあまた見えて春日のどけみ人影もせず　（風雅、一二九、光厳院）
ひらけそふ梢の花に露みえて音せぬ雨のそゝく朝あけ　（同、一九八、進子内親王）
降りよわる雨を残して風早みよそになりゆく夕立の雲　（同、四一一、徽安門院小宰相）
更けぬなりほしあひの空に月は入りて秋風うごく庭のともしび　（同、四七一、光厳院）
み雪ふる枯木の末の寒けきにつばさを垂れて烏鳴くなり　（同、八四六、花園院一条）
暮れやらぬ庭の光は雪にして奥くらくなる燈のもと　（同、八七八、花園院）

と、実景の素直な描写がそのまま人生の秘奥の象徴ともなっているような、独自の歌境として結実してい

る。

しかしその中で、ごく少数ながら、再び、

しほりつる野分はやみてしのゝめの雲にしたがふ秋の村雨　（同、六四九、徽安門院）

暁方に風すこししめりて、村雨のやうに降り出づ。　（野分、前出）

いつとなくすゞりに向ふ手習よ人にいふべき思ひならねば　（風雅、九七七、徽安門院）

思ふ事を人に言ひ続けん言の葉は、もとよりはかぐ〳〵しからぬ身を、まいてなつかしき人さへなければ、たゞ硯に向ひて、思ひあまる折には、手習をのみたけき事とは書きつけ給ふ。　（手習）

里の犬の声をきくにも人しれずつゝみし道のよはぞ恋しき　（光厳院御集、一〇九）

遠く立ち給へるに、里びたる声したる犬どもの出で来てのゝしるもいとおそろしく……　（浮舟、前出）

のように明瞭な『源氏物語』の影響作があらわれ、かつ『光厳院御集』に紅葉賀・螢・藤袴・竹河・宿木の五首の物名歌（一六一〜一六五）があって、うち一首「螢」が風雅集雑上に、物名ではなく冬の歌として、

降りうづむ雪に日数はすぎのいほたるひぞ繁き山陰の軒　（一六〇八、光厳院）

と入っている。『源氏物語』は風雅集歌人らにとっても、詩藻の根源として常に回帰して行く、魂のふるさとであったのである。

九　むすび

中世の源氏学者達の業績については、近年ますます研究が進められているが、その一方に、当時においても最も『源氏物語』の世界に近い生活をしていた最高の宮廷貴族達と、これに仕える廷臣女房らの間には、高度の文学的理解をもって『源氏物語』を心から愛読し、しかも人口に膾炙した主要な巻々だけでなく、ワキ筋に当る諸巻まで、真に文芸的な興味をもって、作者の意図の核心を正しく理解するような読みのできる人々が、現代人の想像以上に多くいたのである。しかも彼らは、『源氏物語』を心の糧として愛読すると共に、その表面を学ぶのでなく、その自然と人生をとらえる眼、これを活写する手法を深く学んで、更にその影響の痕跡をもとどめぬほどこれを消化吸収した秀作、

入相の声する山のかげくれて花の木の間に月いでにけり　（玉葉、二一一三、永福門院）
枝にもる朝日の影の少なさにすゞしさ深き竹の奥かな　（同、四一九、為兼）
宵のまのむら雲づたひかげみえて山のはめぐる秋のいなづま　（同、六二八、伏見院）

夕日さす峰の時雨の一むらにみぎりを過ぐる雲の影かな　（同、八六四、実兼）
音せぬが嬉しき折もありけるよ頼みさだめてのちの夕暮　（同、一三八二、永福門院）
幾度の命にむかふ歎きしてうきは知らぬ世をつくすらん　（同、一七一六、伏見院）

等を創出した。それらは和歌史上に独自の地歩を占めて輝いている。

今一歩、深読みを恐れず踏みこんで言おうなら、『源氏物語』の中にあらわれたさまざまの人生は、伏見院の人格形成に深くかかわっている。伏見院の性格の中には、一旦心の通いあった人間に対しては男女を問わず終生愛情を持ち、決して見捨てないという、情の篤さ、やさしさがあった。露骨な忠勤のあまり再三にわたり政治的に累を及ぼした為兼に対する友愛と誠実、永福門院という終生の伉儷がありながら、多数の女性に愛を分かち、ついに破綻を見せなかった程のよい情愛。それらは天成の麗質とは言いながら、少年時代からの愛読書、『源氏物語』によって育まれたところもまた大きかったと思われる。この院の広くこまやかな愛情、人間的魅力こそ、玉葉風雅二世代にわたる持明院統廷臣女房の、政治的歌壇的結束の源泉であり、すぐれた文学の力——それも少年時の感銘の影響が、個人のみならず周辺にまで、一生を通じていかに広く深く及ぶものかを、まのあたりに見る思いがある。

伏見院宮廷の源氏物語。この幸福な享受相を、その前後の年代と人々を含めて考察してみた。あまりの深読みであろうか、御批判いただきたい。

［注］

（1）本文は三角洋一校注『とはずがたり　たまきはる』（平6）による。

（2）本文は井上宗雄『増鏡（中）全訳注』（昭58）による。

（3）本文は佐佐木信綱校註『飛鳥井雅有日記』（昭24）による。但し表記は私に改めた。

（4）私が昭和十八年頃、女子学習院高等科で受けた塩谷温先生の漢文の授業では、先生が長恨歌等を、ほとんど何の説明もなく、自ら陶酔するように読み聞かせて下さっただけであった事が想起される。

（5）本文は群書類従により、九条家本（『源氏物語大成』所収）をもって一部校訂した。表記は私に改めた。

（6）「秋の夜の月毛の駒よわが恋ふる雲居にかけれ時の間も見ん」。

（7）「帝王の深き宮に養はれ給ひて、色々の楽しみに誇り給ひしかど」。

（8）「煙のいと近く、時々立ちくるを……山がつの庵にたけるしば〳〵も言問ひ来なん恋ふる里人」。

（9）「雲井の雁もわがごとやとひとりごち給ふけはひ」。

（10）「松の思はんことだにはづかしう思う給へ侍れば」。

（11）「もろともに大内山は出でつれど入る方見せぬ十六夜の月」。

（12）「かねてぞ見ゆるなど、鏡の影にも語らひ侍りつれ」。

（13）「罪なくて罪に当り、官位を取られ、家を離れ境を去りて」。

（14）「波こゆる比とも知らず末の松まつらんとのみ思ひけるかな」。

（15）「さもこそはよるべの水に水草ゐめ今日のかざしよ名さへ忘るゝ」。

（16）「しめゆひし小萩が上も迷はぬにいかなる露にうつる下葉ぞ」。

（17）「風の音もいと荒ましう、霜深き暁に、おのが衣々も冷やかになりたる心地して」。

（18）「世の常に思ひやすらむ露深き道の笹原わけて来つるも」。

（19）「あり経れば嬉しき瀬にもあひけるを身を宇治川に投げてましかば」。

（20）「常よりもをかしげなりしものをと、思しやる方なければ」「あだなる御心は、慰むやなど試み給ふ事もやう〳〵ありけり」。

（21）本文は岩佐校注「中務内侍日記」（『中世日記紀行集』平元）による。表記は私に改めた。

（22）岩佐「中務内侍日記と狭衣物語」（国文鶴見18　昭58・12）「中務内侍日記と源氏物語」（国文鶴見20、昭60・12）参照。

（23）岩佐『京極派和歌の研究』（昭62）三二三頁以下参照。

（24）本文は久松潜一・西尾実校注『歌論集能楽論集』（昭36）による。表記は私に改めた。

伝後伏見院筆「京極派贈答歌集」注釈

平成十二年（二〇〇〇）和歌文学会五月例会において、久保木秀夫氏により京極派和歌の新資料が報告された。東大史料編纂所蔵写真帳に収載されていた、「（伝）後伏見天皇宸翰」（六一三一―二〇）がそれである。のち、久保木「伝後伏見院筆歌集残簡――京極派歌人の贈答歌集――」（国文学研究資料館紀要27、二〇〇一・三）として研究経緯が発表され、更に『散佚歌集切集成』（二〇〇八・三、国文学研究資料館、研究代表者久保木秀夫）中に「86　京極派贈答歌集」として、前掲久保木論による復原本文、現存三十三首が収載された。なお現在は古典ライブラリー「日本文学Ｗｅｂ図書館」の「和歌＆俳諧ライブラリー」でも閲覧・検索可能となっている。

右久保木論は、列帖装六半本の残簡を順不同に継ぎ、巻子本に改装した現本文を、綿密な書誌的操作により、一紙表裏四面分、三枚の形に復元したものであり、更に作者・内容とその成立形態、開催時期を詳細に検討、『為兼卿和歌抄』の言説をも照らし合わせた上で、ほぼ正応・永仁年間、すなわち京極派「第一次模索期における具体的な古典摂取の様相を明らかにする資料」として位置づけたもので、京極派研究上得難い卓論である。

但し同論の最末尾において、「今後、贈答歌そのものの内容と表現を検討すること」「当該歌集の綿密な解釈から始めていく必要」が示唆されているにもかかわらず、この好論・好資料を以後の京極派研究に活用した例を未だ見ない。これは甚だ残念な事であるので、周到に根拠を示して詳説された成立関係論を整理略述した上で、「綿密な」とまでは言えないが各詠につき一往の解釈を施し、今後の研究進展を期待したい。

一　久保木論要約

はじめに、成立・内容にかかわる詳細な久保木論を、箇条毎に要約整理する。

Ⅰ　成立は、作者名「為兼卿」により、為兼が参議に任ぜられた正応二年（一二八九）正月以降、永仁四年（一二九六）五月事に座し籠居以前。この推定は、同じく作者名「中宮大納言」により、永福門院の中宮時代（正応元〜永仁六年）と認められる事により強化される。すなわち京極派第一次模索期（注）の作品である。

Ⅱ　作者五名。頼成朝臣（伏見院）・中将（永福門院。二者の隠名は他の京極派歌合共通のものである）・為兼・藤大納言典侍（為兼姉為子）・中宮大納言（西園寺実顕女、実兼養女）。久保木論では他の参加者の可能性には言及されていないが、催しの性格上、ほぼこの程度の内々少人数のものであったと推考される。

Ⅲ　詞書に『後撰集』『和泉式部正・続集』の詞書を転用し、そのシチュエーションによる恋の贈答として詠出している。すなわち、一般的歌合とは異なる、擬似的、創作的なものであったとみられる。

Ⅳ　歌題順番・作者組み合わせに法則性が認められないところから推定して、探題乱番の問答歌合と推定される。形態・参加者から勘案して、ごく内々の楽しみとしての催しであったと思われる。

Ⅴ　詞書の典拠となった『後撰集』は、伏見院が、三代集中「殊ニ被レ二執シ思シ食メ一」た集であり（忠光卿記康安元年〈一三六二〉六月六日）、和泉式部詠は『玉葉集』一八〇〇首中三四首と、十三代集中群を抜いて多く採歌されている（他集最多は『続後撰集』の一六首）。この両者が伏見院の最も好むもの、その詞書のシチュエーションによる問答歌合の企画は、伏見院周辺ならでは発案されぬものであろう。

Ⅵ　このような趣向は、中世までの和歌作品中、他に例を見ないものであるが、それは『為兼卿和歌抄』に引かれた定家の言説、「上陽人をも題にて詩をつくり哥をもよまば、……やがて上陽人になりたる心ちして、なく〳〵ふるさとをもこひしう思、雨をもきゝ、あかし、あさゆふにつけてたへしのぶべき心ちもせざらむ所をも、能々なりかへりてみて、其心よりよまん哥こそ、あはれもふかくとをり、うちみる、まことにこたへたる所も侍べけれ」の実践、すなわち「他の人物になりかわり、なりきってその心を詠む」ための一手段であり、当該歌集が京極派第一次模索期の作品であることも、その一傍証となるであろう。

以上の久保木論で、成立と評価については尽くされているが、あえて蛇足を加えれば、右のような特殊性格の催しゆえに、作者は自己の性を離れ、詞書から想定される男女別になり切って詠作している点が、問答体歌合の先蹤、「堀河院艶書合」とも異なるユニークな特色であるとも言えよう。なお同派の古典受容、愛好については、前章「伏見院宮廷の源氏物語」を参照されたい。

二　本文注釈

『散佚歌集切集成』の本文に、私意により濁点を施し、注釈は〔詞書典拠〕・〔現代語訳〕（歌頭に詠作主体の男女別を示す）・〔補説〕の形式で行う。典拠部分の引用は『新編国歌大観』の本文によったが、表記は適宜改めた。

人めになむつゝむといへりければ　　中宮大納言

1つゝむなる人めよさらばしげくなれさてもあひみぬかたにおもはん

返し　　藤大納言典侍

2やへぶきのひまをばしゐてもとめずてしげき人めにことよせんとや

〔詞書典拠〕 心ざしをばあはれと思へど、人目になんつゝむ、と言ひて侍りければ、「逢ふはかりなくてのみふるわが恋を人目にかくることのわびしさ」（後撰一〇一八、読人しらず）

〔現代語訳〕 「（あなたの愛情をいとしいとは思うけれど）人の目に立つのがうるさいのでつい遠慮してしまうのです」と恋人が言ってよこしたので詠み贈った歌。

1（女）あなたが憚っているとおっしゃる人目よ、それならもっとうるさくなっておくれ、そうしたらそれを、お逢いできない理由だと考えましょう。（あなたが薄情なせいではなくて）

2（男）返歌、「津の国のこやとも人を言ふべきにひまこそなけれ芦の八重葺」（後拾遺六九一、和泉式部）というけれど、せめてその中の僅かのひまを求めて来て下さいとも言わないで、うるさい人目のせいなら仕方がないとあきらめようというのですか。（そちらこそ薄情ではありませんか）

〔補説〕 余事ながら、詞書典拠、後撰集詠の「逢ふはかり」は、「後撰集聞書」（建長七年為家講説）以来「逢ふばかり」と解され、現今の諸注釈に引きつがれているが、これは早く『和歌初学抄』（清輔）に「秀句、斤《はかり》」と示されている通り、「計略《はかりごと》、方策」であり、「秤《はかり》」をかけて、「目・掛く」と縁語をなす秀句、洒落である。「かけつれば千々の黄金も数知りぬなど我が恋の逢ふはかりなき」（寛平御時后宮歌合一五八、友則）参照。

心ざしのほどをなんえしらぬといへりける人に　　中将

3わびはてしそのふし〴〵をわすれてやさらに心をしらずとはいふ

かへし　　藤大納言典侍

4なをいさやことの葉こそはあさからねそのふし〴〵もげにはみえねば

〔詞書典拠〕女のもとより、心ざしのほどをなむえ知らぬ、と言へりければ、「わが恋を知らんと思はば《なら（興風）》田子の浦に立つらん《白（興風）》波の数を数へよ」（後撰六三〇、興風集七三、興風）

〔現代語訳〕「あなたの愛情の程度がどうもよくわかりませんね」と言った人に贈った歌。

3（男）あなたの恋しさにほと〳〵気力も使いはたした、あの折その折の事どもを忘れて、一向私の心がわからないなんておっしゃるのですか。（あんまりですよ）

4（女）返歌、さあ、どんなものでしょうかね。言葉の上では浅からず思っているとおっしゃるけれど、実際の行動の上ではそうした証拠も本当には見えませんもの。

なを世にありふまじきといふ人に　　頼成朝臣

5さればこそそはまほしけれたれも世にさてありふべき物としらねば

返し　　中将
（以下欠）

〔詞書典拠〕なほ世にもあり果つまじきことのたまはすれば、「呉竹のよゝの古ごと思ほゆる昔語りは君のみぞせん」（和泉式部集四二一）

〔現代語訳〕「やはりもう長くは生きていられそうもありません」という人に贈った歌。

5（男）だからこそ、夫婦となりたいのです。私だって、この世にこうして何時まで生き長らえていられるものとも思っていませんもの。

〔語釈〕○ありふ—有り経《ふ》。生き続ける。「あり果つ」も同義。

（詞書・贈歌作者・同上句欠）

6そなたのそらをながめてぞふる

返し　　頼成朝臣

7いまよりはもしかよはゞのたのみゆへながめのそらぞあはれそふべき

〔現代語訳〕（上句まで欠）

6（男）あなたのいらっしゃる、そちらの方角の空を眺めて暮らしておりますよ。

7（女）返歌（そう言って下さるだけでも嬉しいですね）ではこれからは、もしあなたが通って来て下さったら……という期待のせいで、あてもなく眺めるだけだった空にも特別の感情が加わることでしょう。

秋ぎりのたちわたるつとめて、いとつらければこのたびばかりなんいふべきといへりければ
頼成朝臣

8あさぎりのそらにまがひてきえねわれさてとはれではあらじ身なれば

返し
藤大納言典侍

9あさぎりのうきたるそらにまがひなば我身もしばしたちをくれめや

〔詞書典拠〕秋霧の立ち渡るつとめて、「いと辛ければ、此の度ばかりなん言ふべき」と言ひたりければ、「秋とてや今はかぎりの立ちぬらん思ひにあへぬものならなくに」（後撰八二四、伊勢）

〔現代語訳〕秋霧の一面に立つ早朝、「本当に薄情で恨めしいから、今度だけ申しましょう（今後はお便りもしますまい）」と言ってよこしたので返した歌。

8（女）朝霧の立ちこめた空にまぎれて、いっそ消えてしまえよ、この私よ。あなたの言うように今後お便りももらえないのなら、生きてはいられない身なのだから。

9（男）返歌、あなたが朝霧の浮んだ空にまぎれ込んで消えてしまったら、私の身もほんのちょっとだって遅れるものですか（一しょに死んでしまいますよ）。

〔補説〕詞書「秋ぎり」に対し、贈答両首とも「あさぎり」とするのは、「つとめて」を生かしたものであろう。「あきぎり」の誤写ならば本来的書体は「あきゝり」とあるべきであり、また霧は当然秋の物ゆえ、詠中にことわる必要はない。典拠詞書に「秋霧」とあるのは、続く詠中に「秋とてや今はかぎりの立ちぬらん」と秀句めいた表現があるからである。9の返歌にも霧の縁語「たち」を用いている。

九月ばかり、とりのねにそゝのかされて人のいでぬるに　頼成朝臣
10とりのねや心しりけむいまはとておきつるのちも秋のひと夜を
かへし　藤大納言典侍
11心しる鳥のねならばあきの夜の（以下欠）

〔詞書典拠〕九月ばかり、鳥のねにそゝのか《おどろか（続集）》されて、人の出でぬるに、「人はゆき霧は籬に立ちとまりさも中空にながめつるかな」（和泉式部集一八一、同続集四一八）

〔現代語訳〕九月頃、鶏の朝を告げる声にせき立てられて恋人が帰って行ったのに対して詠み贈った歌。
10（女）暁ですよと別れの時を知らせた鶏の声は、その後の私の切ない気持を知ってくれていたでしょうか。「それではもう帰らなければ」と言ってあなたが起きて行った後も、なお長い秋の夜を過す私の心を。
11（男）返歌、そんなに思いやりのある鶏ならば、その声で秋の夜の（以下欠、「二人の仲をじゃまするような事はしないだろうに」のような意を詠むか）。

12のちの世までをいかゞたのめむ

〔現代語訳〕（上句欠）後世まで必ず夫婦であると、どうして約束などできましょうか。

〔補説〕詞書から返歌上句まで脱落で、詳説不能。

おとこの、いかにぞ、えまうでこぬ事、といへりければ　中将
13なにとたゞさぞとは見てしそのきはをたがせきならぬせきぞゐるらん

返し　　　　　　　　　　　　　　　　頼成朝臣

14ゆきかよふ心のまゝのみちならばかへらんかたやせきとならまし

〔詞書典拠〕男の、いかにぞ、えまうでこぬこと、と言ひて侍りければ、「来ずやあらん来やせんとのみ河岸の松の心を思ひやらなん」（後撰九二八、読人しらず）

〔現代語訳〕愛人が、「どうしておいでですか、どうもおうかがいできなくて……」と言ってよこしたので詠んだ歌。

13（女）何で（来ても下さらなくて）ただ、待っているだろうと察してくださるだけだったのでしょう、私の極限の恋心を。きっと、他の誰が据えたのでもない、二人の仲をじゃまする関所が、あなたの心の中にこそあるのでしょうね。

14（男）返歌、（そんな事があるものですか）通って行くのが思いのままになるような道、そんな公然の恋仲であるならば、帰るはずの方角そのものが関所となって帰宅の道をさえぎるから、別れる事などないでしょうに。（不如意な恋である事が本当に残念です）

世の中にへじなどおもふころ　　　　　　為兼卿

15物にふれてあはれぞふかきうき世を□《ばカ》いく程かはとおもひたつころ

かへし　　　　　　　　　　　　　　頼成朝臣

16おもひすてむ世はおほかたのあはれよりも我身《が》のうへぞわれはかなしき

〔詞書典拠〕世の中に経じなど思ふころ、幼き子どものあるをみて、「憂き世をばいとひながらもいかでか

はこのよのことを思ひ捨つべき」（和泉式部続集三一三）

〔現代語訳〕俗世間に生きては居まいと思う頃詠んだ歌。

15（男）様々の物事につけて、しみぐ〜とした感慨が深く起ることです。この俗世間に生きるのもあと何程の時間か、もう世を捨て、出家してしまおうと思い立つこの頃は。

16（女）返歌、あなたが捨ててしまおうと決心されるこの世には、それなりの感慨がおありの事とはお察ししますが、思うように出家もできない私の境遇こそ、私にとっては悲しいことですよ。

〔補説〕詠者の男女別は逆とも考えられるが、当時の常識としては出家の自由は男性にこそより多く認められると推測し、右のように解した。

雨の降るかつ《日カ》れぐ〜とながむるに、むかしあはれなりしことなどいふ人に　藤大納言典侍

17君もまたしのばゝかたりあはせばやゆふべの雨のふかきあはれを

返し　中将

18はるさめのそのふるごとはかきつくしかたりあはすと《もカ》はれじとぞ思

〔詞書典拠〕雨の降る日、つれぐ〜とながむるに、昔あはれなりしことなど言ひたる人に、「おぼつかなたれぞ昔をかけたるはふるに身を知る雨か涙か」（和泉式部集二〇四）

〔現代語訳〕雨の降る日、何をするともなく物思いに沈んでいるにつけて、昔のしみぐ〜とした思い出など語り合う間柄の人に贈った歌。

17（男）あなたもまた、私と同様に過去の回想にふけっておいでなら、お話ししあいたいものです。この

夕暮の雨のもよおす、深い懐旧の思いを。

18（女）返歌、春雨の降るにつけて思い出される、その昔の古いなつかしい事どもは、いくらお手紙に書きつくし、またお逢いして話し合っても、それですっかり思いが晴れてしまうようなものではないと思いますよ。

〔補説〕能動性・受動性のあり方から見て、仮に贈歌男、返歌女と考えた。逆としても成立ち得る。

　　心かはりたるおとこ、しばし、おもひかはるなといふに　　中将

19なごりとは心のみこそなりぬればなにかいまさらあらためもせん

　　返し　　藤大納言典侍

20まちたのめげにあらためぬ心ならばよしみよさらにわれはかはらじ

〔詞書典拠〕心かはりたる男の、まくらしばし、思ひかはるな、となん言ふに、「いさやまたかはりも知らず今こそは人の心を見てもならはめ」（和泉式部集二一一）

〔現代語訳〕心変りした男が、何、ちょっとの間の事だよ、思い変ってくれるなよ、と言うのに答えた歌。

19（女）去って行かれたあなたのお名残といっては、ただ私の心だけになってしまいましたから、何を今更改めて「思い変る」などという事がありましょうか。

20（男）返歌、頼りにして待っていておくれ、本当に改めない心だと言うならば。ほらね、見ててごらん、全く私は変ってしまいなどしないんだから。

〔補説〕典拠歌詞書の「枕しばし」は、女の家にあずけてあった男の枕を取り返す意。かなり露骨な離別

意思表明である。その故に引用時意識的に省略したか、如何。

いかでたゞひとたびたいめむせんといひたるに　中将

21 ひとたびとさこそはやすくおもふともながきなげきとならじ物かは

返し　頼成朝臣

22 なが、らんなげきはたれもかなしけれどせめてわびぬる身とはしらずや

〔**詞書典拠**〕いかなる人にか、いかでたゞ一たび対面せん、と言ひたるに、「世々を経て我やはものを思ふべきたゞ一たびのあふことにより」（和泉式部集四九九）

〔**現代語訳**〕「何とかしてたった一度でいいからお逢いしたいものです」と言ってよこした人に答えた歌。

21（女）一度だけと、そんなに簡単におっしゃいますけれど、そうしてお逢いした事が忘れられず心に残って、後々まで長い恋の悲しみとならない物とは、誰も保証できないではありませんか。（だからお逢いできません）

22（男）返歌、長く続く嘆きとなる事は私だって悲しいとは思いますけれど、こんなお願いをするのはよくよく思い余っての事だと、私の気持ちを察しては下さらないのですか。

かれがたになりにけるおとこに（以下欠）

23（上句欠）あさくなな[し]そ水くきのあと

〔**詞書典拠**〕かれがたになりにける男のもとに、装束調じて送れりけるに、か、るからにうとき心地なん

する、と言へりければ、「つらからぬなかにあるこそうとしと言へ隔てはててしきぬにやはあらぬ」（後撰七三四、小野遠興が女）

〔現代語訳〕疎遠になりかかった男に（以下欠）

23（贈歌全部～返歌上句欠）浅いものと思って下さいますな、この手紙の筆跡に込めた私の心を。

〔補説〕本文解釈とは関係はないが、典拠歌詞書の「装束調じて」とは、夫の装束調整は本妻の義務であると同時に特権であった当時、「離《か》れ方に」なった男に対する本妻の、妻の座の主張である。小著『宮廷女流日記読解考 総論中古編』（一九九九、笠間書院）97頁参照。

中将

としのくれに雪のいみじうふるひ、いひやる

24ころしもあれいくへの雪にみちたえてさはりやすさはとしやへだてん

返し　藤大納言典侍

25とはでわれあるべきものかとしもくれ雪もいくへのみちうづむとも

〔詞書典拠〕冬の果てつ方、雪のいみじう降る日、人やる、「ふりはへて誰はた来《き》なんふみつくる跡見まほしき雪の上かな」（和泉式部集五二八）

〔現代語訳〕年の暮に、雪が大層深く降る日に言ってやった歌。

24（女）折も折とて、幾重となく降り積る雪に通行も途絶えてしまって、只でさえ障害の多いあなたとの逢瀬は、来年の事になってしまうのでしょうか。

25（男）返歌、何の、お訪ねせずに私が我慢できるものですか。年も暮れ、雪も幾重となく通う道を降り

埋めてしまうとしても。（必ずうかがいます、待っていて下さい）

26そへて見ばあはれぞみえんふかくしむ心のほかはわけぬおもひを　頼成朝臣

うしろめたき心あるを、わが心をそへてみてしがな、[と]いふひとに

返し　中宮大納言

27よしやよし心もそへじそへて見ば人のふかさぞいとゞしられん

〔詞書典拠〕うしろめたな《ママ》心あるを、わが心そへて見てしがな、と言ひたるに、「ひきかへて心のうちはなりぬともこころみならば心見てまし」（和泉式部集八三二）

〔現代語訳〕「あなたの心にはどうも気がかりな点があるよ、私の心を付き添わせて見張っていたいな」と言う人に答えた歌。

26（女）付き添って見て下さったら、きっと真情がおわかりでしょう。あなたの事を深く思いつめる心の外には、分ける所のない私の思いだという事を。

27（男）返歌、ああもういいよ、心を付き添わせなんかすまない。付き添わせて見たら、あなたの心の深さがどの程度なのか、ますますよくわかってしまうだろうから。（どうせ大した事ないんだろう）

しのびてかたらふ人の、たゞあらはれにあらはるゝをば、いかゞおもふといひたるに　為兼卿

（贈歌・返歌作者・上句欠）

28みだれはまさるこひの涙も

〔詞書典拠〕しのびてあたらひたる《(ママ)》人の、たゞあらはれにあらはるゝを、かゝるをばいかゞ思ふ、と人の言ひたるに、八月ばかりに、「風をいたみ下葉の上になりしより恨みて物を思ふ秋萩」（和泉式部集七一五）

〔現代語訳〕こっそり愛し合っていた人との関係が、明白に露見してしまったのを、どう思いますかと質問されたのに答えた歌。

28（上句欠）私の恋の涙も、ますますひどく乱れ流れることです。

〔補説〕欠落多く、解釈不能。

つれ〴〵のつきせぬまゝに、おぼゆる事おほかれば　　藤大納言典侍

29いかで〳〵わすれむこ□《(と)》よなれし世のしのばれまさることのかず〳〵

返し　　頼成朝臣

30わすらればやすくすつべきなごりかとさらにかなしきあはれをぞおもふ

〔詞書典拠〕つれ〴〵の尽きせぬまゝに、おぼゆる事を書き集めたる、歌にこそ似たれ。昼しのぶ、夕のながめ、宵の思ひ、夜中の寝覚め、暁の恋、これらを書き分けたる。昼しのぶ、「昼しのぶことだにことはなかりせば日を経てものは思はざらまし」（和泉式部続集一一二）

〔現代語訳〕為す事のない閑居の続くにつけて、思い出す事ばかり多いので詠んだ歌。

29（男）一体どうして、忘れる事など出来ましょうか。馴れ親しんだあのなつかしい頃の、遠ざかるにつれてますます思い出される、数々の事どもを。

30（女）返歌、あなたに忘れられたとしたら、こちらもあっさりと捨ててしまえる恋の名残かしら（そんな

程度のものではないのに）と、一入いとおしい二人の交情を思いますよ。

〔補説〕29詠の欠字は「と」と推定して恐らく誤りないであろう。

世中をえひたすらおもひはなれぬにも　　中将

31すてやらぬたゞひとことのあ□《は》れゆへまよはむみちのすゑぞかなしき

返し　　頼成朝臣

32我のみやまよはむみちのすゑまでもおくれぬともとならむとすらむ

〔詞書典拠〕世の中をひたすらにえ思ひ離れぬやすらひに、「われすまばまたうき雲もかゝりなん吉野の山も名のみこそあらめ」（和泉式部続集一〇〇）

〔現代語訳〕俗世間を全く思い切り、出家しようという決心もつかぬまま贈った歌。

31（女）世を捨てようと思っても捨て切れぬ原因となっている、あなたのやさしい一言のいとしさ故に、仏道に入れず煩悩に迷い続けるであろう行く末を思う事が、本当に悲しくてなりません。

32（男）返歌、（そんな事はありませんよ、仏様の救いはなくとも）私だけは、あなたが迷うとおっしゃる、その道の最後までも、遅れずついて行ってあげる友となるでしょう。（心丈夫に思って下さいね）

さくらの花を人のおりて、これになぐさめよとあれば　　頼成朝臣

33うつりやすきためしをみする花にしも（以下、本文全部欠）

〔詞書典拠〕南院の梅花を、人のもとより、これ見てなぐさめよとあるに、「世に経れど君に遅れて折る花

は匂ひて見えず墨染にして（和泉式部続集四八）

〔現代語訳〕桜の花を人が折って届けてくれて、「これを見て心を慰めなさい」と言ったので答えた歌。

33（女）変化しやすい実例を目に見せる桜の花でもって、まあ……（下句欠、心を慰めよ、と言われてもそうは行かない、というような意であろう）。

〔補説〕「さくらの花」は出典詞書では「梅花」であるが、「桜」とする本文もあったか。「うつりやすき」と言うからには梅ではなく、桜でなければならぬ。如何。

三　補記

久保木氏の示教によれば、平成二十七年（二〇一五）夏、後伏見院筆とする一軸が市場に現われた。写真によってこれを見るに、贈答歌集列帖装二面分、筆致・詞書内容・作者名からして、明らかに本「京極派贈答歌集」のツレである。資料的に本文を補えるのみならず、詞書出典に新たな、しかも甚だ興味深いものがある。いずれの方面の所蔵となったか不明であるが、本稿が現所有者の眼にとまり、なるべく早い時期に公表される事がもしあらばと、万々一の僥倖に期待をつなぐ次第である。

なお、資料編纂所蔵写真帳に所載の本歌合原本は、現在所在不明であるが、これを含め、なおツレの残簡の出現もあり得るかと期待される。諸研究者には他資料探訪の際、その可能性を心の片隅にとどめて、万一遭遇の折は報告していただければ幸いである。

〔注〕小著『京極派歌人の研究』（一九七四、笠間書院）9頁以下参照。

頼みさだめて

鎌倉末期、伝統にとらわれ擬古典主義に堕した歌壇に、京極為兼という異色の人物があらわれ、その主唱する「心のまゝに詞の匂ひゆく」新風和歌が、伏見院を中心とする持明院統宮廷に支持されて、対立皇統大覚寺統・保守派二条為世と尖鋭に対峙しつつ、現代的文学評価にも十分価する清新な勅撰集、『玉葉集』を成立せしめたこと、その歌風は特に印象的な斜光の扱いに巧みで、

枝にもる朝日の影の少なさにすゞしさ深き竹の奥かな　（玉葉、四一九、為兼）

宵のまのむら雲づたひかげみえて山のはめぐる秋のいなづま　（玉葉、六二八、伏見院）

のような叙景の名作を生んでいることなどは、今日ようやく一般的にも知られはじめている。

中にもこのグループ、京極派の華は、伏見院の中宮、永福門院鐘子であった。

木々の心花ちかからし昨日今日世はうす曇り春雨のふる　（玉葉、一三一）

真萩散る庭の秋風身にしみて夕日の影ぞかべにきえゆく　（風雅、四七八）

全く技巧らしい技巧の見えぬおだやかな言葉づかいの中に、現代の我々の眼にもいかにもとうなずかれるような自然のうつろいを、匂うが如く美しくうたっている。千年近い古典和歌の歴史の中で、このような歌は他に見当らない、というのは、まことにふしぎな事実である。

こうした独自性は、恋の歌において更に光彩を放つ。

音せぬが嬉しき折もありけるよ頼みさだめてのちの夕暮　（玉葉、一三八二）

夕暮は恋人の訪れを待つ時。風の音、草の葉ずれにも、人は来たか、もしや来ぬかと一喜一憂するのが待恋の本意であろう。しかしこの作者は違う。「音せぬが嬉しき折」もあるのだという。来る約束もない、さりとて来ぬとも言わぬ。愛する人はたった今姿を見せるか、それとも一夜を待ち明かすのか。以前だったらどんなに気を揉んだろう。些細な物音にも胸を躍らせ、またあらぬ疑心暗鬼に身を焼いた事もあった。しかし、「頼みさだめた」今――恋人との深い信頼関係にもとづく、豊かな愛情に包まれている今は、恋人にすべてをうちまかせた幸福感の中で、「音せぬ」事そのものが嬉しい。どこに居ようと、互いにたった一人の人なのだもの。何で思い悩むことがあろう。

世に恋の歌は数多いが、かくも安定した、静かな恋の喜びをうたった歌が、他にあろうか。ことにそれが幾多の葛藤を経たのちの、成熟した愛の姿であり、今まで思いもよらなかったそのような境地にある自分を改めて見直し、しみじみとその幸せを思い味わっている趣が、「嬉しき折もありけるよ」に如実に表現されて、味わう者をあたたかい微笑に誘うのである。「心のまゝに」詠めという為兼の教えにそうて、このような歌が生れた。それは作者の幸ある結婚生活を、正直に反映したものであったに違いない。

京都政界随一の実力者、西園寺実兼の長女鐘子は、正応元年（一二八八）十八歳の時、二十四歳の伏見天皇のもとに入内して中宮となり、文保元年（一三一七）夫君崩御まで三十年をむつまじく添いとげたばかりか、以後康永元年（一三四二）七十二歳で没するまで、伏見院・為兼の遺志をついで京極派和歌を守り、生さぬ仲の皇子花園院、愛孫光厳院をはじめ、優秀な若手歌人らを育成した。更に南北朝の争いの中で没落の危機にあった生家、西園寺家の幼い当主、実俊を盛り立てて、昔日の栄光を再現させた。こうした日常生活は、『増鏡』『花園院宸記』『竹むきが記』等、当時の日記・記録類によって詳しくうかがうことができる。

貞和二年（一三四六）南北朝戦乱の間隙を縫って、花園・光厳両院の撰に成る京極派の第二勅撰集、『風雅集』が生れた背後には、四年前に没した永福門院の存在が強い支柱となっていたことが明らかである。夫君と志を同じくして一生を貫き、文学史上に夫君と歌の師為兼の名を発揚した、優しさと勁さを兼ね備えた稀に見るすぐれた女性であり、見事に完成された結婚生活であった。その生を独りかえりみる孤高の貴女の晩年に、「心のまゝに」匂い出た一首――

この暮の心もしらでいたづらによそにもあるか我が思ふ人　（風雅、一〇七七）

解釈の要はあるまい。遠いはるかな人を思う、時空を超え理非を超えた無量の愛と寂寥。その対象となる

夫君、伏見院はかつて、

いづくにも秋のねざめの夜寒ならば恋しき人もたれか恋しき　（玉葉、一六四〇）

思ふ人今宵の月をいかに見るや常にしもあらぬ色に悲しき　（風雅、一二九〇）

と詠んだ。この美しい愛の交響を、何にたとえようか。

叙景歌に定評ある京極派和歌であるが、恋歌の再認識をも、切に望むところである。

幼女から少女へ

つゆのあとさき——荷風の名作に寄せて我が故郷を思う——

秋風が立つと自然に手に取りたくなるのは、永井荷風の名作『つゆのあとさき』である。岩波文庫でたった一一七ページのこの小説は、昭和六年（一九三一）の作。最も中心となる舞台は、私の生まれて六十年間——昭和と同い年で住んでいた、牛込市ヶ谷界隈である。全篇を通じて展開されるのは、銀座のカフェーの女給をめぐる後めたい情痴の世界なのに、それを描く荷風の筆の、何と美しく、硬質な気品にあふれていることだろうか。ことにも縦横に活写される私の故郷の姿は、戦災とバブル経済を経て七十年、全く変容した東京のなつかしい昔を、まざまざと甦《よみがえ》らせてくれる。

五月初め頃の夜更け、ヒロインの君江が、つきまとう男をあしらいながら、四谷見附からの外堀沿いの道を歩いて来る場面。

> 土手上の道路は次第に低くなって行くので、一歩《あし》ごとに夜の空がひろくなつたやうに思はれ、市ヶ谷から牛込の方まで、一目に見渡す堀の景色は、土手も樹木も一様に蒼く霧のやうにかすんでゐる。そよ〳〵と流れて来る夜深（よふけ）の風には青くさい椎の花と野草の匂が含まれ、松の聳《そび》えた堀向（むこう）の空から突

然五位鷺のやうな鳥の声が聞えた。

これすらも今は昔となった、かつての東京マラソンコースの勝負所、高橋尚子らが競った二十八キロ過ぎのだら〳〵昇りを、逆に降ってゆく情景である。うそみたい、と思われるかもしれないが、昭和初年はおろか、戦後もかなり長らく、ここは本当にこういう風情だった。

本村町《ほんむらちょう》の電車停留場はいつか通過《とおりす》ぎて、高力松《こうりきまつ》が枝を伸《の》してゐる阪の下まで来た。市ヶ谷駅の停車場と八幡前の交番との灯が見える。

高力某という旗本の屋敷跡なのでその名のある「高力松(注1)」は、道の僅かな曲り目に身を乗出すようにほっそりと高くそびえ、根方には古い石塔が、いくつか立っていた。戦災で跡形もなくなったその姿が、たったこれだけの文章からありありと面影に浮ぶ。

「わたしの家はすぐ其処の横町だわ。角に薬屋があるでせう。宵の中には屋根の上に仁丹の広告がついてゐるからすぐにわかるわ。わたし此の荷物を置いて来るから待つて、ヨ。」

大きな「仁丹」の二文字を四面に掲げ、それが順ぐりに点滅するだけの、世にも素朴なイルミネーション。家族そろっての外出の帰途、もう眠くなった、幼い――本作成立当時やっと五歳の私の目に、「ああ、おうちに帰って来た」と映る、こよない目標であった。その下にどんな生活、どんな人間模様があるのか、夢にも知らなかった遠い日々、そして今そこにひしめく、恰好だけは超モダンな高層ビル群に、「今や夢、昔や夢」の思いを禁じえない。

やがての入梅頃の一夜、愛人の小説家が、ヒロインの言動を疑ってあとをつけ、市ヶ谷八幡境内での逢引をつきとめる件り、

> 女はスタ〳〵交番の前をも平気で歩み過《すぎ》るので、市ヶ谷の電車停留場で電車でも待つのかと思ひの外、八幡の鳥居を入って振返りもせず左手の女坂を上って行く。いよ〳〵不審に思ひながら、地理に明《あか》るい清岡は感づかれまいと、男の足の早さをたのみにして、ひた走りに町を迂回して左内阪《さないざか》を昇り神社の裏門から境内に進入って様子を窺ふと、社殿の正面なる石段の降口《おりくち》に沿ひ、眼下に市ヶ谷見附一帯の濠を見下す崖《がけ》上のベンチに男と女の寄添ふ姿を見た。

という描写も、正月の凧揚げに「裏門」から入って、風の工合でちょうどよく揚がる「崖上」で興じ、その地理的、時間的感覚を知る者にとってはまさに「お見事」と膝を打つ所であるが、境内からの眺望も殺風景な林立ビルと変り、かつては物寂しかった左内阪の急坂は、戦後有名予備校や料理学校に通う若者達で賑わっていたが、それもいつまで、現状は知らぬ。

小説家の父親で、世を見限って隠退した漢学者のすまいは、「府下世田ヶ谷町松蔭神社」の近く、茶畠や茅葺屋根の農家の間で、漢籍の虫干をしている梅雨明けの座敷には、揚羽の蝶が舞い込む。このあたり

が「世田谷区」となり、「東京市」の仲間入りをするのは、この作品発表の翌年、昭和七年（一九三二）である。これまでの十五区が一挙に二十三区の「大東京」になったというので、お祝いの花電車が出、小学校一年生になったばかりの私は、学校で市から配られた記念のしおりをいただいて、それが自分の「しおり」の固定観念を破る、細長い二等辺三角形だったことがとてもとても嬉しかった。それから十年もたった頃でも、「日曜に烏山へ筍掘りに行ったのよ」などと友達から聞かされる「世田ヶ谷」という所は、私にとって遠い郊外だった。荷風の筆は当時の私のイメージをそのままに閑寂で、孤高の老学者と、無頼の息子の名ばかりの妻との対話は、礼節正しく、言葉少なに哀切である。

小説の幕切れ近く登場する、新見附から飯田橋にかけての外堀上の土手は、春は桜が美しいが、ヒロインは七月初め、夏の宵闇の中で、昔なじみの初老の男――尾羽打枯らしてどうやら自殺でも考えているらしい男と図らずめぐり合い、柵越しの堀の彼方、牛込から小石川一帯を見晴らしつつ、しみじみと過去を語り合う。人生の裏街道だけしかたどる事のない人達の、頽《くず》れた生活の中に宿る真実、その美と哀れとを、表街道に生れついてそのありがたさも自覚せず育った私は、この作品ではじめて知った。それが幼くから見馴れた風景の中で描かれていたことが、一層その感慨を深めたと言えよう。

『つゆのあとさき』は、季節的には「梅雨の前後《あとさき》」であり、その頃の東京の自然の美しさを荷風は鮮やかに描き切っている。しかしそれは同時に、

末の露もとの雫《しづく》や世の中のおくれ先立つためしなるらむ　（新古今、七五七、遍昭）

の古歌を連想させる、「露のあとさき」でもある。なればこそ荷風はこの題名を、ことさらかな書きにしたのだろう。梅雨の季節よりも秋風の頃にこの作品を読み返したくなるのも、人生、いずれは露のあとさきに過ぎぬという、その思いゆえに違いない。

［注］

（1）高力松は少女の私にはひょろ長いだけでさほどの名松とも思われなかったが、荷風は好きであったらしい。その随筆「日和下駄」（一九一四）には、江戸の名木を列挙した中に、松のトップに「市ヶ谷の堀端に高力松」としている。

（2）当時「市電」と称した路面電車に、きれいな飾り付けをして、客は乗せずに運行したもの。何かの記念日の折にはよく運行され、荷風『断腸亭日乗』昭和五年（一九三〇）三月二十四日、関東大震災七年目の「復興祭」の記述にも、「この日午後九段坂上にて花電車一輛焼けたりといふ」とあり、当時行列から外しもせずそのまま運行された焼け焦げのその姿を、かわいそうではっきり記憶している。

鳥居先生と寺中先生

昭和七年（一九三二）、昭和天皇第一皇女、照宮成子《てるのみやしげこ》内親王さまと御一緒に私共が女子学習院に入学いたしました時、主管（担任教官）となられましたのは、南組鳥居きん先生（国語担当）、北組寺中栄先生（理科担当）でいらっしゃいました。両先生のお膝許で過した前期（注1）四年間の楽しさを、折にふれ思い出します。いつでしたか、皆で甘えてお年をうかがいましたら、鳥居先生が二十五、寺中先生が二十七とおっしゃいました。今思えばどうも少々さばをよんでいらしたようで、あの先生方でも……とおかしくなります。

それにしても、近代学制創設以来はじめての内親王さまの普通教育の責任者に、高名な老先生ではなく、勿論優秀でいらしたに違いありませんが、この若いお二方を起用なさった、当時の松浦寅三郎院長はじめ諸先生の御見識は、まことに御立派であったと思わずには居られません。鳥居先生は小柄で丸い眼鏡をおかけになり、とてもまじめでこわい先生、寺中先生はお背が高く快活な面白い先生。そのコンビが何ともいえずすばらしく、私には鳥居先生が厳しいお母さま、寺中先生が愉快なお父さまのように思えました。

厳しい半面、鳥居先生は本当におやさしい方で、お弁当のあと、よく本を読んで下さいました。中にも安部季雄氏の『涙の君が代』というお話。熊本で孤児院を経営する貧しい御夫婦、子供達は二人をお父さんお母さんとして元気に育つが、唱歌といえば君が代しか知らない。嬉しい時も君が代、悲しい時も君が代。やがて日露戦争がはじまり、お父さんは出征、お母さんと子供達が貧苦の中で懸命に留守を守る奮闘が、面白おかしく描かれます。ようやく戦争が終り、お父さんは名誉の連隊旗手となって、軍旗を捧げて凱旋して来る。歓迎の群衆の中で、子供達ははじめは君が代をうたって迎えるが、隊列の中にお父さんを見つけ、「アッ、お父さんだ」「お父さーん、お父さーん」……というクライマックスまで来ると、先生はぽろぽろ涙をおこぼしになって、「私にはもう読めません、どなたかお読みになって下さい」と本を伏せておしまいになる。こちらも泣きながら、それが実は面白くて、「読んで、読んで」と何遍もおねだりいたしました。

寺中先生はサッパリと朗らかでいらっしゃるのに、子供の気持によくお気がつきになりました。お昼休の「巴合戦《ともえ》」(注2)で、弱虫の私がすぐアウトになって一人ぼんやり立っていますと、「あなたの影を、十かぞえる間じっと見ていて、それから空を見てごらんなさい」とおっしゃいました。黒い影を見つめたあとで空を仰ぐと、その影の残像が青空に白く見える、という事を教えて下さったのでした。いつもドジでまっ先にアウトになる私は、どんなに慰められましたでしょう。また家で咲いた紫のサルビアを持って行った時、「珍しいから種を下さい」とおっしゃいましたので差上げましたところ、各自の机に貼る、桜の花の形の名札の紙――南組はピンク、北組は黄色だったような気がします――の、それも珍しい紫色のに、「紫のサルビアの種をありがとうございました」ときれいなお字で書いて下さいました。とても嬉しくて、長い間大事にしまっておきました。

鳥居先生は修辞会《しゅうじ》（学芸会）の練習で、文章の朗読法を丁寧に御指導下さいました。プリントして下さる台本には通常の句読点だけでなく、「……、」「……、、」「……。、、、」などと指示してあり、示された「、」の数だけ休むようにとおっしゃいました。句読点はただ機械的に切ればよいものではない、文章の内容によって、長くも短くも適切な間を取る事が大切である、それによって文章が正しく理解できるのだ、という事を、理屈ではなく、身体に教えこんで下さったと存じます。

同じ修辞会でも、寺中先生は学校ごっこや座談会というような面白い演出をお考えになり、それぞれの学生の個性に合ったセリフを上手に工夫なさいました。「時計」をテーマにした学校ごっこで、先生役の方が「朝、何時に起きますか」と質問し、めいめい「六時に起きます」「六時十五分に起きます」と答える中で、いつも元気でお茶目の、今は亡き鳥居泰《ひろ》子さんに「私は七時に起していただきます」と言う役をお振りになり、また泰子さんがそれを上手にお演じになって、本番に和やかな笑いが起ったのを思い出します。

宮さまの御同級という事で、随分厳しい御教育でもありましたが、両先生とも本当に公平で、おやさしい中にも私共を子供扱いなさらず、人間としての正しい生き方というものを、言わず語らず、身をもってお教え下さったと存じます。私は図らずも国文学研究の道に入り、大学で教えもし、又今も若い人達の相談に乗ったりしておりますが、年を重ねる毎にますます両先生のお教えが、身にしみてありがたく感じられてまいります。

寺中先生は、戦後鎌倉女学院校長として、女子教育、理科教育にお尽くしになり、たまたまお目にかかると、当時の私共の滑稽な思い出を、「A子さんがこんな事おっしゃって、私はおかしくって……」と楽しそうにいろいろお話し下さいましたが、平成八年（一九九六）、九十七歳の天寿を全うなさいました。

鳥居先生は私共の前期四年終了と同時に御退職になり、大阪市西成区の教会の牧師の方と御結婚になりました。私共は何が何やらわからぬうちに、お別れの言葉も何も申上げずお別れしてしまい、本当に悲しく残念でございました。誠実そのものでいらした先生は、宮さまのいらっしゃる南組を終始お受持ちになり、どんなにか身心をすりへらす御苦労をなさったことでしょう。西成区といえばいわゆるあいりん地区（注3）、そこの牧師さんの奥様として、後半生を社会最下層の人々への奉仕にお捧げになりました先生のお気持が、今になってかすかにわかるような気もいたします。

当時の事を友と語り合う度に、誰も誰も、両先生の御事をなつかしくもありがたく思う気持は一つ、としみじみ感じております。

［注］

（1）当時の学年編成は、前期四年、中期四年、後期三年。南・北の各二組、一組約三十名。毎年組かえがあったが、宮さまはいつも南組（天子南面！）でいらっしゃった。

（2）赤・黄・緑の三組に分れてそれぐ〵の色のたすきをかけ、互いに背をたたいてアウトにし合いながら、敵陣の旗を倒す、女子学習院独特のゲーム。

（3）東京の山谷地区に当る、肉体労働者街。

照宮さまと品川巻

「宮さま……」と申し上げただけで、女子学習院五十六回卒業生一同の心には、ほほえましくもおなつかしい、さまざまの思いが去来いたします。

昭和天皇第一皇女、照宮成子内親王さまが、前期一年に御入学になりましたのは、昭和七年（一九三二）四月。以後、十八年（一九四三）三月中等科御卒業（中途、学制改正による）に至る十一年間、私共六十名は御学友として、日々机を並べさせていただきました。侍従さんのお子さんで赤ちゃんの時宮さまとおもちゃの引っぱりっこをした者、幼稚園の頃赤坂離宮や新宿御苑でお遊びした者、夏休に葉山御用邸で水泳のお相手をつとめた者、中途学年からの編入で御同級になった者等、御縁はさまざまながら、宮さまをお思い申し上げる気持には誰一人変りはなく、それぞれに自分だけの思い出を大切に胸に秘めております。

お直《じき》宮(注1)さまの御入学は学校の歴史でもはじめての事で、歴代院長先生、各年代主管の鳥居・寺中・長瀬・堀・竹田・土手先生をはじめ、諸先生のお心づかいは大変なものであったと存じます。私共も先生方のきびしいお躾《しつけ》を待つまでもなく、自然な御態度の中から匂い出る宮さま独特の何ともいえない魅力にひきつけられて、この方のためなら何でも致しましょう、宮さまのクラスであるからにははずかしい言動はできないと、幼いながらも心を合わせて懸命にお相手申し上げました。

おやさしく思いやり深い一面、勝気でお茶目さんでもいらした宮さまの濶達な御気性と、謹厳そのものの御教育方針との間に立って、時には思い悩む事もございましたが、ひとたび宮さまのお姿をお見上げすれば、そんな苦労は吹きとんでしまいました。制服のセーラーのお姿の凛々しさ、お式の折の紫のお召に菊の御紋章、(注2)濃き色のお袴、紅白の房のついた(注3)お被布《ひふ》姿のおかわいらしさ、そして御卒業後、はじめて薄化粧を遊ばし、薄色のお召物で学校併設の同窓会館においでになりました時は、運動場でパッタリお目にかかり、あまりのお美しさに涙がうかんで、しばらくはお側へも寄れないほどの気高さでいらっしゃいました。

やがて昭和十八年(一九四三)十月十三日御成婚、東久邇若宮妃殿下となられ、終戦後臣籍降下により、普通人の御生活に入られましても、そのお美しさ、御聡明さ、明るさには何のかげりもなく、クラス会にも時には幹事役を遊ばし、時には御外遊のおみやげ話を承わり、本当にお親しくさせていただきましたのに、思いもよらぬ御病気で昭和三十六年(一九六一)七月二十三日、三十五歳のお若さで御長逝なさいましょうとは、まことに誰一人考えてみた事もない悲しみでございました。御発病以来、代る代るお見舞に上り、真心をこめて御全快をお祈り申し上げましたが、ついにそのかいもございませんでした。どうしてもっと早く御健康に御注意申し上げ、御検査をおすすめできなかったかと、昔からのたしなみで御身体の事などについては、あまりにも御遠慮申し上げすぎた事がくやまれてなりません。

御逝去後のクラス会でこんな話が出ました。「宮さま、品川巻がお好きだったのね。いつか遠足の時、私の持って行ったのをほしいとおっしゃって……。でもあの頃は私達のお菓子なんか差し上げたらいけなかったでしょう。困ってしまったけれど先生方に見つからないように、知らん顔して宮さまのおやつの箱の中にパッとお入れしたのよ。」「あ、それ、知ってる。その時私、先生方に見えないように身体でかくして差上げたの。宮さま、とってもお嬉しそうにお首をすくめてニコッとなさって、おいしそうに召し上ってよ。いつものお茶目さんのお顔をなさって……」。きびしい御教育の中にも、生き生きと子供らしい活力を一ぱいにお持ちだった宮さま。御身分柄いろいろと御不自由の多かった学校生活を、それでも何とかのびのびとお楽しくおすごさせしたいと、私共も子供ながら心をつくし、宮さまもまたそれをよくおわかりで、場合によりきちんとけじめをつけながらも、こんな小さなお楽しみをお喜び下さいました。いかにも宮さまらしいエピソードとして、感慨深くうかがったことでございました。

五十六回同級会には、宮さまのおしるし(注4)にちなんで「紅梅会」の名をいただき、春秋二回の会合のほか、毎年の御命日には有志の者が豊島岡の御墓所におまいりして、ありし日の宮さまをおしのび申し上げております。私共一人々々の心の中に、宮さまはいつまでも美しく生きていらっしゃるのでございます。

［注］

（1）現天皇の皇子。

（2）中古以来の宮廷女性の袴の色、深いえんじ色。

（3）和服用コートの古い形。羽織に似て、衽《おくみ》着きで前を深く合せた、盤領《まるえり》の上着。衽上部左右に房をつける。

（4）お名前の代りに使う植物名。

女の子の見た二・二六

東京ではとかく二月に大雪が降る。するとどうしても思い出してしまうのが二・二六事件である。昭和十一年（一九三六）二月二十六日早暁、皇道派青年将校らが兵を率いて当時の重臣を襲い、大蔵大臣高橋是清・宮内《くない》大臣斎藤実《まこと》・教育総監渡辺錠太郎《じょう》を殺害、侍従長鈴木貫太郎に重傷を負わせたクーデター。鎮圧はされたものの、以後軍部が政治的発言権を増し、結局は戦争へとなだれ込んで行く一契機を作ったこの事件の時、私は満十歳直前の小学四年生だった。牛込市ヶ谷の自宅から、外堀端を通る市電を赤坂見附で乗りかえ、青山の、現在の秩父宮ラグビー場にあった女子学習院へ――。その日常の通学路が、まさに事件のまっただ中になってしまった。

報道機関も襲撃されていたし、第一、テレビのないのは勿論、起きぬけにラジオをつける習慣もない非情報社会だったから、その朝は誰も何も知らなかった。ただ拓務大臣であった伯父、児玉秀雄の所から、「何かあったらしいから気をつけろ」という連絡は両親に入っていたが、そう言われても何をどう気をつけるのか、ともかく平気で登校した。大雪といっても夜半までに積ったもので、登校時はどんより曇り、ちらちら細かい雪が降る程度。赤坂表町《おもてまち》の高橋蔵相のお邸の前で、薄暗い中に数人の人影が動いていたのは、あれは何だったのだろうか。

ひどく早く学校に着き、人気のない教室の冷え切ったラジエーターにかじりついて、温まって来るのを待ちながら、M子さんと二人きりでおしゃべりした。彼女も「何かあったらしい」ことは知っていて、

「伯父様は大丈夫？」

「うん、大丈夫みたい」

何が「大丈夫」なのかもわからずにそんな会話を交わしたのを覚えている。

やがて、授業どころではないことがわかり、家からの迎えの自動車で、姉と二人、帰宅したが、その道筋がまた、神宮外苑から権田原《ごんだわら》、大宮御所（現東宮御所）前、学習院初等科前を経て、四谷見附へ——つまり事件の一現場、斎藤宮相邸前を通って来たのだから、知らぬが仏である。お邸前の雪の積った広い空地の、白というより灰色の風景を、なぜかはっきり思い出すことができる。

日常のごとくに一日がはじまり、中途で、「オヤ、何か変だぞ」と気づいた、というのが、わが家のみならずその日の東京市民一般の反応であったらしく、翌日から非常事態となり、戒厳令が発令されたのは、ご承知の通りである。わが家は急遽上京した高崎師団の司令部になってしまい、これには閉口した。何しろお節句前のことで、お座敷に雛壇を飾りつけたばかり、これから毎日お雛様で遊ぼうと楽しみにしていたのに、そのお座敷には「天皇陛下からお預かりした」軍旗が鎮座、次の間には旗手の少尉殿が、軍旗を守護して一人で頑張り、せっかくの一年一度の楽しみが台なしになってしまったのだから。

軍旗一本が十二畳間、旗手一人が八畳間を占領し、その一方、兵隊さん達は北側の空部屋に雑魚寝《ざこね》状態、それでもわが家では女中さん達が大喜びで、せいぜい御馳走し、歓待したようだったが、気の毒だったの

は近所の家の石造の倉庫に泊った何人かが、練炭(注)火鉢の不完全燃焼による一酸化炭素中毒で亡くなったことだった。検死に立会った軍医さんが、帰って来ての食卓で、何も口にせず、沈痛な面持ちで黙りこくっておられた姿が、今も目先に残っている。思えばそれが「人の死」というものに対する、私の人生最初の厳粛な印象であった。二・二六事件といえば、青年将校等の苦悩、その妻達の思い……と、ドラマチックに語られるが、そのかげにはこんな無意味な死もあり、理不尽そのものの運命に泣いた家族もあったのだ。

帰順をうながす「兵に告ぐ」の放送が、靖国神社の方角から繰返し流れて来る中で、殺されたと思われていた岡田啓介首相の生存を伝えるラジオの第一報を、たまたま私一人が聞き、「岡田さん、生きてる、生きてる」とうち中にふれまわった。押入の中にかくれて難を逃れたとの噂で、越えて四月、生れてはじめて連れて行ってもらった歌舞伎座の第一回團菊祭興行、六代目菊五郎の松王、初代吉右衛門の源蔵の「寺子屋」で、源蔵夫婦が、首打って渡せと迫られた、菅丞相《かんしょうじょう》（菅原道真）の若君菅秀才を押入にかくすと、満場がドッと沸き、私にはそれが何の意味かどうしてもわからなかった（そのかわいらしい菅秀才の子役、光《みつ》伸《のぶ》――彼も三津五郎になって先年死去、その息子の、次の三津五郎さえ先頃亡くなってしまった）。

めぐり来る二月二十六日、その度に「ああ、二・二六ね」とつぶやいても、反応して下さる方ももうなくなった。同年輩でも、私のようにその時東京都心にいて、もろにいろいろ見聞した、という体験の所有者は限られているのだろう。そうかといって、むやみに感心され、「歴史の一コマだ」と珍しがられてもまた、生きている化石みたいな気がして少々不機嫌になるのだから、勝手なものである。そういう若い友人の一人からすすめられて、宮部みゆき氏のこの事件をバックにしたミステリー、『蒲生邸事件』を読んだ。舞台になっている平河町、赤坂見附周辺の、タイムスリップの前後それぞれの時代的雰囲気、風俗習慣など、実によく調べて生き生きと書かれていて、大変面白かったが、ただ一つ、「使用人の部屋に置かれた石油ストーブ」というのが気になった。もう誰も覚えていないかも知れないが、やがてはじまるあの愚かな戦争で声高に叫ばれた「大東亜共栄圏」という大義名聞は、実は南方からの石油輸入ライン確保のための口実で、「ガソリン一滴、血の一滴」というのが、日常的に目に触れる標語となって行く時代である。石油ストーブなど夢にも考えられず、この当時安価で長持ち、女中部屋などにも普及していたのは練炭火鉢であったはずだ。そう思いつつ、私はまた、一酸化炭素中毒で亡くなった、顔も知らず名も知らぬ、あの不運な兵隊さん達を思い出していた。

年ごとにくりかえす、八十年前の小さな女の子の思い出が、せめてもの鎮魂になれかしと祈る。

〔注〕石炭・コークス・木炭の粉を練り固めた燃料。安価で一般に用いられたが、不完全燃焼による中毒を起しやすい。

生きんがためのたはむれ――なつかしのカッパ、尾上柴舟先生――

女子学習院高等科の頃、尾上柴舟《さいしゅう》先生に『古今集』『新古今集』をお習いした。「古今は恋がよい、新古今は四季がよい」とうかがった外、個々の歌の解釈などはほとんど記憶になく、折にふれ、吉野山の景色はこんな風、大和三山はこんな工合……と、黒板にさらさらと描いて下さる文人画風の風景画がとてもすてきで、一生懸命まねしてノートに描いているとサーッと消しておしまいになる、一同キャーッと恨みの悲鳴をあげる、先生はどこを風が吹くという顔ですましていらっしゃる、そんな光景ばかり思い出される。女高師でも同様だったそうだが、お茶の水の学生さんは我々より積極的だから、お消しになれないようにと黒板拭をかくしておいたら、先生は平気でポケットからハンカチを出し、さっさと消しておしまいになったそうだ。

戦争の最中で、愛国百人一首(注1)が選ばれた頃だったが、その中で特に愛国の母の歌として喧伝された、成《じょう》尋《じん》阿《あ》闍梨母《じゃりのはは》の歌、

成尋法師入唐(にったう)し侍りけるに母のよみ侍りける

もろこしも天の下にぞありと聞く照る日のもとを忘れざらなむ　（新古今、八七一）

を、「これは日本を忘れるななんて、愛国的な歌ではない、日本に取り残された、この私を忘れてくれるな、という歌なんだ」と、事もなげに教えて下さった事だけは、はっきり覚えている。上級生から代々伝わる「カッパ」というあだ名がこの上なくピッタリの、飄々としてつかみ所のないようにお見えになる先生の、内なる烈々とした文学者魂、仮にも時流に迎合して学問の筋道を曲げたりなさらない強い精神を、あさはかな軍国少女なりに感じ取り、感動したのであった。

隔週ごとに、詠草もお出ししなければならなかった。半紙を横長に二つ折し、それを四つに畳んで、数首、筆で書く。先生は翌週ちゃんと朱を入れてお持ち下さり、皮肉っぽくにやにやしながら、まああの作を何首か読みあげて下さるのだが、せっかく自分のを読んでいただいても完膚なきまでに直されているから、我が歌とは気づかない。返していただいてはじめてそれとわかるという有様。お直しは痛烈で、「かかる語法ありや」「かかる崩し方ありや」と、文法からいいかげんの崩し字まで直されてしまう。

歌になりそうな題材などそうそうあるわけではないから、どうしても当時華々しい戦果をあげていた（と思わされていた）南太平洋戦争がネタになる。ところが困ったことに、「みんなみの空」「みんなみの海」と詠むと先生にひどく叱られるのだ。「東」を「ひんがし」とは言うが、「南」を「みんなみ」とは言わない、とおっしゃる。だって「みなみ」じゃ字数が足りないんだもの、それに新聞にのっている佐佐木信綱や斎藤茂吉の歌だって「みんなみ」を使っているのに……と恨めしく、「今度の歌は一寸うまく詠めたからみんなみでもいいだろう」と性懲りもなく又使っては叱られた。

当時私は、久松潜一先生の国文学史のお講義ではじめて永福門院の歌を知り、感激して玉葉風雅の歌にかぶれていたので、京極為兼の、

あはれさもその色となき夕暮の尾花が末に秋ぞうかべる　（風雅、四九一）

のまねをして、大好きな通学路、神宮外苑の銀杏並木を（当時女子学習院は現在の秩父宮ラグビー場にあった）、

芽ぐむともいまだ見えねど並木道ほのか緑の春ぞただよふ

と京極派風に詠んだら、下句をちゃんと伝統歌風に「ほのに青みぬ春立ちぬらし」とお直しをいただき、読みあげてはいただいたけれどがっかりだった。

空襲がはじまり、講師の先生方まで防空服装になられた。諸先生律義にお出ましになる朝礼の時、その個性溢れるお姿を見くらべるのが我々のひそかな楽しみであった。漢文の塩谷温《しおのやおん》先生は古色蒼然たるモーニングに不似合な巻ゲートル（それをお巻きになるのに毎朝お玄関で大変だった、と、御子息の奥様のお話を、その方の妹さんである同級生からうかがった）、英文学の斎藤勇《たけし》先生はダンディーなヘルメットにスパッツ（どちらも現代のそれではありません、これも「今は昔」ながら、シュヴァイツァー博士(注2)アフリカ探検のスタイルを御想像下さい）。久松先生が「誠実！」を絵に描いたような背広に、今にもほどけそうに危っかしくゲートルを巻いておられるのには皆がはらはらし、そして尾上先生のカーキ色の国民服（戦争中に背広に代るものとして制定された、

軍服まがいの服）は、何とも野暮くさいスタイルなのに先生が召すと飄逸で洒脱で、言うに言われぬ味わいをかもし出していた。当時諸大学文学部の学生さん達は、ほとんど学徒出陣で出払ってしまっていたから、こんな大先生お四方の防空服装を一堂に会して、心ゆくまで鑑賞した思い出は、どなたにもちょっとあるまい。これは私の人知れぬ自慢である。

若くて無知で恐いもの知らずの我々と違い、功成り名遂げて人生最後の仕上げにかかろうという時に理不尽な戦争に協力を強いられ、お立場上忠誠な国民であらねばならず、しかし理性的な社会人として、厳正な学者として、時流に深い危惧を抱いておられたであろう先生方の暗澹たるお心の程を、今にしてしみじみとお察しする。その追想を和《なご》ませて下さる尾上先生の一首、

古き文やや新しく説くことも生きんがためのたはむれにして

現代の国文学界までお見通しの、何と皮肉でしゃれた、すばらしい先生であったろう。

［後記］この小文を先生の養嗣子尾上兼英先生にお送りした所、次のような御返信をいただいた。

……私の知っている限り、拙宅に見えた方の草稿には◎や○、、、といった評点だけで、添削をしたのは見たことがなく、……御文中の添削例はまことに珍しいもので、学生さんには遠慮のない態度であったのかと思い至りました。

水甕社中の方には「おのがじし」と申してレッセ・フェールであったようですので、教師の顔と、歌人の顔を使い分けていたのかと思いました。

「カッパ」というあだ名は初耳で、学生さんの秀抜さに感服しました。

今更、先生にお教えいただいたのは大変な事だったのだと思う。

［注］

（1）太平洋戦争中、国民精神作興を目的に、人麿から橘曙覧まで、愛国的と目される歌のみで構成した百人一首、情報局・大政翼賛会後援、昭和十七年（一九四二）十一月発表。佐佐木信綱以下有名歌人・研究者十一名による選定。

（2）フランスの哲学者・神学者。医者及び伝道師として、アフリカで黒人の医療伝導に従事。バッハ研究者、オルガン奏者。一八七五〜一九六五。

"Anglo-Saxon"——斎藤勇先生の試験問題——

私は昭和十八年（一九四三）三月、女子学習院中等科（昭和十六年学制改正、前期・中期等を改めて初等科六年・中等科五年となる）を卒業、四月、高等科（二年制）に進学した。すでに大戦末期、授業時間を割いて、医療用のガーゼ巻きや新宿御苑の草取りというお嬢様向きの勤労奉仕から、それでは物足りない、もっと直接お国の為に、とはじまった、電波兵器用の真空管組立作業という学校工場化で、ついには授業もなくなるに至る、全く変則の学校生活であったが、七十年を隔てて今顧みれば、それなりに楽しく、また当時ならでは体験し得なかった、意義ある日々でもあった。

しかし進学当初、やがてそんな事態になろうとは思いもよらぬ。全く夢のような僥幸、すなわちその年からはじまった久松潜一先生の御出講と、一方以前からの名物講座でその面白さを姉からさんぐ〳〵吹きこまれていた、斎藤勇《たけし》先生の英文学史と。この二つは以後の私の一生を支配した、かけがえのない宝であった。

中にも斎藤先生は、御自著の『英文学史』（一九三八、研究社）——七五〇頁、厚さ四センチもある大きな本を教科書に、厚い本の正しい扱い方、アンダーラインの色分け（人名は赤、作品名は青、重要事項は緑）

からはじめ、やさしく面白く、英文学の歴史と作品についてお教え下さった。但し試験は大変で、“Renaissance”（先生の発音だと「ルネサーンス」）などという大きな問題が出ると上級生から聞かされ、みんなびく〳〵していた。

いよ〳〵最初の試験の日。先生は黒板に、“Anglo-Saxon”とお書きになった。わあ、よかった。五世紀の半ば頃、ヨーロッパ本土にいたジュート族・アングル族・サクソン族が、イングランド・ウェールズに侵攻し、まじり合ってアングロサクソン民族が成立したというお話はとても面白く、よく覚えていたから、みんな、丸暗記していた教科書の文章を、せっせと書いて提出した。

休み時間、「できた？」「よかったわね、やさしくって」とみんなが浮かれている中で、A子さん一人、浮かぬ顔。「どうなさって？」とうかがうと、「アングロサクソン語の事だと思って、言葉の事ばっかり書いちゃった、零点だわ」。一同大いに同情、「思い違いしただけよ、書いてある事に間違いがなければ、ちゃんとお点下さってよ」と慰めているうち、念のため、と教科書をたしかめた用心深い一人が悲鳴をあげた。“Anglo-Saxon”とはまさに「アングロサクソン語」であって、“Anglo-Saxns”と複数にならなければ「民族」にはならないのである。立場はまさに逆転、一同青菜に塩。A子さんも今さら同じ言葉を使ってみんなを慰めるわけにも行かず、何とも複雑な表情で黙っているばかり。全くこれにはまいってしまった。

一週間たって、次の授業の日。先生はにこ〳〵顔で、答案の束を持って入って来られた。もう仕方がない。一同、思わず声を揃えて「キャーッ」と叫んだ。「わかっております、間違えました！」の気持をこめて。先生はます〳〵にこ〳〵、「問題の意味を取り違えた人もあったようですが、いい事にしておきました」。みんなもう一度「キャーッ」（ありがとうございました！）と叫んだ事、言うまでもない。

この事件で私は、本当に大切な事を学んだ。英語の複数形というものは、ただ、二つ以上、沢山、というだけの事ではない、もっと複雑な意味をも表現するものだ、という事を。ひいては、日本語の常識で、安易に英語を判断してはいけない、という事を。先生はにこ〳〵笑いながら、こんな重要な事を黙ってお教え下さったのだ。

ついでに言えば、最後の時の試験問題は、"Renaisance, Reformation and Restoration"（文芸復興・宗教改革・王政復興）。皆様、こんな答案、お書きになれますか？

十九年末には、学校工場が忙しくなって授業は全面中止、斎藤先生のあの面白いお講義もうかがえなくなってしまった。一同何とも残念で、先生にお願いして、御自宅でお話を続けていただく事になった。空襲も現実となり、警戒警報は珍しくもなくしば〳〵出ていた時代で、さぞ御迷惑でもあったろうが、先生は快く御承知下さり、三回ばかりもうかがったろうか。その最終の日、せめてものお礼のしるしに、めいめいお菓子を作って持って行こうと相談がまとまった。実はお砂糖も卵もバターも粉も大変な貴重品、お菓子作りなどとんでもない、という時代、そういう口実でお菓子を作ってみたい、という下心もあったというわけで。

当日、お話が終って先生がちょっと席を立たれたすきに、みんなでテーブルの上にきれいにお菓子を並べ、そしらぬ顔でお玄関に出て、ありがとうございましたと御挨拶して、そのまま帰って来てしまった。今の若い人達なら、御一しょにお菓子を食べて楽しくおしゃべりしたろうに、そんな事は思ってもみなかったのである。何とまあ初心な、かわいらしい学生達だったろう。先生、どんなお顔であれを召し上がって下さったかしらと、今でも時々思い出す。

あんなに時局が切迫し、勉強と遊び以外の様々の体験を味わった高等科時代に、世情にわずらわされず、女の子だからと手抜きをなさらない正しいお教えをお授け下さった、久松・斎藤両先生の厳しい学問の精神を、とりぐ〳〵に個性豊かでいらしたなつかしい御面影と共に、つくぐ〳〵ありがたく回想している。

歌舞伎狂の小娘

じわが湧く

歌舞伎芝居には、「じわじわ」「じわが来る」「じわが湧く」という言葉がある。名演に感銘した客席全体から、一種のざわめきがおのずから波のように湧き起る状態。大見得や名セリフ、派手なサワリに「待ってました」とばかりに起る、大向《おおむこ》うの掛声や拍手とは全く異なり、予期、期待されるものではなく、ごくごく稀にしか起らぬ、自然発生的な観劇の醍醐味である。

この現象を、昭和十年代（一九三五〜）の歌舞伎界において、何の苦もなく起し得たのが、名優十五代目市村羽左衛門《うざえもん》であった。当時すでに六十歳を過ぎていた彼が、初々しい前髪姿の十次郎（絵本太功記、十段目）や勝頼様（本朝二十四孝、十種香の段）として正面奥から登場すると、ただそれだけでその若さ、美しさに満場じわじわと来るのがお定《さだ》まりで、小娘の私は何の不思議もなくそれに陶酔した。思うに、観客皆の心には、「若いといっても羽左も歳、もしや衰えが見えては……」という若干の危惧があり、それをどこ吹く風といった風情でさわやかに現われる、いつに変らぬ艶姿に対する安堵と喜びが、「じわ」となって表現されたのであろう。他に奥から出ただけでじわを起させたのは、私の知る限り、上方の名女形《おやま》三代目中村梅玉の、熊谷陣屋（一谷嫩《ふたば》軍記）の熊谷の妻、相模だけであった。

芝居好き、教育好きの父、民法学者穂積重遠は、日常の茶話にも常に歌舞伎を語り、興に乗れば随時、浄瑠璃本や近代戯曲類を読んでくれたが、昭和十一年（一九三六）私が十歳の春からは年に二三度、歌舞伎座や東京劇場の、今思えば空恐ろしい、中央の一等席で、最高の芝居を見せてくれた。その前のレクチャーは大変で、幾晩にもわたってあらすじ・名場面・見どころを声色まじりで教育され、姉と私はあと何日、あと何時間と、指折り数えてその時を待った。こうした状況は昭和十七年初頃まで続いたが、以後は太平洋戦局の激化による何となしの遠慮も伴って中絶し、敗戦後はただ生きる事に必死で、歌舞伎界への関心は常に持ちながら、観劇からは遠ざかってしまった。しかし、十歳から十六歳まで、全く白紙の脳裏に焼きつけられた、五代目中村歌右衛門・七代目松本幸四郎・十五代目市村羽左衛門・二代目市川左團次・六代目尾上菊五郎・初代中村吉右衛門らの名舞台の記憶は、火の車、大世話場《おおせわば》の戦災貧窮生活の中で、どんなに私の心を豊かに保ってくれたことだろうか。

　その中でも最も貴重な宝物が、昭和十三年（一九三八）團菊祭四月興行、「妹背山婦女庭訓《いもせやまおんなていきん》」山の段で遭遇した「じわじわ」である。この時の番組は、第一「妹背山」、第二菊五郎の所作事《しょさごと》「としま　うかれ坊主」、第三幸四郎の「暫《しばらく》」、第四羽左衛門の「切られ与三《よさ》」、第五菊五郎の「塩原多助」という豪華版。因みに観劇料は、同好の國學院大学名誉教授徳江元正氏からいただいた当興行の番付によれば、一等七円八十銭、二等四円八十銭、三等三円八十銭、二階席二円、三階席一円であった。

「山の段」は和製ロミオとジュリエットである。領地争いで不和の、背山の領主大判司《だいはんじ》清澄と妹山の領主太宰《だざい》の後室定高《さだか》。その子の久我之助《こがのすけ》清船と雛鳥は許されぬ恋に落ちる。舞台中央を吉野川が流れ、満開の花を後に、上手に背山、下手に妹山の庵。妹山方には雛が飾られている。川は客席に流れ入り、東西両

花道が川沿いの道路という趣向。若い二人が両岸で叶わぬ恋を語り合う所に、

〽花を歩めど武士《もののふ》の心の嶮岨《けんそ》、刀《かたな》して削るが如き物思ひ。思ひ逢瀬《おうせ》の仲を裂く、川辺伝ひに大判司清澄、こなたの岸より太宰の後室、定高にそれと道分けの、石と意地とを向ひ合ふ、川を隔てて……

と、双方の親が両花道に登場する。帝を僭称する蘇我入鹿からの、久我之助は藤原鎌足に背いて降参せよ、雛鳥は后として入内せよとの厳命に従うか否か。両岸に対峙し、一句、また一句の問答の中で、両者は表面強気に対抗、反発しながら、実は若い二人をあの世で添わせるべく、それぞれに首を打つ決意を固める。以後、障子の開閉で演技は妹山背山交互に展開、双方の親子おのおのの述懐・愁嘆の末、可憐な雛鳥の首は雛道具の小さな輿に乗って吉野川を渡り、切腹した瀕死の久我之助の許に嫁入るのである。構想の妙もさる事ながら、詞章の美しさはまた格別で、

〽古への神代の昔山跡《やまあと》の国は都の始めにて、妹背の始め山々の中を流るる吉野川……

にはじまり、

〽跡に妹山、先立つ背山、恩愛義理と堰《せ》き下《くだ》す、涙の川瀬三吉野の、花を見捨てて出でて行く。

に終る、近松半二の名文に飾られた、二時間近い大作である。

父はこの芝居が大好きで、明治三十二年（一八九九）、十七歳の時、九代目團十郎の大判司、五代目菊五郎の定高、まだ二十代の羽左衛門（当時家橘）の久我之助、歌右衛門（当時福助）の雛鳥で見た時の自慢話、川辺に下り立った久我之助に気づいて駆け寄る雛鳥の美しさは、

〽裾もほら〳〵坂道を、折から風に散る花の、桜が中の立姿……


という浄瑠璃の名文句そのままであったと、耳にたこの出来るほど聞かされていた。

大判司幸四郎、久我之助羽左衛門、定高梅玉。若女形払底《おやまふってい》の時代で、この三者に釣合うべく、やや薹《とう》が立ってはいるが雛鳥を十二代目片岡仁左衛門。当代最高の役割である。但し当時は当局による終演時間の規制が甚だしく、ためにかんじんの「雛渡し」がカットされて、雛鳥は背山に嫁入りできず、双方の親が首を抱いて見合った形で幕、となり、この点は大変な不評でありまた残念であった。

私の体験した、生涯最高のじわじわは、背山方で起った。久我之助が降参を拒否して切腹を願い、大判司がこれを許す場面、

〽天下の主《あるじ》の御為には、何倅《せがれ》の一人や二人、葎《むぐら》に生《お》ふる草一本、引抜くより些細《ささい》な事と、涙一滴こぼさぬは武士の表《おもて》、子の可愛うない者が、およそ生《しやう》ある者にあらうか。あまり健気《けなげ》な子に恥ぢて、親が介錯《かいしやく》して取らす。侍の綺羅《きら》を飾り、いかめしく横たへし大小、倅が首切る刀とは、五十年来知らざり

しと、老《おい》の悔みに清船も、親の慈悲心有難涙《ありがたなみだ》、命二つあるならば、君には死して忠義を立て、父には生きて養育の、御恩を送り申さんに、今生《こんじやう》の残念これ一つと、顔を見上げ見下ろして、わっとひれ伏す親子の誠……

「命二つあるならば……」の悲痛なノリ地(注)が切れて、正座した大判司の右膝に、久我之助が両手をかけて面を伏せ、大判司はじっとこれを見下す。いかにも頑固篤実な古武士、幸四郎と、水も滴《したた》る若衆姿の羽左衛門と。深々とした親子の情愛が、「それきり何もしない」二人の姿にこそ、ありありと表現される。

その時である。満員の観客席全体が異様にしんと静まりかえり、ややあってその足許から、じわじわじわという、声にならぬ声、音にならぬ音がおもむろにせり上がって来て、広い場内を満たし、あの堅固な歌舞伎座が根底から揺れ動くようなふしぎな感覚に包まれた。舞台と観客が完全に一つになり、名作の中に溶けこんだ至福の時が流れた。――やがて静かに背山の障子が閉まり、妹山の障子が開いて、より涙をしぼるべき母と娘の愁嘆に移ったが、たった今の壮大な感銘に心を奪われて、以後、幕切れまでの印象はほとんど心に残っていない。「じわ」とは本当に「湧く」ものだ、「醍醐味」とはまさにこれだろうと、わずか十二歳の肝に銘じたのであった。

実はこの時、もう一つのじわじわに、すぐ次の幕で出会った。菊五郎の一人踊り、「うかれ坊主」とセットになるのは、「羽根の禿《かむろ》」のはずなのに、「年増《としま》」なんて一体何?とみんなが思ったのだが、極端に揉上《もみあ》げを長く取って顔を細く見せ、ややしどけなく着くずした縦縞の衣裳で肥った体形をカバーした六代目が、下世話《げせわ》な中年の町女房として、とりとめない江戸風俗を踊りこんでいくうち、女髪結の描写――全く何の小道具もないのに、鮮かな手さばき一つで、口にくわえた毛筋《けすじ》棒や手に持つ櫛はおろか、鏡台に向う女客の後姿、結い上がっていく髪かたちまでありありとその場に現前し、思わずも再びのじわが起った。何と幸福なこの日の観客、そしてその中の少女の私であったことか。

図らずも一興行の中で起った二つの「じわ」。一は作と、演技と、演者の「人」とが渾然一体となって、観客すべての心の琴線に触れた、稀な出会い。他は演者の技術一つによって、無から有を見事に創り出した、真の「俳優《わざおぎ》」のわざ。人生的な深さにおいては前者がはるかにまさるが、後者もまた一つの芸の極致である。相伴って、昭和初期歌舞伎の最高最深の境地、その場に立会い得た観客の稀有の幸運と言うべきであろう。

家に帰り着いてホッと一息、熱いお茶を口に運びながら、今見て来た芝居を「どうです、よかったでしょう」と、まるで自分の手柄のように言うのが口癖であった父。末っ子、みそっかすの私は、「うん……」とうなずくのが関の山、「じわじわ」への感動など具体的に口に出す事もなく過ぎてしまったが、程なくあの世で父と再会したら、じっくりと思いのたけを語り合ってみたいと思う。

長じてのちの私は、中世音楽書の異色作『文机談《ぶんきだん》』を研究する中で、前後に稀な技能を持ちながら、録音のすべもなく消え去った中古中世の楽人達を悼む思いに堪えなかった。昭和初期名優達の名演の運命も、それと五十歩百歩でしかあるまい。でもそれはそれでいいのだろう。いかに録音録画技術が発達しても、あの「じわ」はレコーディングできない。芸は生きもの、ある一瞬の、演者の意気と観客の心との交流合致。たまたまそれにめぐり合い、以来七十余年、その記憶を心豊かに保ちえた幸福を、感謝するばかりである。

［注］劇中のクライマックスで、三味線の調子に合わせて述べるリズミカルな台詞《せりふ》部分。

松はもとより常盤にて――万三郎と六平太――

いつまでも十九ぐらいのつもりでいるのに、もう九十を過ぎた。今どきでは何でもない年だが、それでもさすがに昔がなつかしい。芝居好きで小さい頃からよい歌舞伎を見せてくれた父は、お能も名人万三郎（初世梅若万三郎）ぐらいは見せておかねばと思ったらしい。十二、三の頃、姉と二人、赤坂表町の能楽堂の「二人静《しずか》」に連れて行ってくれた。美しい連れ舞なら退屈しまいとのつもりだったろうし、たしかにそうだったが、しかしもう一番、地味な銕《てつ》之丞（観世華雪）の「景清」の、作り物の中でじっと動かぬ渋い姿もいまだにはっきり目の先に浮かぶ。

その後暫くして、若い猶義《なおよし》（初世梅若猶義）が「道成寺」（注1）をひらいた。鐘入りの足拍子とともに、綱（注2）の後見を勤めていた兄、万佐世《まさよ》（二世万三郎）の、真剣そのものの射るようなまなざしが忘れられない。

その次は万三郎の「鉢木《はちのき》」と万佐世の「正尊《しょうぞん》」。それに誰がシテか「鞍馬天狗」で、子方のあとについて来る、よちよち歩きまで何人もの稚児がかわいかったのは、やはりこちらも子供である。

「鉢木」のワキは宝生新《しん》。その立派な風貌を記憶にとどめる事ができたのも幸せであった。かんじんの万三郎は、登場第一声、「降ったる雪かな」で舞台はおろか見所《けんしょ》まで一面の雪景色になる、そこが見どころだ、とさんざんレクチャーされて行ったのに、今一番思い出せるのは、「松はもとより常盤にて、煙となるは梅桜」と、松の鉢を持ってすうっと居どころに帰る姿。しかも、この本文は「松はもとより煙にて、薪《たきぎ》となるもことわりや」が、徳川家の「松平」にさわるとして松は焼かない事に改悪されたもので、よろしくない、とそこまで教育されていた所なのだが、むしろそれが逆効果でしっかり目の底に焼きついてしまったらしいから、皮肉なものである。

父は六平太《ろっぺいた》（十四世喜多六平太）の「羽衣」が好きで、本当に天高く舞い上がって行くようだ、見せたい、見せたいと言っていたが、その機会がないうち戦争がひどくなり、お能どころではなくなってしまった。その中を、昭和十九年（一九四四）、「船弁慶」を見せるといって、矢来の能楽堂に連れて行かれた。いつもおみきどっくりだった姉は結婚して、私一人。町は燈火管制で暗いし、いささかありがた迷惑。しかも広い見所には誰一人いず、父も「ちょっと」とか言ってどこかへ行ってしまう。こわくて心細くて、どうしようかと思った。六平太のシテの小さいこと、まるで子方みたい、これは一体何だろうと思っているうち、後ジテになる頃にはそんな事などけし飛んで、舞台一ぱい、引く潮に揺られ流れて揚幕に姿を消すまで、息もつかせぬ大きさだった。

少女の時のたったこれだけの体験が、今もあざやかに残って、人生を豊かにしてくれる。自分好みの偏った教育ばかりしてくれた父だが、感謝しなければなるまい。

[注]（1）初演の意。
（2）鐘を吊る綱を操って、シテの鐘に入る時呼吸を合わせて正確に鐘を落す役。

映画「勧進帳」の思い出

七代目松本幸四郎の弁慶・十五代目市村羽左衛門の関守富樫《とがし》・六代目尾上菊五郎の判官義経という、最高の役割で演じられた国宝的映画「勧進帳」の存在は、今日では広く知られている。平成六年（一九九四）には九代目團十郎・五代目菊五郎の「紅葉狩」はじめ、数本の貴重な歌舞伎記録フィルムとともに、歌舞伎座で上映会が催されたし、翌七年には早稲田大学で、同大演劇博物館所蔵羽左衛門資料の展示（没後五十年記念）にあわせて上映された。

このフィルムは昭和十八年（一九四三）十二月二十二日、上演中の歌舞伎座に機材一式を持ちこんで、生《なま》の舞台そのものを正面から撮影したもので、カメラの移動もアップも少く、実に素朴な作品であるが、今は幻となった名演の迫力、昭和初期大歌舞伎の華をまのあたり後代に伝える、唯一の証言といって過言でない。

昭和十八年といえば二月ガダルカナル、五月アッツ島の全面的撤退が公表され、十二月には学徒出陣という、すでに敗戦目前の時期であり、翌十九年二月には「決戦非常措置要綱」が発令されて、歌舞伎座も三月二日初日の開演予定を中止、閉鎖を余儀なくされた。物資の不足ははなはだしく、「この時局に、戦争遂行上貴重なフィルムを不要不急の娯楽用に使うとは」という猛烈な反対の声を浴びながら、「この時局なればこそ、この貴重な芸術を後世に残さねばならぬ」と内閣情報局に強硬に進言して実現を取りつけたのは、河竹繁俊博士と私の父、法学者穂積重遠であった。

サイパン島全滅直前の十九年六月、この映画は完成した。それに先立つ春まだ浅い頃、情報局でのごく内々の最初の試写会に、父は十八歳の女学生の私をこっそり連れて行ってくれた。おそらくは父の犯した一生ただ一度の公私混同だったと思うが、今は時効ということでお許しいただきたい。はじめて見る殺風景なお役所の一室で、それとは似もつかぬ大画面の至芸に圧倒されたその日の記憶は、今に鮮かである。

河竹先生は本当にお嬉しそうで、「よかったよかった、よくできた」と何回もくりかえされたが、「たった一つ残念なことがある。開幕前に、舞台から客席に向って、パーッとカメラをまわして客席全体をとっておけばよかった。昭和の観客はこんなものだということを、後世に伝えたかった」と、身ぶりを交えておっしゃった。何のことともわからぬながら、私にはそれが強く印象に残ったが、後年テレビの画面ではじめて、ライブ中継の時、観客席に大きくカメラをパンするのを見て、「ああ、河竹先生のおっしゃったのはこういうことだったのか」と合点が行ったのであった。

完成を喜ぶ会話の交わされる中で、河竹先生と父とのさりげないやりとりの裏に、戦局を憂え、その中に「出陣」して行く我が子、教え子を思う父親の情を感じ取って、さしも無知な愛国少女の私も、一種粛然とした思いに打たれた。それも、この映画にまつわる個人的ながら忘れ得ぬ思い出である。

上演時、幸四郎七十四歳、羽左衛門七十歳、菊五郎五十九歳（数え年）。菊五郎ははじめから撮影を渋り、完成した映画も見なかった。幸四郎は一遍見た。羽左衛門は二遍見て、「今度やったら私の富樫《あっし》はもっとよくなるね」と言ったという。当時父から聞いた話だが、三名優それぞれの性格が実によく出ている。「今度やったら」と言ったその人はついにその時を得ず、二十年五月六日、翌月、久々の歌舞伎座開演計画にその富樫での出演を快諾した直後、長野県湯田中の疎開先に急逝した。

長年忘れていたこのフィルムが歌舞伎座で上映されると聞き、申し込んだ時にはもう、はるか三階席しか空いていなかった。しかしそこに集った朴直な善男善女——五十年以前の「昭和の観客」たちの嬉々とした眼の輝き、場内の華やぎ。極まり極まりには大向うから掛声さえかかり、久々の「お芝居」気分に陶然として、以後当分の間何も手につかなかった。

早大小野講堂での催しの折は、「整理券はありません、一時開場、二時開演です、お早めにどうぞ」と言われ、時計と相談しながら博物館のなつかしい羽左サンの写真の前を去りやらず、一時きっかりに行ってみたらすでに場内は満席、立見でも構わないと覚悟をきめた時、折よく正面にベンチを運んで来て下さったので、ちゃっかりそこに座って結局最上席で楽しんだ。あとからあとからの入場者に、通路に薄縁《うすべり》をひろげて「どうぞお座り下さい」、しまいにはそれもなくなって、「新聞紙でよかったら敷いて下さい」。それでも若い学生達まで含め、帰る人はなく、平土間《ひらどま》は満員、立見も一杯、札止めの盛況。さすがに掛声までは行かなかったが、かなり荒れた画面、音質にもかかわらず満場水を打ったよう、これまた本当に満足した。

実際の舞台とはまた違って冷静に見られるせいか、細かい所に気がつく。富樫の出の颯爽たる足どり、名乗ののち長袴をさばいてクルッと回って座に着くしぐさには、かつて「足よ、足よ」という讃美の詩まで生まれた、あの有名な、細く美しい「足」の魅力が、見えないけれどありありと実感される。「判官《ほうがん》おん手を取りたまひ」はほとんど唯一のクローズアップで、菊五郎の眼や手の表情のこまやかな美しさ、これは舞台以上に深く繊細である。そして弁慶の延年《えんねん》の舞の数珠の扱い。あの老年で、二千回近い上演というのに、実にきっちりと、目立たぬ所まで手抜き一つない見事さには、「幸四郎ってこんな人だったのか」と改めて感動してしまった。

早大からの帰り道、ベンチにお隣り合せに座って、でも別に言葉も交わさなかった老紳士が、別れぎわに一言、「よかったですなあ」。私も「ようございましたねえ」。たったそれだけ。でも嬉しかった。――河竹先生、先生が「後世に伝えたい」とおっしゃった「昭和の観客」は、半世紀ののちにもまだ健在でございます。そして若い「平成の観客」もまた、先生の残して下さった大事業の成果に、あんなに息を詰めて見入っておりました。本当にありがとうございました――。私は歌舞伎座、早大、両方の観客に代って、心の中で先生にそうお礼を申し上げ、父にも報告したのであった。

［後記］河竹先生の御子息、登志夫先生に、失礼をかえりみず小文をお目にかけたところ、大変お喜び下さった。「客席全体をとっておけばよかった」とのお言葉は登志夫先生にも初耳でいらした由。先生はまたこれを松竹の故永山武臣会長にお送り下さったそうであるが、実は永山さんは私の幼稚園の同級生であった。のちにこれも登志夫先生が永山さんにお伝え下さり、驚いておられたということだが、御縁というものはふしぎなものである。

円朝・三木竹二・岡本綺堂

国会図書館の非常勤職員として勤務していた時、折から編纂刊行の進んでいた『明治期刊行図書目録』の最終巻、『書名索引』（昭51）編集のお手伝いをして、何回となくカードを操って点検を重ねる中で、今まで知らなかった円朝作品の題名の数々とおなじみになった。「塩原多助一代記」「真景累《かさね》ヶ淵」ぐらいはともかく承知していたが、「松の操《みさお》美人の生埋《いきうめ》」「黄薔薇《こうしょうび》」「操競女《みさおくらべおんな》学校」なんて、一体どんな話？と興味を誘われながら、勿論実際に読むには至らなかった。今回（平25）岩波書店刊行の『円朝全集』内容案内を見つつ、ああ、あれも、これも……と、つくづくなつかしい。

その後恵まれた大学の教職も、無事勤めおおせてのんびりした平成十六年（二〇〇四）、岩波文庫で、三木竹二著『観劇偶評』（渡辺保編）が刊行されたと知り、大喜びですぐに購入した。一方ならぬ歌舞伎好きの家に育ち、はずかしくてひと様には言えないぐらい、実際の舞台以上に、家にある大正時代以来の演劇雑誌で写真や劇評、芸談やゴシップに親しみ、見た事もない名優・名舞台を見たつもりになっている、「耳《みゝ》年増《どしま》」の小娘だったからである。三木の劇評はそれよりはるかに古く、明治二十二～二十八年（一八八九～九五）が中心だが、九代目團十郎・五代目菊五郎の至芸は言うに及ばず、私にとって親しい昭和十年代の名優達の、あるいは可愛い子役、あるいは駈出《かけだ》しの大根から新進有望の若手役者へと成長して行く姿もそのままに見る事ができて、本当に楽しかった。

中にも、現実の舞台を見るが如く、幾度となく読み返して、その雰囲気に浸ったのが、明治二十五年（一八九二）七月、歌舞伎座で上演の「怪談牡丹燈籠」評である。文庫本二十頁余にわたり、脚色評をはじめ、主役から端役まで各場毎の真率丁寧な芸評に、見もせぬ芝居を本当に見たような気持になった。菊五郎の二役、孝助と伴蔵《ともぞう》のうまさは言うまでもないが、私としてはタッチの差で見そこなった二人の老優——、「蝙蝠安《こうもりやす》」で知られる四代目松助の飯島平左衛門とお幇間《たいこ》医者志丈《しじょう》との鮮やかな演じ分け、また写真で見てさえこわい「太功記十段目」の光秀を当り役の代表とした七代目中車の、八百蔵といった売出しの若き日、ぐうたらな色男源次郎役のいささか似合わなかったろう面影を想像するだに楽しく、更には伴蔵と二代目秀調《しゅうちょう》の女房おみねとの「悋気《りんき》いさかひ」の描写に至っては、「見て居ても気が気でない」竹二の気持がこちらまで乗り移るようで、何とも言えぬ面白さであった。

そこではじめて、今まで「カラン、コロン」しか知らなかった「牡丹燈籠」そのものを読む気になった私、岩波文庫の第一頁、まだ部屋住《ずみ》であった旗本の子息、飯島平太郎、後の平左衛門が、後に家来となる孝助の父に当る黒川孝蔵に因縁をつけられて、已《や》むなくこれを切る場面の発端《ほったん》、本郷三丁目での刀屋との対話第一声、

「亭主や、そこの黒糸だか紺糸だか知れんが、あの黒い色の刀柄《つか》に南蛮鉄《なんばんてつ》の鍔《つば》が附いた刀は誠に善さそうな品だな、ちょっとお見せ」

だけで、一遍に惚れこんでしまった。かねがね、将軍家の奥医師の娘で成島柳北や福沢諭吉に遊んでもらった老女、今泉みねの思い出話『名ごりの夢』（昭16長崎書店、昭38東洋文庫）や、上級御家人を父に持つ岡本綺堂の、旗本・御家人クラスを描いた戯曲、「番町皿屋敷」「相馬の金さん」等を愛読、江戸のお侍言葉というものは、テレビ時代劇の、ともすれば「何とかじゃ!!」といきり立つような、粗雑、尊大なものではない、もっと洗練された、おだやかな普通の言葉だ、と思っていた、その鬱憤が一時に晴れた感じがしたからだ。

この話の種を提供したという旗本、田中某の住まいがあり、飯島の家もそこに設定されている「牛込軽《かる》子《こ》坂」は私の生家から程近く、神楽坂を横切って叔母の家に遊びに行く時いつも通る道筋、「大曲《おおまが》り」「隆慶橋《りゅうけいばし》」「谷中三崎《さんさき》」、皆、私の狭い見聞のテリトリーである。私にさえこんなにリアルなのだから、明治の東京人の感興いかばかり、と推測される。

舞台が中山道栗橋に移って、伴蔵と志丈の巡り合い、強請《ゆす》りにかかった源次郎を逆襲する名代の啖呵《たんか》、「一二三の水出し、やらずの最中《もなか》」から、すごすご帰る源次郎に「跡をしめて行ってくんな」ととどめをさすまでの伴蔵の悪党ぶり、かくれていた戸棚から潜《もぐ》り出て「感服だ、ああ悪党」と賞めそやす志丈の軽薄さなど、その「悪」のユーモア、何度読んでも面白いこと無類である。

ユーモアと言えば、孝助に恋患《わずら》いをするお徳の父、そそっかしやの相川新五兵衛がまた非凡である。汗だく〳〵で娘の恋心を平左衛門に打明け、祝言の取持ちを頼む所も面白いが、妾と密通して平左衛門殺害をたくらむ源次郎を殺すつもりで、誤って主人を槍で突き、実はそれが孝助に父の敵《かたき》を討たせる平左衛門の計らいだったと告げに駆けつけた孝助との応待の中に、その性格がまた実に巧みに生かされている。新五兵衛・お徳一件は歌舞伎座上演の際は全く省略されており、竹二評も「すっかり端折《はしょ》りたるは是非もなし」とあるのみであるが、一方、十三、四歳の頃速記本でこの作を読んでさのみ怖いとも思わず、それから半年後、実際の高座に接して、その凄味に「円朝の話術の妙ということをつくづく覚った」という綺堂は、「牡丹燈籠」が最初に脚色上演された明治二十年（一八八七）八月春木座興行を十六歳で見、歌舞伎座上演の際も勿論見た上で、なお円朝の語りの優秀さを絶讃している。

孝助が誤って主人を突いたという話を聴き、相手の新五兵衛が歯ぎしりして「なぜ源次郎……と声をかけて突かないのだ」と叱る。文字に書けばただ一句であるが、その一句のうちに、一方には一大事出来《しゅったい》に驚き、一方には孝助の不注意を責め、また一方には孝助を愛しているという、三様の意味がはっきりと現れて、新五兵衛という老武士の風貌を躍如たらしめる所など、その息の巧さ、今も私の耳に残っている。團十郎もうまい、菊五郎も巧い。しかも俳優はその人らしい扮装をして、その場らしい舞台に立って演じるのであるが、円朝は単に扇一本を以て、その情景をこれほどに活動させるのであるから、実に話術の妙を竭《つく》したものといってよい。名人は畏《おそ》るべきである。

（「寄席と芝居と（抄）」『岡本綺堂随筆集』平19、岩波文庫）

円朝たるもの、まさに以て瞑すべき讃辞であるが、しかも彼の演出によれば、この緊迫の場面の直後、孝助から平左衛門の書置の入った包みを差出された新五兵衛は、

「拝見いたしましょう、どれこれかえ、大きな包だ、前掛《まえかけ》が入っている、ナニ婆《ばあ》やアのだ、なぜこんなところに置くのだ、そっちへ持って行け、コレ本の間に眼鏡があるから取ってくれ。」
と眼鏡を掛け、行燈の明り掻き立て読下して相川も、ハッとばかりに溜息をついて驚きました。

と、これでこの日の高座を終るのである。現代の我々こそ、そのあわてぶりに思わず噴き出すだけの事だが、当時、この悲痛な場面を聞き終って、明かり一つない夜道を、徒歩で帰途につく寄席の客達にしてみたらどうだろうか。こんな陰惨な因縁話だけで、「おあとは明晩」と突き放されるのと、「前掛の入った婆やアの風呂敷包」に思い出し笑いをしつつ帰るのとでは、まるで気分が違う。怪談噺《ばなし》とは言いながら、ただ客を怖がらせるばかりが能ではない。中国怪異説話のみならず、最新輸入の西洋種の作品をも積極的に取入れ、更に「幽霊と云ふものは無い、全く神経病だと云ふことになりましたから……」と枕に振りながら、そう主張する「開化先生方」をからかって怪談「真景累ヶ淵」を創作した、新取反骨の人、円朝にして、純真に彼を支持する東京の市井《しせい》の人々のためには、かくもこまやかなサービスをしているのである。

円朝・竹二・綺堂。古きよき明治の東京に生きた人々の面影が、しみじみと慕わしい。

疑似ライブラリアンの記

コンピュータことはじめ――国会図書館電子計算課にて――

図書館学のトの字も、コンピュータのコの字も知らぬ私が、国立国会図書館に入り、機械化による目録第一作、『和雑誌目録』（現書名『国内逐次刊行物目録』）の誕生に立ち会ったのは、今から四十余年の昔であった。突然夫を失い、何の職業経験も資格もないまま、「お小遣い取り程度でよかったら」と伊原昭先生に紹介していただいて、この目録作りのために人海戦術で大動員されたパートタイマーの一人として、昭和四十八年（一九七三）七月、機械入力用データ表記入の最終段階の作業に加わり、三箇月後「電子計算課」に移って、いよいよ入力されたデータの校正を、同じパートの若いお嬢さんと二人で担当した。

当時の電算課は、「電子計算準備室」から課に昇格したばかり、未知の分野に挑む緊張と活気がみなぎり、老いも若きも元気一ぱい、本当に愉快な職場だった。何しろ、「漢字入力のシステムができた」というのが最大の目玉だったのだから、草分けも草分け、思えば昔の話である。毎日々々、漢和辞典を繰ってはじっと考えこんでいるおじいさまがおられ、入力担当のかわいいキイパンチャーの二人組も、指で漢字を空に書いて画数を数えてはキイをたたいていた。外国から見学のお客様が見える度、名物課長の「トクさん」（故高橋徳太郎氏）が意気込んで漢字入力の説明をなさるのだが、わかって感心して下さったのは中国の方だけ、という、至極当然の笑い話もあった。

今日のノートパソコンからは想像も及ばぬ、大きな冷蔵庫のようなコンピュータがいくつも並ぶ最上階の機械室で一旦機械が動くと、巨大なトイレットペーパー状に巻かれた校正刷がゴッソリ出てくる。その筒の穴に、誰かが忘れて行った長い雨傘を突き通してローラーの軸がわりにし、引き出しては裁断すると、一枚々々が焼きスルメみたいにそり返り、よじれて始末がつかないのを、きちんと重ねて重石《おもし》をして落着かせるのが最初の仕事である。最新の科学技術と、原始的にも程があるという手作業とが同居して、何とも珍妙な世界であった。

さて、本番の校正になる。実際の冊子にのるデータとはこと変り、入力されたデータが全部、そのままの形で出て来るから、細かいややこしい記号や数字だらけ。よほど気をつけないと誤植を見落す。しかも機械の工合で、たまたま⑥が⑧に間違うと、そのままの状態がずっと続くので、こちらも機械的に訂正しているうち、「時々正しいこともある」事を発見、青くなって遡って見直すとか、突如活字が小さく小さくなって、私の手（目？）におえず、若い相棒にがんばっていただくとか、機械化ならではの事件もいろいろ起った。

それにしても、この草分けの入力を手がけた二人のキイパンチャー、しかも正規の職員でもなく、コンピュータ会社の派遣社員であった、秋田と沖縄と日本の両端から来たこのコンビは実に優秀な真摯なお嬢さんで、普通の意味での誤植は非常に少かったし、時々入力室に遊びに行って一しょに歌をうたったり、ディスプレイ校正を教えてもらってかえってヘンテコにしてしまったりした。沖縄嬢は保育士の免許を取るべく勉強していて、そのグループでクリスマスに、テレビの人気人形劇「ひょっこりひょうたん島」のペープサート（紙人形芝居）をやるはずの所、番組の放映当時沖縄はまだ本土復帰していなかったので見ていないと言う。寄ってたかって説明しようとしたが、誰一人話の発端を覚えていない。誰かがＮＨＫに問い合せたら、資料も保存してない、作者もわからないと、にべもない対応。アーカイブスの何のと視聴者にすり寄る今日から見たらうそのような話だが、そんな時代だったのだ。

校正もなれて来ると、表記上の問題が目につき出す。一番困ったのは外来語の表記であった。これも全くうそのような話だが、当時の文部省の方針では、「ディ」「ファ」のような本来の日本語にない拗音《よう》音は、「ジ」「ハ」と表記するきまりだった（いつ、どうしてそうなったのかわからない。戦時中、外来語排斥の国粋主義の残存か？）。だから、目録の排列上では、たとえば「ディスク」は「ジスク」、「ファイル」は「ハイル」になる。活字にしてしみじみ眺めると何とも気にかかり、パートの分際も忘れて、「これを、ジやハで検索する人はありません」と抗議しても、「マニュアルできまっているから」と一蹴される。悶々としていたところ、天の助けか、出現した最大傑作、「フォトグラフィー」→「ホトグラヒ」、「週刊フォト」→「週刊ホト」。「これではあんまりでございましょう」と進言して、やっと外来語の拗音表記排列が認められたという一幕もあった。

さんざん校正したあげく、最終校正を機械にさせると、「三行目に№４タイプのエラーがある」というように出て来る。「どの字が違う」とアッサリ言ってくればいいのに、意地が悪いとプリプリしながらディスプレイ面をいくら見ても、エラーはない。「エラーなし」と返してやると、又「エラー」と言う。よくよく目をこらした所、普通のアルファベットのはずが全く同型のロシア文字に誤って、肉眼ではほとんど見えない小さなヒゲが生えていた、という事もあった。「機械のくせに人間のエラーを見つけて生意気だわ」と文句を言ったら、「そのはずだ、あなたより機械の方がよっぽど金がかかっている」と言われて、これはショックだった。

五箇月して校正のめどがついた所で、『明治期刊行図書目録』の編纂室に移った。こちらは全く図書整理の原点、来る日も来る日も手書きのカードをめくる手作業で、タイムマシンで一とびに過去の世界に戻ったような感じだった。しかしこの両極端の部局を、短期間に体験した事は、本当に私の人生の宝であったと思う。電算課では一つの事業の創生期をまのあたりにし、コンピュータさえあれば何でもできるという高揚した気分にひたると同時に、機械の限界をも身をもって知ることができたし、「明治」では、一見無駄に思えるくり返しくり返しのカード点検がいかに大切か、機械の発達がどんなに進もうとも、その基本を忘れてはいけないと痛感した。

数え切れぬほどいたはずのパートタイマーが、用ずみとなって四散し、入力初期に一番苦労したキイパンチャーの二人もやめてしまったあとで、残った私は一人だけ、『和雑誌目録』刊行のお祝のパーティーのすみっこに出席させていただいた。おめでとうおめでとうと言いあう中で、そこに加われる廻り合せになった自分をつくづく幸せだと思いつつ、事業の踏み石になって消えて行った、本当にお安い賃金で一生懸命働いていた、パートの若いお友達あれこれの顔を次々と思い浮べた。いくら機械が発達しても、そこに最初に入力するデータが正確でなければ正しい情報は出て来ない。人間の手でなければできない入力の仕事を、誰に認められなくとも誠実に黙々とやり遂げてくれたあのけなげな人達。その努力あればこそ、図書館機械化の華やかな成果があるのだという事を、自分だけは決して忘れまいと、しみじみ心に刻んだことであった。

フリガナの文化

国立国会図書館は、明治百年記念事業の一つとして、昭和四十一年（一九六六）から十年がかりで『国立国会図書館所蔵　明治期刊行図書目録』本編五巻と書名索引編とを編纂刊行した。私はその最終刊、索引編の編纂に約二年間参加し、本当にやりがいのある仕事をさせていただいた。

書名索引編纂の仕事の最大の問題は、全部の書名にフリガナをふらねばならぬという事である。私の勤務した二年間、スタッフのエネルギーの大半はそれについやされたといってよい。勿論本編編纂の時一往のフリガナはつけたわけだが、本編はかなり細かい分類のもとに主題別編纂がされているから、頭から五字程度のよみがわかれば大部分は分類別にさして問題なく排列できた。しかし書名索引には主題別分類がなく、総計約十二万タイトルにも及ぶ書名を、哲学書だろうと化学書だろうと、英語のリーダーだろうと政治建白書だろうと、お上品な慶祝歌集から徴兵のがれの心得、一般産業のハウツーものから「吉原細見《さいけん》」に至るまで、全部一本の五十音排列で並べなければならない。となると頭から十字以上も読んで来てやっとよみが分れて排列の前後がきまる、という例もめずらしくなく、結局全書名を読まざるを得ない。更には群書類従をはじめとする叢書・全集類や小説集の内容などはすべて綿密に副出《ふくしゅつ》したので、本編編纂の時には読まなくてよかったそれらの書名・題名まで読むことになってしまった。私は主に仏書・文学書のよみを担当したので、とりわけ四苦八苦もし、又楽しい勉強もさせていただいたわけである。

まず初めに行き当った難関は仏書である。大蔵経の細目を一々カードに取り、よみをつけて排列する仕事を一人でやりはじめた時には、全くどうなる事かと思ったが、『仏書解説大辞典』のおかげを蒙って思いの外苦労なくすんだ。夏安居《げあんご》をさながら、夏の二箇月ばかり毎日お経の題名を、口の中でブツブツ唱えくらし、スタッフの皆さんから「気のせいか顔が大分神々しくなって来た」とからかわれたのもなつかしい思い出で、心からありがたい結縁をさせていただいたと感謝するとともに、『仏書解説大辞典』の整備ぶりにあらためて感銘した次第である。

近世までの歴史・文学書では何といっても『国書総目録』の恩恵が随一であった。しかし悲しいことに、この目録は頭の一字のよみの見当がつかないとお手あげである。原因は全く当方の学力不足にあるのではずかしい限りであるが、いろいろな回り道も失敗もあり、今頃になって誤りに気がついて赤面している事も一二にとどまらない。

『国書総目録』でも手におえないのは芝居の外題《げだい》であった。大変だろうと予想はしていたものの、幼い時からの芝居狂とて何とかなるかと思ったのが大間違い。院本《まるほん》物や黙阿弥《もくあみ》物は何といっても調べればどこからかよみは出て来るが、勝諺蔵《かつげんぞう》著『演劇脚本』という十一冊シリーズ、佐橋五湖・中西貞行・金沢竜玉などという人達のものには泣かされた。現物を見てもルビはなし、ライブラリアンとして典拠のあるよみをせねばいけないと言われては当推量でごまかすわけにも行かない。『歌舞伎年代記』はじめいろいろなトゥールに当るが、出て来ないものは出て来ない。掛け流しの新作物で関西の小芝居で一度上演されたただけ、というようなのはどうしようもないと思われたが、関西松竹の上演記録の詳しいものがあったのと、書庫のすみから『演劇脚本外題目録』というすっぺらなパンフレットを見つけ出したので、ようやくほとんど全部に「典拠のあるよみ」ができたと思う。たかが芝居の外題位……と思し召す劇通の方々、ためしに次の例をお読みになって下さい。

(1)琴乱調朝日松風
(2)猿猴於申技芸巧
(3)京紅藍杜若
(4)橘牡丹皐月夜話
(5)君臣波瀾宇和島
(6)門松宝雙六
(7)恋夫帯娘評判記

正解は左の通りです。

(1)イトノミダレアサヒノマツカゼ。これなど全くなまやさしい部類です。

(2)エンコウオシンギゲイノカラクリ。軽業師あがりで身軽な「おしん」という女賊（?）がいたらしい。「猿猴」は手長猿。『八笑人』にも「もっと手をのばせ」と言われて「猿猴じやアあるめへし」と言う所があります。

(3)キョウゴウカソメテムラサキ。「紅藍」は紅花と藍花（縹《はなだ》色）の合せ染め、すなわち「合花《ごうか》」で、杜若《かきつばた》の紫色になる。

(4)ハナキョウダイサツキノヨバナシ。兄弟で五月というからには曽我の仇討。橘と牡丹は十郎と五郎を演ずる役者の紋（十三代目羽左衛門すなわち若き日の五代目菊五郎と九代目團十郎でしょう）。

(5)フネトミズナミノウワジマ。山家《やんべ》清兵衛の宇和島藩お家騒動。(注1)「君者《ハ》舟也、庶人者《ハ》水也、水則載《セ》レ舟《ヲ》、水則覆《ス》レ舟《ヲ》」（荀子）。京極為兼は「物としてはかり難しなよわき水に重き舟しも浮ぶと思へば」（風雅、一七二七）と詠んだけれど、狂言作者の教養も大したもの。

(6)マツカザリオタカラスゴロク。何のむずかしい謂《いわ》れ因縁もないけれど、カード点検の度ごとに「マ」の所に「カドマツ」が並んでいるので「キャッ、ミス配列！」ととび上り、ルビを見てホッとすることと数知れず、という札つき。

(7)メオトムスビムスメヒョウバンキ。これは最後まで？？で、見つけた時は本当に重荷をおろした気持でした。

案外大変で困りはてたのは、近代小説の題名だった。明治期の小説集は、たとえば「坊っちゃん」「二百十日」「草枕」をまとめて『鶉籠《うずらかご》』の書名で出版したり、何人もの作品を集めて『春夏秋冬』と名づけたりするものが多い。勿論全集・選集も多い。そこで一篇ずつの題名を副出して、よみをつける事になったのだが、どういうわけかあの頃の小説集は、本文はベタルビなのにかんじんの表題だけルビなし、というのがまことに多い。本文中に出て来るだろうと、もしやにひかされて鍵つきの特別書庫の中でとうとう一篇立読みしてしまう、時には中にいるのを知らずに閉めこまれ、大声あげて開けてもらう、というケースが何回もあった。たとえば一葉の短篇「五月雨」はサミダレかサツキアメか。近年刊の全集や研究書など見合わせても結局わからず、本文中にたった一箇所「五月雨傘《さみだれがさ》」とあったのでサミダレにしてしまったが、今も気になっている。また鏡花の「露肆」はホシミセではないかなあ、という気が強くしたものの、どうしても主任の小野さんを納得させるだけの根拠が見つからず、ロシですませたが、刊行後に出た『鏡花全集』最終巻の解説にホシミセとあって、ああやっぱり……と残念であった。このケースは硯友社などの美文家だけでなく自然主義の作家にも多く、「枯林」（吉江孤雁）はカレバヤシかコリンか、「夫恋し」（徳田秋声）はツマコイシかオットコイシか（ツマだろうとは思うが秋声だけにオットの方がリアリティーがありそうな気もする）、「青梅」（小栗風葉）はアオウメか地名のオウメか、「行水」（川上眉山）はユクミズかギョウズイか、内容を見なければわからず、見てもわからぬものもあり、閉口した。

　近代小説に限らず、「青梅」「行水」といった手のものは、見たところ字《じ》面《づら》が格別むずかしくないだけにかえって問題を起しやすい。何の気もなくカードにつけてしまったルビが思考を拘束して、何人もの点検の眼を疑われもせずに通りぬけ、ある日ある時ハッと間違いに気づいてあわてる事も一再ならず、ことにスタッフの半数以上は戦後生れの若いお嬢さんなのだから、間違うのも尤もと気の毒で笑うに笑えず、おなかをおさえて一人で苦しんだものであった。「イブツノヒトクチ」とは何事かと思えば「遺物《かたみ》の一口《ひとふり》」であったり、「猟船サンジュウマル」とはふしぎな船もあるものよと思ったら三重県の水産会社が持っている「三《み》重《え》丸《まる》」であったり、「オシン」というのはどこの芸者さんの話かとよくよく見直せばあの『太平記』の「阿新《くまわか》」であったり、鏡花の「春晝《しゅんちゅう》」が「シュンガ」になったり……。

　明治と現代の常識のずれにも我ながら驚かされる事がしばしばで、「軍《グン》の噺《ハナシ》」という児童書があり、はてな、軍部の事を一般に「軍」と言い出したのは私も覚えてからの事だったが……と現物を見たら、ちゃんと「軍《いくさ》の噺《はなし》」とルビがあった。「尊い日本」は「トウトイニッポン」ではなく、「タットイニホン」。「読書自在」「読書入門」の類はてっきりドクショとのみ思っていたが、現物を見たらアイウエオの手引書、すなわちヨミカキ自在、ヨミカキ入門であった。徳田秋声の短篇「人の哀」に若いお嬢さんの手でヒトノカナシミとよみがつけてあるのを、念のため調べ直すと、例によってルビなしだが、学生と山の乙女の行きずりのほのかな恋心が、一夜の大なだれであとかたなく押し流されるという話。どう考えても人のカナシミではなく人のアワレに違いない。でも近頃の若い人には人間の存在が哀れなものだなどという感情はないのだろう。帰宅して同年輩の長男に読ませたら、やはりヒトノカナシミとしか読まなかった。軍がイクサであり、読書がヨミカキであった時代はもう遠い過去の事と私にも思えるけれど、人の哀しみはあっても人の哀れの感じられない時代が現実に来ているのだと思うと、いささか心細くもある。

むずかしい書名が読めた時の嬉しさもさる事ながら、フリガナ商売の醍醐味は何といっても、漢籍めかしたかたい字面《じづら》としゃれのめしたよみとの不即不離、阿吽《あうん》の呼吸の見事さに、一人「ウン」とうなずき、ニヤリと笑うひと時にある。『愛京誉誌《あいきょうよし》』『厚釜集《あつかましゅう》』『於多能集《おたのしゅう》』『女好路誌《おんなころし》』『可愛良集《かあいらしゅう》』『興伝美南誌《こうてみなんし》』(注2)『娯奇言誉誌《ごきげんよし》』『娯覧喃誌《ごらんなんし》』『随分五弁利《ずいぶんごべんり》』『一寸一福粋喃誌《ちょっといっぷくすいなんし》』『手当芳題護宝奴記《てあたりほうだいごほうぬき》』……。いずれも明治二十年代前半までの、読物雑纂・滑稽本・狂歌雑誹・音曲集・芸妓評判記の類、巷間読みすての小冊子につけられた書名である。何と楽しい書名だろう。何と嬉しい人達だろう。さきにあげた芝居の外題とども、明治に引きつがれた江戸文化の懐の深さに、つくづく舌を巻いた。

二年間フリガナと格闘しながらいろいろな事を考えた。今まで、フリガナとは読めない字を読めるようにするものとばかり思っていたが、それだけではないようである。かたい内容をやわらげて伝える啓蒙的役割。やわらかい内容をかたい字面でカムフラージュするおかしみ。漢字とかなの二様のよみが風雅の二重奏をかなでる事もあれば、なぞときやパロディの興趣をかき立てる事もある。こんな面白い言語の文化現象は、日本以外にも果してあるか否か。このフリガナの文化を、もっと系統的に研究し、体系づける事はできないものだろうか。戦中から戦後にかけ、フリガナは「子供の目に悪い」という理由で活字の世界から追放されてしまった。でもそれで眼鏡をかける子供達が減ったとは誰にも言えない一方、漢字を読みこなす能力が目に見えて衰えた事は明らかだ。少年雑誌や通俗読物のベタルビで育ち、苦労なしに沢山の漢字と顔なじみになれた御恩返しには、いつの日にかこの楽しいフリガナの文化をもう少し深く追求してみたい、などと考えている私の背中には、きっと大きく「オッチョコチョイ」とフリガナがついているに違いない。

［後記］この一文を書いてから四半世紀が過ぎ去った。当時よちよち歩きをはじめたばかりだったコンピュータが当然の日用品のように普及し、ことにも図書館の機械化はめざましく、資料検索はすべてコンピュータ化されて、カードは姿を消した。私共が苦心惨憺して、あらゆるデータを書き込んだ明治期のカード、そこに明記した作品名フリガナも、今はどこへ行ったろうか。或る館員の方がその価値を認めて保存の処置を取って下さったと聞いたが、それも今ははるか昔の事である。機械化の推進で得た多くの利点の反面に、索引編にせめてむずかしい読みはルビとして残したいと願った我々の希望も、「校正が大変」と一も二もなく拒否されてかなわず、なぜ「門松」が「カ」の項でなく「マ」の項に並んでいるか？という疑問に答える事もなしに消え去って行った、いとしいフリガナたちを思うこと切である。

［注］
（1）祖父が宇和島藩士だったので、「ヤンベセイベエ」という名前だけ面白くて覚えている。同藩初期の名臣で、何かの事変で暗殺され、その霊は「和霊《われい》神社」に祀られているという。
（2）「……なんし」は「……なさいよ」の意の遊里語（さとことば）。

「そこでアッと驚くんじゃないの！」

――小野俊二さんのお教え――

私は昭和四十八年（一九七三）の夏から五十七年（一九八二）の春まで、国立国会図書館の非常勤職員として勤務した。ＮＤＣが何かも知らない新米パートであったが、気がよくて愉快な職員の方々や、若い非常勤の同僚に助けられて、本当に楽しい九年余を過した。

中でもおなつかしいのは、二年余り勤めた「明治期刊行図書目録編纂室」の主任、小野俊二さんである。この目録は明治百年に因んで、昭和四十六～五十一年の間に六巻刊行され、私はその最後の一冊、書名索引の編纂校正のお手伝いをした。メンバーは老練の女性職員二名、私以外は若いお嬢さん達の非常勤職員六～七名。十二万タイトルに及ぶ書名カードと、そこから副出した詳細な内容細目カードに正確なよみをつけ、五十音順に排列する。かたがた、既刊の目録の誤りを訂正して行く作業であった。

小野さんはもと慶応ボーイの渋いおじさまで、いつもむずかしい顔をしておられ、こわいと評判だったが、我々スタッフはちっともそうは思わなかった。お茶の時間、お嬢さん達のたわいのないおしゃべりを聞かぬふりで、仏頂面で仕事を続けながら、時折耳に入るくだらない話題に、こみ上げて来る笑いを無理矢理にかみ殺しておられたり、昼休で誰もいないと思うと四階のバルコニーに出て仕切りのドアをきっちりしめ、本格的なバリトンでドイツリートを一人楽しんでおられたり（御生家は「乙骨《おっこつ》さん」という、明治洋楽草分けのおうちとうかがった）、はにかみやでお坊ちゃん気質の、味のある面白い方だった。

書名のよみやカードの記載に疑問があっても、「これ、何だかおかしいんですけど……」とカードをそのまま持って行くと、ひどく叱られた。

「現物は見たか、凡例は見たか、諸橋《もろはし》（大漢和辞典）は見たか、これこれの目録ではどこに並んでいるか、etc. etc……」

その代り、すっかり資料を揃えて、

「現物にルビはありませんが序文にこうあります。あのトゥールはこう、この辞典ではこう、ゆえに、、、

こう訂正した方がいいと思います」

と一息に言うと、長い間じっと資料をにらみ据えて、しまいに、

「よし、わかった。そうしよう」

と言って下さる。その時の嬉しさは何とも言いようがない。

コンピュータ万能の現在とはこと代り、全く原始的な手作業のカード点検の中では、つい二枚一しょにめくったり、排列ミスをしたりして、大事なカードが見当らなくなる事がある。ベテラン職員のTさんと私は、年がいもなくオッチョコチョイの双璧で、すぐに、

「カードがない、大変だ」

とさわぎ出す。すると、さもさも「女子と小人は養い難し」という顔で、眼鏡越しにジロッと見て、

「そこでアッと驚くんじゃないの！おちついてゆっくりさがす!!」

と言われる。叱られながらおかしくて、もう一度見直すと大ていすぐに出て来て、赤面するのだった。

一度、勤務中に脳梗塞の発作を起され、皆でとても心配した。幸いすぐ回復され、無事に目録全巻を完成して、編纂室解散後の私の身の振り方についてまで一方ならぬ配慮をして下さったが、程なく二度目の発作で潔く図書館を退職してしまわれた。せっかくリハビリ専門の病院にお入りになったのに、一週間とがまんできずお家に帰ってしまわれたとか、お見舞いに行くととても喜んで、今までのむっつりに似ず、よくお話しになるとか、いかにもやんちゃな小野さんらしい御闘病ぶりのうわさを、ほほえましくも悲しくもうかがっているうちに、静かにおなくなりになってしまった。

小野さんのお教えは、そのお声とともに今も忘れない。目録作りのイロハを教えていただいただけではない。物事の調べ方を、他人に疑問を出す時の態度を、誠実な仕事の仕方というものを教えていただいた。でもいまだに大事な物をなくす癖は直らず、ガサガサ書類をさがしまわる度に、

「そこでアッと驚くんじゃないの！」

と小野さんのお声が聞えて来る。

私が大学教師になったばかりか、司書講習の講師までも曲りなりに勤め上げたとお聞きになったら、小野さんはどんな顔をなさるだろう。あの世に行ったら一番にお会いしたい方の一人である。

あふひの祭

　四十数年前の五月半ば、所用で出かけた京都で、図らずも葵祭の観覧券をいただきました。御所外苑、建礼門前の、大変いい場所です。「日ざしが強いから傘を忘れずに」と、親切なご注意まで添えて。

　嬉しくて早々に一番前列にすわりました。隣におられたのは若いお嫁さんを連れた上品なおばあさまです。なるほどかなりの日ざしに、傘をさしかけてあげたのがきっかけで、いろいろお話をうかがいました。上賀茂神社の近くにおすまいで、葵祭は社頭の儀や中途の行列はよく見ているが、御所から出発する所を拝見するのは今度がはじめてとの事。「今年の斎王さんは京舞の井上八千代さんのお孫さんです」「向かい側の席の、ほらあの方は、裏千家のお家元の奥様ですよ」と、京都の方ならではの話題の中にまた、私が国文学を勉強していること、国会図書館に勤めていることを申しますと、「先日は有島武郎の展覧会を見に、駒場の近代文学館へ行って来ました。ええ、一人で。一人旅の方が気楽ですよ」と大変若々しいお話しぶりです。

　やがて建礼門が開き、お行列がゆるぎ出しました。はじめに来る仕丁の連中は学生アルバイトと見えて気のない歩きぶり、烏帽子の下から長髪がはみ出しています。監督していた宮内庁の人らしい仕丁がいきなりとび出して、一人をつかまえました。わらじを前後さかさまにはいていたのです。赤くなって不器用にはき直しています。

勅使をはじめ騎馬のお公家さんは、さすがに堂々と通りますが、中の一人はこちらを見て、にっこり目礼して行きました。「あれは私共が仲人をした人です」とおばあさま。気をつけていると、あちこちでそうした風景が目につき、度々行列は停滞しながら、のんびりと進みます。

葵と藤をかざした牛車とそれを引くかわいい牛飼童、おすましをした小さな童女。賀茂まで歩いて行けるのかしらと心配になります。きらびやかなお輿の中に、斎王さんのお顔はチラとしか拝めませんでしたが、面白かったのは馬に乗った扈従《こしょう》の女房の一団です。これもいずれ、大学の馬術部の女子学生でしょうが、いずれか菖蒲《あやめ》かきつばた、と言いたい中に、一きわ目立って美しい方、乗馬の姿勢も鮮かなら、馬も少々近代的サラブレッド。両側一ぱいの見物は、一様に「へェー」という感じでその方だけを見迎え、見送る。そのさざ波のような動きが、一直線の都大路を伝わって行く様子は、大げさに言えば葵の巻の車争いの、光源氏の艶姿《あですがた》もかくや、という所でした。

「すみません、ちょっと前へ出して下さい、主人が行列に出ますので写真を……」と、かわいい若奥さんが人ごみをかきわけて私のそばに来られました。「まあ、ご主人が?」「ええ、八瀬からです。毎年村の人が花笠や何かをかつぎますの。あの笠は重いんですよ」。ああ、八瀬童子だな、そうか、天武天皇以来の宮廷奉仕が今でも続いているんだ、と感心しているうちに、その一行七八人が近づいて来ました。アルバイトとはこと変り、いかにもいたについた古雅な仕丁風俗。それが、若奥さんを見るや否や「やあやあ」と大喜びで行列はそっちのけ、立ち並んでしばしの間記念撮影です。楽しいことといったらありません。

馬がはねて舞人が落ちるなどのおまけもついて、気がつけば建礼門前にはもう人もなく、行列の押えの役人が通り過ぎて行きます。大路の先々には人垣が続き、祭の華やぎは一行とともに、賀茂をめざして進んでいる最中ですのに、ここ、御所外苑の出で立ち所では、詰めかけた人々はサアッと席を立ち、祭は終ったという顔で早くも散って行きます。未練らしく見送る大路は初夏の日ざしを白々と照りかえしているばかり。「立て並べつる車も、所なくなみゐつる人も、いづかたへか行きつらん。……大路見たるこそ、祭見たるにてはあれ」。『徒然草』の一節がこんなにも真実であるとは、今まで思いもよりませんでした。

おばあさまも帰り支度をしておられます。私も立ち上ってありがとうございましたとお礼を申し上げ、名乗るべきかな、とためらった瞬間、おばあさまは右手を差出して、「お名前はうかがいませんよ、ご縁があったらまたお逢いしましょう」とにっこりなさいました。まあ、なんてスマートな方！しっかり握手して、お別れしました。

それから数箇月後。国会図書館の私の机で、電話のベルが鳴りました。「もしもし、あなた、この間京都へ行かなかった?京都からお年寄の方が見えて、ここに勤めてる着物を着た人、ってさがしていらしたわよ。玄関へ行って聞いてごらんなさい」。びっくり仰天とはまさにこの事。飛んで行きましたがすでにお帰りになったあとで（当時「着物を着た人」は二人おり、守衛さんはもう一方の人と思いこんで、私とは気づかなかったのです）、もしわかったら、とお泊まり先が書き残してありました。

その晩おたずねして、再会したことはいうまでもありません。「お別れの時のお言葉がすばらしくて……」と申しましたら、「傘をさしかけていただいたのが嬉しくて嬉しくて、でも並んでいましたからあなたのお膝は見えてもお顔はよく見えませんで、図書館の守衛さんに、どんな年格好の、どんな顔の人ですかと聞かれても返事ができなくて困りました。あんな事を言うのではなかった」と大笑いになりました。

葵祭は私にとって、『源氏物語』と『徒然草』の世界を実感させ、その上得難い一人のすてきなおばあさまとのご縁を結ばせてくれた、まさに「あふひ＝逢う日」の祭でした。

大学時代から現在へ

十六年はひと昔——定年退職に当りて——

昭和五十六年（一九八一）の六月、池田利夫先生から突然お電話をいただきました。先生とは十数年来、雑誌「むらさき」に原稿をのせていただくために、年に一度、恐る恐るお電話するだけの、雲の上の方。それにお電話だと割に切口上で、こわいのですね。おたおたして何のお話かわからない。やっと「ああそうか、非常勤で来いとおっしゃるんだな、ありがたい」と思ったとたん、「専任で……」と言われて、胆がつぶれました。「先生、だめ、だめ、そんな事できません。教えるどころか、私、大学へ行った事もないんです」。先生はお笑いになって、「いや、あなたの事なら私立探偵こそ使わないけどちゃんとわかっている、みんなお迎えする気になっています。考える事なんかないでしょう、履歴書と業績表を送って下さい」。その頃の私は夫に死なれ、学歴も資格もなく、ごくごく薄給で身分不安定な、国会図書館非常勤職員だったのですから、夢にも考えられないありがたいお話、それだけにまことと も思われなかったのです。

大学というシステムも、講義の仕方も、何一つ知らぬまま、五十七年四月着任しました。近代文学の坂本育雄先生と御一緒でした。お顔つなぎの折、すごく立派な老大家でいらっしゃると思ったのに、学長室の前でどうぞお先にと譲りあっていたら、池田先生が「先に入りなさい、あなたの方が年上だ」とおっしゃったのは大ショックでした。坂本先生の方は駅からの道々、「アレ、前を女が行く。どこまでも同じ方へ行く。アレ、大学に入って行く。これは何だ」と思っていらしたそうです。

こうしてはじまった鶴見の生活は、私にとってただ「楽しい！」の一語に尽きるものでした。各先生の個性のすばらしさは、皆さん御存じの事ですから多くは申しませんが、研究室でのお話の面白さ、ことにも嬉しかったのは、田口暢穂・清水康行・髙田信敬・小野正弘というお若い諸先生が、私の育った時代の楽しみだった落語・芝居・川柳・戯作、さてはそのかみのプロ野球の通でいらして、今どきもうわからないと思っていた話題や洒落が、ツーと言えばカーで通用する事でした。

学生の皆さんは……。昔の話ですからごめんなさい、はじめて対面した時、まあ、まるでジャガイモのような素朴な娘さん達――と思いました。だって私にとって、大学の女子学生とは自分がなれなかった高嶺の花、本当に理想化して考えていたのですもの。しかしそのおイモさん達が、夏を過ぎると見る見るきれいになり、四年後には心身ともに立派な社会人として巣立って行くのを見て、ああ、大学教育とはこういう事か、とうなずいた事でした。今の学生は入学当初からスマートで、隔世の感がありますが、他大学の学生とくらべても、昔の素朴さをよく残しているようです。現代的に美しくなられるのは結構ですが、一方に昔ながらの素直さ、質朴さは、いつまでも保っていただきたいと存じます。

本当に心細かった私ですが、先生方と事務部の皆様に支えていただいて、学科主任から学部長と大任を承わり、大学院博士課程の設置まで漕ぎつける事ができました。いろいろな事がありましたが、定年を迎えるに当り顧みてイヤな思い出は何一つなく、心からありがたく思っております。

池田先生は一番はじめに、「あなたを採ったのは学生の教育という事もあるが、それ以上に研究をしてもらうためだ。研究をして下さい」とおっしゃいました。そのお約束だけは守って、毎年の「国文鶴見」と紀要とには、一号も欠かさず論文を載せる事ができました。論文に追われるというより、長年どのような機関にも属せず勉強して来た私には、投稿以外に論文発表の機会はなく、採用されるかどうか、いつ雑誌に載るかわからない不安な状況がずっと続いていましたから、必ず出していただける場所が二つもあるという事は何より嬉しく、楽しんで楽しんで書かせていただきました。この事は私の、ひそかな誇でございます。その上先生のおすすめにより、文学博士の学位も取る事ができ、また五十年来あたためていた『玉葉和歌集全注釈』の仕事も完成いたしました。それもこれも、私の力ではございません。鶴見なればこそ、このよい環境なればこそ。本当にありがたい事でございました。

芝居の「一谷《ふたば》嫩軍記」、熊谷陣屋の段、幕切れの熊谷の、「十六年はひと昔、夢だ、夢だ」の名セリフを思い出します。敦盛に替えて十六歳の我が子小次郎を討たねばならなかった直実とはこと変り、私にとって足かけ十六年の鶴見の生活は、夢のように楽しく、しかし夢どころか、すばらしい確かな現実、一生の間で私が一番私らしく、生き生きと生きた日々、それどころか、自分自身あるとも思わなかった力まで引き出していただいた時期でした。

先生方、事務の方々、図書館の方々、警備の方々、お掃除のおばさん方、ありがとうございました。学生の皆さん、卒業生の皆さん、お元気に、お幸せにと祈り上げます。

［後記］「ジャガイモ」と言ったら卒業生達に恨まれましたけれど、私のイメージは掘り出したばかりのきれいな新ジャガ、うすい〳〵ベージュ色の皮が、丸ゆでにするとポッとはじけて——。戦中戦後のおなかのすいて大

変だった頃、家庭菜園での貴重な収穫物だった、あの新ジャガです。あしからず御了承下さい。

貴重書展の思い出

平成二十二年（二〇一〇）三月、源氏物語研究所の『年報』創刊号をいただき、おなつかしさに、同六年（一九九四）十月十七日～二十二日に、丸善日本橋店ギャラリーで催しました「鶴見大学蔵貴重書展」の解説図録、『古典籍と古筆切』を久々に見直しました。その日から更に七年、ついこの間のようなあの貴重書展の催しが、すでに二十三年の昔となっている事に、今更ながら深い感慨を覚えております。

総持学園創立七十周年・大学院日本文学専攻博士課程開設記念として、池田利夫先生・高田信敬先生を中心に企画されましたこの展示は、学外も学外、都心第一等地に進出しての大事業とあって、両先生と、丸善ビル外壁の大垂幕その他に健筆名揮毫の貞政少登先生、図書館の吉田道彦さんの意気込みは大変なもの。毎日合同研究室でのご相談の熱気が、昨日の事のように楽しく思い出されますが、今、その雰囲気を共有していただける御在職の先生は、高田先生お一方のみ。ここに個人的な回想を記しますのも、あながち無意味でもないでしょうと存じます。

多年にわたる典籍収集の歴史の中で、その入手時の興奮を私も承知している逸品だけでも、道元筆「道正庵切」二葉・俊成筆「日野切」一葉・定家筆「明月記切」二葉などが出展され、その他和歌・連歌・物語・漢詩文と、古典全分野にわたる一二五点が一堂に並んだ壮観は、今も記憶に新たでございますが、中にも源氏物語関係は三三点、他に参考資料三点（与謝野晶子自筆原稿等）と、実に全展示の四割を占め、本学古典籍収集の中心がどこにあるかを明確に示しておりました。

源氏物語本文は、室町後期から江戸中期に至る揃い本六部（うち古活字本二）。中には美しい蒔絵箱入本も。こんなすてきなお道具を持ってお嫁入りしたのはどんな女性でしょうか。一帖づつとしては伝為相筆以下七点、「断簡」としては伝為家筆賢木一軸・了俊筆夕顔（伊予切）一葉の他、目録では一括して一点と表示された資料も、実は伝寂蓮筆以下一二葉という充実ぶりです。これらの本文には別本・河内本など、研究上重要なものも多々ある事と存じます。また系図・古注釈類一一部も、非常に有意義な文献としてすでに活用され、今後の研究深化がなお期待されましょう。

我々素人に面白いのは「源氏双六」。小さな桐のけんどん箱に納められた、七×四・九糎のかわいい豆本二八冊に、各冊二帖分づつのあらすじと代表歌を記し、これを駒の代りとして、昔の双六盤による双六遊びをしたらしい。盤の図と「打ちやう《(様)》」（遊び方）を示した別紙（本だけなら他にもありますが、「別紙」までちゃんと保管されているのは大変珍しい由）が添えられ、高田先生の御下問を受けましたが、「打ちやうは常の〝おりは〟と同じ」と書いてあるのに、その〝おりは〟のルールをこちらが知らないので、何もお役に立ちませんでした。あとで川柳などを見ると、江戸時代にはごく普通の双六の遊び方だったようですが。

もう一つすばらしかったのは、購入したばかりの、伝狩野探幽原図、幽遠斎模写という、「源氏五十四帖絵巻」。以後もしばしば展示されているので、皆様おなじみでしょうが、それまでの源氏絵の概念とは全く違う、淡彩写実的、平安の高雅と江戸の瀟洒と、二つの文化の見事な融合には、当時も今も変わらぬ感銘を覚えます。

当時私は文学部長でしたので、展示の実際には何一つお手伝いできないかわりにと、六日間の会期中、時間の許す限り会場に詰めておりました。開会日は盛況でも、だんだん先細りになるのではないかとの心配は全くの杞憂。大家から新人まで、多数の研究者の方々をはじめ、学生さん達ももちろん大勢、そして一般の方々の御来観も実に多人数にのぼり、それぞれに御挨拶しつつ、遠くの方に知ったお顔を見つけても、容易にそちらへも近づけないほどの毎日の賑わいに、ああ、心配だったけどやってよかったと、しみじみ思ったことでした。

そう言ってはいかがですけれど、東京でもなく横浜中心部でもなく、歴史は古いけれど小規模の、しかも当時は歯学部を除いては女子のみの大学。その図書館蔵書の展示が東京の書店の中でも最高クラスのギャラリーで開催され、これだけの盛況ぶりを示したというのは、本当にすばらしい事でした。

以後私などの思い及ばないところで、ますます資料収集もお進みの事と存じますが、同時に源氏物語研究所は、それら貴重文献を活用して、本番の「研究」そのものに大きな飛躍を遂げられる時期を迎えていると存じます。すでに高田先生の待望の大著『源氏物語考証稿』（二〇一〇、武蔵野書院）の完成を見、更に今野鈴代さんの『『源氏物語』表現の基層』（二〇一一、笠間書院）が刊行されました。今、高田先生の許で源氏物語研究を志し、やがては当研究所のメンバーともなられるであろう学生さん方は、あの貴重書展の頃には赤ちゃんでいらしたのかしら、と思いますと、何とも不思議な気持がいたしますが、どうぞ皆様、こんな壮大な催しをする力も持っている、それが「鶴見大学源氏物語研究所」なのだ、という誇りを持って、ますます深く広い御研究を進めて行かれますよう、心から期待致しております。

青天に有明月の朝ぼらけ

相模平野のまん中の町の、十一階の小さな住居に越して十二年になる。東は厚木飛行場、西は一望する美田の彼方に、大山、丹沢の山々。眼をさえぎるような高層ビルはない。夏至から冬至へ、日の出、月の入りの方位の日に日に変って行くのを、人生八十〜九十にしてはじめてつくづくと鑑賞する。見事に晴れた秋の朝、大山の肩に白々と月が残る。

青天に有明月の朝ぼらけ　去来
湖水の秋の比良のはつ霜　芭蕉（猿蓑）

とはまさにこれ。嬉しくて、一日、たわいもなく上機嫌である。
冬の、日の出前はまた格別だ。地平線近くの空はまっ赤で、その上がまっ青。浮世絵のバックによくあるように、鮮やかに二層に分れ、上空はまだ暗い。

霜月や鸛《かう》の彳々《つくづく》ならびゐて　荷兮
冬の朝日のあはれなりけり　芭蕉（冬の日）

日の出るまへの赤き冬空　孤屋
下肴《げざかな》を一舟《ひとふね》浜に打明けて　芭蕉（炭俵）

冷えこんだ朝早く、一刷毛、真紅の空の下、枯田にしんと立って動かぬコウノトリの群。砂浜にぶちまけられて、ピチピチはねる雑魚の活気。静と動と、冬の農村と漁村の生活がそれぞれに活写されている。芭蕉言うところの、「東海道の一筋もしらぬ人、風雅に覚束なし」（しろさうし）ならでも、「居は気を移す」。見なれたはずの風物の新たなたたずまいに、今更驚き、故人の心を知る。少女の頃、寺田寅彦の随筆、松根東洋城との連句に興味を誘われ、わけもわからず愛誦した蕉風俳諧連句の味わいに、ようやく僅かに近づき得たか。長生きして損はない。

「出雲名物、荷物にゃならぬ」安来節ではないが、荷物にならぬ昔からの、無茶苦茶濫読の文学作品の記憶が、一人暮しの楽しさを支えている。いい気なものだが、何よりの財産である。

人生のインデックス

最上川の上空にして残れるはいまだうつくしき虹の断片　（『白き山』昭21、65歳）

数ある斎藤茂吉詠の中で、何とも合点の行かない一首でした。消えかかって残ってる虹なら、まわりはぼやけてるはず。「断片」じゃ、イメージが違う。茂吉ともあろう者が、何だ、おかしいじゃない。ところがです。生れてはじめての東北旅行で、列車が名取川を渡る時、ふっと上を見たら、ありました！青い空に、ぼやけるどころか、かっきりと角《かど》の立った平行四辺形の、まさに虹の「断片」が、一つならず、二つ、三つ、鮮やかな七色に輝いて。茂吉が見たのは、これなんだ。ほんとなんだ。感銘しました。

歌って、こういうもんなんです。「和歌はワカらない」なんて、利いた風に言う方があるけど、人生、何でもわかっちゃったらつまらないじゃありませんか。わからないから気になる。気になるから覚えてる。そしてある日ある時、実感として「アッ！」とわかったら、それは自分だけの、一生の財産。歌は、和歌は、その為のインデックスです。

短くて、リズムがあって、きれいで覚えやすい。初期万葉以来千四百年、御先祖様が残して下さった、自然と人生のインデックス。利用しない手はありません。わかっても、わからなくても、声を出してくりかえし読んで下さい。そうしてなぜか心にとまった何首かが、いつか必ず何かの形で、あなたのお役に立つ事を保証いたします。

インタビュー

王朝の美学と女房気質（インタビュー）

聞き手　古屋隆

曾祖父は渋沢栄一

――ご実家の穂積家は学者のご一家ですね。

岩佐　そうでございます。祖父も父も法律の学者でした。

――お祖父さまの穂積陳重さんは「日本民法の父」と呼ばれています。もともとは侍の家ですね。

岩佐　はい、宇和島の中級ぐらいの藩士でございまして、明治の初め、藩の貢進生に選ばれて大学南校（現在の東京大学）に入り、その後イギリスへ留学したということのようです。

――お祖母さまが渋沢栄一の娘さんで、岩佐さんは渋沢栄一の曾孫ということになるわけですね。

岩佐　なんか私は栄一に大変似ておりますそうで、みんなにそう言われまして、もう、本人はいやでいやでしょうがないんです。赤ん坊の時から「似てる、似てる」って言われておりました（笑）。

――その曾祖父さんに会われたことは？

岩佐　私が五つの時に亡くなりましたのでね。王子の飛鳥山の家にお別れに連れていかれたら、その寝てるベッドが大変大きかったのでびっくりした。それしか覚えておりません（笑）。

――後を継いだのは孫の敬三さんですね。

岩佐　栄一の息子はちょっと道楽をいたしまして、それで敬三という孫が後を継ぎましたんです。ですから父も、だいぶ年下の従弟ではありますけれど、「敬三さん、敬三さん」と言って、大変に立てておりました。

――渋沢敬三は文化のパトロンというか、いろいろな学問に援助するような方だった。

岩佐　そうでございます。父親は道楽者と言っても実業界を嫌って当時の文化の最先端を行った人でしたし、敬三も民俗学の「常民文化研究所」を作って、宮本常一さんを育てました。栄一も文化、教育、いろんな仕事をしまして、実業を含めて手がけた事業は全部、レールに乗りましたらどんどん手離して独立させてしまって。ですから、渋沢同族会社というのは、三井、三菱のような、ああいう大きな財閥という形ではございません。そういう財閥とは違うんだということは、いつも聞かされておりました。

――お父さまの重遠さんも法学者ですが、大変落語がお好きで、家では面白いお父さんだったようですね。

岩佐　人にものを教えるのが好きで好きでしょうのない人でございましてね。落語も読んでくれますし、論語も教えてくれますし、それから、芝居の丸本も読んでくれたりとかね。だから、くだらないことばかりいっぱい覚えてしまいました（笑）。

父は書斎にこもるのは好きじゃございませんでね。書斎は祖父の残したものがちゃんとあるんでございますが、そこはよくよくのお客様の用談の時ぐらいしか使いませんで、居間に大きな机を置いて、山のように書類を積んで、その中をかき分けて原稿を書いたりしてました。で、その向かい側で私たちが、お人形いじったりして遊んでて、横で母が縫い物してて、というようなぐあいでございましたね。

――お父さまは大学を辞められた後、東宮の大夫になられた。これはどういういきさつなのですか。

岩佐　父はもっと昔から内々に皇后様や大宮様（貞明皇后）に、週に一遍か月に二遍というような感じで、世間の常識のお話のような、世間話のようなことを申し上げておりましたんです。ですから、外部者だけれども内部にも通じている、ということもありましたんでしょうけど、結局、あれは終戦処理なんです。

――と言いますと。

岩佐　何しろ皇室がどうなるかわからない時でございましてね。アメリカの出方次第で、天皇も退位されるかもしれない。そのころ小学校四年生だった東宮様がどういうご待遇になるかもわからない。けど、こうなった以上、少なくとも天皇の後継者という形を公にととのえておかなくちゃならない。で、八月の十日に、いままで侍従職というお役所の中で東宮様のことも担当していましたのが、東宮職という新しいお役所になった。東宮大夫《だいぶ》と申しますのは、その東宮職の長でございますね。それに父がなったわけでして、それは恐らく、アメリカに対しても、それから日本の中に対してでも、あんまり敵がなくて、無難だったということでしょう。一応リベラルと認められていたし、家そのものが家庭教育の見本のようにみなされていた、というような事情もあったと思います。

照宮様の「お相手」に

——話が前後しますが、お父さまが東宮大夫になられる前に、岩佐さんが照宮さまの、何と言うのでしょう。

岩佐　お相手。

——そのお相手になられたのは、宮中のほうから求めがあったのですか。

岩佐　それについては、私は何にも存じませんでした。たまたま同い年で、華族の娘は女子学習院へ入るので宮様もお入りになるということで、ご一緒になっただけだと思っておりましたんですね。そういたしましたらば、しばらく前に岩波書店から、河井弥八さんの日記が出版されましてね。その河井さんという方は、大正天皇がお崩《かく》れになる直前に内大臣秘書官長になられて、宮様が昭和七年に女子学習院へお入りになるまで、皇后宮大夫と侍従次長をお務めになった方なんです。で、その方の日記を読みまして初めて「こういうことだったのか」とわかったような次第でございます（注）。

明治天皇のお姫様方は、昔のことですから学校へはいらっしゃらなかったと思うんです。それから、大正天皇は男宮様だけでいらっしゃいましたからね。だから、内親王様で学校へいらっしゃるというのは、照宮様が最初だったんです。で、ご教育方針についていろいろご相談があって、幼稚園はどうしようかということになった。幼稚園は結局、正式にはいらっしゃらないで、運動会の時にちょっとお見えになったり、それから幼稚園の子供を時々お浜離宮とか新宿御苑とかへお呼びになって、ご一緒にお遊戯みたいなことをしたんです。二年足らずの間そういう時期がございましてね。その後、女子学習院へお入りになった。私はその幼稚園におりましたから、そういう時にお友達と上がったというのが最初でございます。

――その時の辞令のようなものが残っているそうですが。

岩佐　それを知りませんで、私もびっくりしましたんです。たまたま年がおんなじだったからご一緒になったんだと、ずーっと思っていたんですね。

そうしましたらば、十七、八ぐらいの時ですか、母の箪笥の中からヒョッとね、こんな巻いたものが出てきました。赤い紐で結んであって、何だろうと思って開けたら、満四歳の時に葉山の御用邸にお相手に上がる、その辞令だったんですね。「へぇー、こういうことだったのか」と。四つの子供でねぇ（笑）。

――宮中に上がってからの話ですが、私なぞはあまり実感がわかないのですが、岩佐さんは「女房気質」のようなことを書かれている。

岩佐　ええ、それはもう、今の方にはおわかりにならないと思います。

――ただ、そういうものがわからないと、『源氏物語』に書かれている宮中の世界は、本当にはわからないよとも書いていらっしゃる。

岩佐　『源氏』なんかは、そもそもが偉大な作品で、一般的に共感できるところがたくさんございますから、特殊な点はわからなくてもそれはそれでよろしいんでしょうけどね。でもそこに出てくる奉仕者、女房の心理を、あんまり現代的にお考えになると、ちょっと見当が違ってくると思います。

私の専門と申しますか、興味を持ちました女流日記、随筆という分野では、『枕草子』や『紫式部日記』などを皆さんよくご存じです。こうした作品が大変名作なのはわかってますけれど、平安時代中期にそういうものを書いた人は、女房と申しましても、内裏で公の役職を持っているのではなく、皇后・中宮にプライベートな奉仕をする人なんです。天皇がいらして、そこに女御が大勢出まして、その中でどなたがご寵愛をいただけるか、皇后・中宮に立たれるかということが問題なわけですからね。それを守り立てるために、お里からつける女房というのが、日記も書いたわけなんです。清少納言にしましても、紫式部にしましても、そういう役ですね。

　面白いことを申し上げて喜んでいただいたりとかね。それから、お公家さんが遊びにくると、本気じゃなくても恋愛ごっこみたいなことをして、天皇や皇后を雄喜ばせする。そういうような役割の女房が、日記を書いていいたんです。だけど、内裏にはそうじゃない公務員の女房――「内侍《ないし》」とか「命婦《みょうぶ》」とか、そういう人もおります。それはちゃんと役割をもって、天皇におつきしている人たちなんですね。そういう人たちも事務的な日記は書いたんでしょうけれど、そういうものは伝わっておりません。

　それが中世になりますと、変わってまいります。それは、天皇がお若くなってくるんです。天子様は窮屈で大変ですから、早く上皇におなりになって、院政をお取りになると、そのほうが勝手ができていいんですね。ですから、白河院ぐらいから院政っていうことになりまして、そうすると、天皇様は年が大きくなるといろいろ言い出しますから、邪魔なのね（笑）。だから、別に何の問題もなくても辞めさせて、もっと小さい方を次の天皇にするとか、そのような形に変わってまいります。そういうことから保元の乱とかいろいろ騒動が起こるわけですけれども。

若過ぎる天皇と女房たち

――結局、南北朝の問題もそういうことなんですね。

岩佐　ええ。天皇がお子さんでいらっしゃると、皇后様がいらしてもずっと年上だったり、お子さん同士だったりして、全く形式的になってしまう。御寵愛を争う女御更衣がいるわけでもないというようなことで、「宮の女房」というふうに申しますが、そういうお里方からつけられた女房が活躍する場っていうのは、少なくなってくるんです。それに代わって、お小さい天子様を守り立てるために、内裏の中を切り回して、ご生活を楽しくする役の内裏の女房を「うちの女房」というふうに申しますけれども、そういう「内侍」という地位の人が日記を残しているんです。

　もちろん、平安時代から内侍も日記を書いていたのかもしれませんが、それは残ってなくて、中世になってやっとそういうものが出てくるんです。そうしますと、そういう日記はどうも面白くないと言われる。恋愛なんか出てこないで、今の人には興味のないお儀式の事ばかり出てくるということでね。ですけれども、私に言わせれば、そこには別の面白さがあるんです。

若い天皇を中心に、お公家さんたちと、そんな恋愛遊戯じゃなくて、お友達として大変仲が良くて文学的な交流をしたりとかね。それから、もっと小さい、四つぐらいで天子様になってしまわれると、その方をお喜ばせするために、内侍たちがね、まあ半分は教育ですけれども、公事《くじ》、つまりお儀式の真似をするんですね。「五節《ごせち》」なんていう時は、いわゆる「五節の舞」だけじゃなくて、お公家さん達がお酒盛りをして、無礼講で歌ったり舞ったりする。それを「こうするものですよ」と幼い天子様にお教えするために「五節ごっこ」をして、女房たちがお公家さんになって舞を舞う。

そうすると、またそれをお公家さんが見ていて、自分の役を演じている人が下手だと、「そうじゃない、こうだ、こうだ」って言って、陰で教えたりとかね。ほかのお儀式ごっこをするのに、或るお公家さんの役になった女房が、お作法を間違えてばかりいる。それを当人のお公家さんが見て、「ぼくはあんなにへまじゃないのになあ」とぼやいたりする。そういうようなことが、私どもから見ればとても面白いんですが、恋愛至上主義みたいなふうに思ってらっしゃる研究者の方は、「こんなものは文学としてもう衰えちゃってつまらない」とおっしゃるのです。だから私は「そうじゃない、これが時代の反映で、そこが面白いんだ」としつこく言ってきたわけですけどね。でも、現代生活ではそういう面白さがわからないっていうのは、もっともなことです。だから知ってる人間が発言しなきゃいけないと思いますわ。

——幼年の天皇ばかりになって、その天皇も若くして上皇になってしまう。その後の生活はどうなっているのですか。

岩佐　後白河院とか後鳥羽院とか、中心になるもうほんとにえらい上皇様が、天皇様を何代も変えて、ご自分が院政なさってるわけですからね。だから、そのかげにかくれた天子様や上皇様は、正直言ってつまらないんですよね。

お儀式はちゃんとなさるわけです、いくらお子さんでもね、そういうことのためにいらっしゃるわけなんですから。上皇様は、それがもう面倒臭いから、上皇になる（笑）。行幸なんていうのはね、ほんとに決まったところへしかいらっしゃれません。それに内裏なんて、そんなにねぇ、何でも自由のきく、豪華絢爛なんてものじゃ全然ないわけですよ。つまりはお役所なんですから。ですから、上皇様になって、離宮をつくって、そこに遊びに行くとかいうことになりますわけでね。そういう谷間に入ってしまった天皇様は、ほんとにお気の毒です。ですけど、それを活用して歌をお詠みになったり、ご勉強なさったり、そういう文化的方向にいく方もございますし、崇徳天皇みたいにね、反乱を起こすという場合もなきにしもあらず。

――花園天皇のお話を書かれていますが、あの方は文学のほうにいったわけですね。

岩佐　そういう方面にいらした一番代表的な方でございますわね。でも、それは随分お辛かったには違いないですね。お若い時には今でいう、「ひきこもり」みたいになっちゃったりしましてね。

女房のキャリアウーマン化

――そういう中での「女房」の役割なのですが、紫式部たちの時代より下ると、より実務派と言いますか、キャリアウーマン的になっていくのではないかと思うのですが。

岩佐　キャリアウーマンですね。それから、皆様は階級制度ってどんなか、何でも上の人には頭が上がらないのかと思し召すかもしれませんけどね、上役だからむやみにいばるとか、そういうことは全然ないんです。天皇のことを「上御一人《かみごいちにん》」と申しましてね、天皇に対しては誰も彼もみんな平等に、それぞれの役割を持った天皇の公務員なのです。ですから、自分の専門の受け持ちのところは、男女の別、身分の上下にかかわらず、もう誰にも触らせない。口を出させない。お互いにその任務を尊重して、礼儀正しく交際する。

そういうことに気がつきましたのは、私ども子供がお相手してましても、侍従さんやご養育係の先生方は、子供扱いというか、バカにしたようなことは絶対なさらなかった。対等に扱ってくださったんですね。一つには、後ろにそれぞれ親がいて、「こんなこと言われた」なんて言われても困るからかもしれませんが、それよりも「宮様のお相手」という任務に対して、ほんとにご丁寧でございました。

その時は気がつきませんでね、もちろんこっちもそんな失礼なことは言いませんけれども、大きなお友達みたいなつもりで、遊んでいただいてましたけどね。今になると、ほんとにね、ご立派だったなと思いますよ。

――岩佐さんは、女子学習院の高等科を出られるまでずっと照宮さまとご一緒ですか。

岩佐　宮様は中等科をお出になって、すぐご結婚になりました。だから、高等科は楽しかったの（笑）。何してもいい。何しても、私が叱られるだけ。宮様には傷がつかない。それまでは常に緊張しておりましたね。

――高等科を卒業された後は…。

岩佐　もう戦争末期でね。卒業すると、いわゆる徴用というので、遊んでちゃいけない。工場なんかへ行かなきゃいけないってわけです。こっちは軍国少女ですから、工場へでもどこへでも行く気ですけど、親はね、変なところへやられたら心配ですから（笑）。で、結婚させれば主婦だから家を守るという役目ができるという一方で、早くつかまえないと男がいなくなってしまう恐れがあるという、両方の事情がございまして、私どもの同級生は結婚がとても早かったんでございます。で、私も高等科を卒業する前に婚約しまして、それで昭和二十年の三月に卒業して、四月に結婚いたしました（笑）。何にも知らないで奥さんになったわけです。ひどいもんでございました、ほんとに。家も三月九日の空襲で焼けた後でした。

何にも物はないし、焼け出されですしね、そりゃもうめちゃくちゃくちゃ（笑）。そのめちゃくちゃが今でも続いておりまして、何でも間に合えばいいという精神で、何にも欲しくないというところがあります。

――そのころから生活態度が全然変わらないというわけですか。

岩佐　だって、ずっと長い間、もう物もなければ、お金もなかったんですから。お買い物の楽しさなんて、今でも全然わかりません。

――ご主人のお仕事は。

岩佐　主人は医者の家でしてね、医者の卵ということで戦争に行かずに、陸軍の委託学生という形で大学に残っていたわけです。そのまま終戦になりまして、その頃は発疹チフスとかマラリアとか、もう公衆衛生がめちゃくちゃでね。しらみ退治にＤＤＴを頭からかけるっていう時代でしょう。

　卒業すれば開業するなり病院の臨床医になるのが当たり前なのに、その時に限って、東大の医学部から五、六人厚生省へ入ったんですね、公衆衛生のために。後で「どうしてあの時だけそんなに入ったんだ」って聞かれましたけど、あの時はもうほんとに、一人を治すよりは、国全体の衛生行政を何とかしなくちゃいけない、それこそ「名医は国を医する」という、それくらいの抱負があったわけです。

　それで、今で言えば医療行政、病院管理ですわね。その頃はそんなもの、名称も知られていない、ほんとに最初の最初でございまして、そういうことをやっておりました。

宮様が亡くなって一年泣いていた

――岩佐さんが文学の研究を始められたきっかけは。

岩佐　それまで私、ただ好きでね、本を読んだりなんかしておりましたんです。そのうちに昭和三十六年に宮様がお亡くなりになったんですよね。それで私、もうほんとに悲しくて、悲しくて、それこそ一年泣いてましてね。で、主人もてあましまして。

　悲しかったんですよ。それはもう、本当にしんそこ「この方のためなら命もいらない」と思うぐらい、お美しくて魅力的で、すばらしい方でいらしたし、自分としても無邪気で自由であるはずの子供時代、それなりに気をつかってその方のために苦労して来たことが、何もなくなっちゃったんですもの。

――お若いですよね。

岩佐　ほんと、お若かった。三十五ですもの。ですから、泣いてばかりいたんで、主人も困って、「そんなことしてるぐらいなら、勉強でもしたらどうだ」って言ってくれた。

――それで、どこか学校へいかれたとかいうことではないんですね。

岩佐　いえいえ、もう学校なんて、それどころじゃないです。そんな時間もなければ、だいいち受け入れてくれるところもない。授業料も出せませんからね。昔お習いしたことがあったもんですから、自分の書いたものを持って久松潜一先生をお訪ねしたんです。それで個人的に教えていただくっていうんでもないんですよ。先生は「それだったら、和歌文学会や中世文学会という会があるから、それにお入りなさい」とおっしゃるだけなんです。で、それに行きまして、何だかよくわけがわからないけど、何しろ難しい発表を一生懸命聞きましてね。

――当初から中世の文学、京極派の和歌が興味対象だったのですか。

岩佐　昔から父や学校の教育のおかげで、『万葉』とか『古今』『新古今』の有名な歌はかなり知っておりました。

でも、女子学習院時代の久松先生のお講義で、京極派の歌っていうのを習ったら、全然違うんですね。いままで聞いたこともないような歌で、なんて素敵なんだろうと思いました。たとえば、「花の上にしばしうつろふ夕づく日入るともなしに影消えにけり」なんてね。ほんとに当たり前の景色を当たり前の言葉でうたって、それでこんなにきれいなんて。それで、どうしてこういうものができたのかと思って、勉強するというようなつもりでもなしに、その歌の作者の永福門院やその周囲の歌人の歌をずっと読んでおりましたんです。『玉葉集』『風雅集』という歌集です。

それで、そのことを書いて久松先生のところへ持っていって見ていただいたわけです。

――研究成果の最初の発表は。

岩佐　花園院の日記の中に、その永福門院、花園院の義理のお母様に当たる方の歌について批評をしてるところがあるんです。そこのところが面白かったから、そこにどういう意味があるのかっていう発表を和歌文学会でいたしました。それが最初でございます。昭和四十年でしたでしょうか。

――その後にご主人が亡くなられて。

岩佐　はい、そうでございます。

――さらに研究のほうに力が入るようになったわけですか。

岩佐　だって、暇ですもの（笑）。

――京極派への興味は、北朝への興味からやってくるのでしょうか。

岩佐　一方にはそういうこともございます。だってね、戦争中は、もうほんとに南朝、後醍醐天皇、楠木正成、正行で大変でしたでしょう。

――いまの天皇家は北朝につらなるはずなのに、なぜ明治政府は南朝系を持ち上げたのでしょうね。

岩佐　南北朝合一という時には、南朝から北朝へ一緒になったという形ですから、その後は北朝の系統の天皇様でずっと続いて来ているわけですね。ですけれども、水戸光圀のところへ朱舜水という人が中国からまいります。その人が中国で似たような経験をして、それこそ南朝方で逃げてきた人だったらしいんです。それで、日本の歴史を論じる際に南朝に肩入れして、『大日本史』を書く時に水戸光圀を動かして、そこのところを鼓吹したわけでございます。それが幕末の「尊皇攘夷」と結び付いた。いま江戸幕府がいばっていて、天皇に力がおありにならないというのは、南朝が吉野に籠もっていたのと同じ状況だというわけです。

そういうのが一つの思想的なバックボーンになりまして、明治維新に至るわけなんですね。薩長の人たちが政治の中心になりましたでしょう。明治の末までは、歴史学のほうでも、南朝と北朝と両方存在していたって、当たり前に言ってたわけですね。ところが、教科書にそれを書いたのがけしからんという人があらわれて、議会で大問題になりましてね。大もめにもめて、結局、明治四十四年に明治天皇が、南朝を正統と認めるということをお決めになった。やっぱりね、そういう一派によって明治維新が成ったわけですから、反対もおできにならなかったんでしょうね。

「国体論」というのは、その頃から始まったっていうことでしょうかね。天皇を神格化して、万世一系だと言ってね。それが終戦まで続いたわけですけど。それが、必ずしもそうではない、歴史的にこんな事があったのだ、そしてその抹殺された天皇の系統にも、こんな立派な歌を作るすぐれた方がいらしたのだ、という感動が、研究を続ける原動力でしたね。

殿上人には音楽は不可欠の教養

──その後、和歌だけでなく、音楽の研究へと進まれる。その例として『文机談』のお話は大変に面白い。当時の貴族たちの生活をトータルに分析するには、音楽は欠かせない要素でしょうね。

岩佐　ええ、そうです。和歌を研究してますと、ただ歌人としてだけ見ておりますけれどもね。彼らはもちろん歌は詠みますけれども、本来的には政治家のわけでしょう。お役人で、政治家で、そうして荘園なんかも経営してますから、経済もわからなくちゃいけません。そして、和歌でしょう。教育は漢文ですから、できる人は漢詩も作りますね。それから、音楽と。「三席御会」っていうのは、漢詩と和歌と音楽を天皇の御前で披露する大きな公式行事です。もちろん一人が全部できる必要はない。一人で全部できる人はそりゃすごいけれども、そうでなければ、できる人が代る代るやる。ですから、歌人なら歌人としてだけ見ていたら、やっぱり片手落ちになるわけですね。

──教える人はいるにしても、やるのは殿上人がやる。

岩佐　そうなんです。面白いですね。結局それは公事《くじ》で、政治の一環ですから、政治家がやらなければいけないわけ。ただの音楽家ではダメなの。

もちろん音楽家もお庭で太鼓叩いたりとか、そういう役はいたしますが、表向きの時には、やっぱりお公家さんの演奏じゃないとダメなんですね。

──全人的に勝負しなければいけない文化なわけですね。

岩佐　そうなんですの。とても総合的な文化です。

──宮廷の雅楽というのは、戦国時代にいったん消えてしまうのですか。

岩佐　そういうふうに伺っていますけれども、その辺は私にはよくわかりません。ただ、一遍衰えたことは確かですね。でも、その時に奈良の春日神社とか、大阪の天王寺とか、そういうところに、そちらの派の音楽をやる方がちゃんとおりまして、そのおかげで続いてきたわけです。

──宮中の音楽は楽譜にすべて書いてある音楽ではないのでしょうね。

岩佐　一対一の伝授なんです。耳で聴いて覚えるものですからね。そこが面白い。重要な曲は、先生に取り入って、伝授を受けないと弾けないんですね。ですから、その伝授をする時には、人を避けてするわけなんですよ。それをまた、そこの女房の愛人になって入り込んで、こっそり盗むとかね。『文机談』にはそういうことが書いてあって、もうほんとに面白いの。

　でも音楽家は気の毒ですね。録音をしたわけじゃございませんから、大変上手《うま》かった、面白かったといっても、後世に伝わらないわけですから。大変な名人だって言われていましてもね、今となっては証拠がないわけですからね。それはほんとに気の毒ですねぇ。文学ならあとでも読めますけれども。

——私なぞは、「ここは即興演奏だぞ」みたいな部分があるのかなと考えるのですが。

岩佐　ええ、あると思います。そういう即興演奏、「あの人のあれがすばらしい」っていうのがあって、みんながそれを楽しみにしていたっていうのはあるんですね。そういうところの面白さ。そういうのはほんとに伝わりようがないわけですね。

——そういう問題を文章から類推していくというのは、大変なことですね。

岩佐　ですけどねぇ、面白うございますよ。ほんとに『文机談』というのはね、面白うございました。今まで全然知らない世界で。その中に、よく知ってる歌人が突然、音楽の名手として出てくるんですもの。

——歌人だからといって歌だけやってたわけではなくて、音楽も上手だったという人はたくさんいるわけですね。

岩佐　ええ、どちらも上手という人もたくさんおりますし、平凡な殿上人と思っていたのが、「あの人は、この楽器がすごい名人」という人もおりましてね。

——その後、鶴見大学のほうに行かれたわけですが、その間、かなり論文を書いておられますね。

岩佐　ええ。論文も書きましたし、本も出しました。初め、久松先生が『源氏物語』関係の『むらさき』という雑誌に論文を出してくださったんですね。その編集をやっていらしたのが久松先生のお弟子さんの鶴見大学の池田利夫先生という方で、そんな関係もありまして、あとで鶴見にも呼んでくださったんだと思いますが。

研究者の少ない分野で得をした

――岩佐さんが専門にされてる分野は、そう言ってはなんですが、マイナーな方面だと思うのですが。

岩佐　本当に研究者の少ない分野だったんです。ですから、勝手なことも言えましたしね。その点では幸せだったと言うか、得をしたと言うか、そういうことでございますけどね。

――大学を定年退職されたのが、もう十年ほど前ということになりますが、勤務年数的にいうとわりあい短い期間で名誉教授になられたのですね。

岩佐　ええ、それはあの、池田先生がね、「何も肩書がなくちゃ気の毒だから」って、くださったので（笑）。十六年勤めておりましたけど、その中で日本文学科長の時に大学院のマスターコース、文学部長の時にドクターコースを作りました。もちろん私一人の力ではありませんが、まあそれを功績と認めていただいたわけです。

――二〇〇〇年に『光厳院御集全釈』で「読売文学賞」を取られたのですが、これは丸谷才一さんが推してくださった。

岩佐　はい。丸谷才一さんは、それまで私は全く存じませんでしたのですが、そのちょっと前に私の別の本を大変好意的に批評してくださって。それと、これも存じ上げなかった川村二郎さんが、光厳院をお好きだったらしくて、お二人が推薦してくださったらしい。

読売文学賞なんて、そんなものがあること、全然知らなかった（笑）。電話がかかってきてびっくりして。「ご存じですか?」「知りません」って（笑）。悪いことしました。

公の場では衣装が重要な装飾

――岩佐さんは衣装の話も随分書かれていますね。

岩佐　女の人の着るものなぞは、だんだん変わってまいりますのが面白くてね。たとえば、時代が下ると、下着が表へ出てくる。小袖ね。

――宮中の女房さんたちは、必ず袴を履いていたわけですね。

岩佐　それがね、だんだん袴を履かなくなるというのが面白いところです。一つには、袴は踏んで歩くから、どうしても傷みます。だから、お上《かみ》へ出る時には履いて、下がったらば脱いじゃうという、そういうような形もできてまいります。一方では、小袖がだんだんときれいになってくる。そうなると袴を履いたらもったいない。

——見えなくなっちゃう。

岩佐　ええ。それで、だんだん履かなくなるんですね。

——『蜻蛉日記』に出てくる男の衣装というのは、今考えるとかなり派手ですね。

岩佐　ほんとにきれいなものであったようでございますよ。吉岡幸雄さんてね、京都のほうの染色、染め物の方がいらっしゃいますでしょう。その方が、その当時の染め方を研究して、復元なさったのをいろいろ見せていただきました。それはほんとにきれいです。それに、うすーいんですね。ですから、重ねた時に、下の色がフワーッと見える。もう、ほんとにきれい。

——ちょっと今の日本人、地味すぎるんじゃないかと思います（笑）。

岩佐　定家の日記なんかでもね、お祭りや行列の人たちの衣装、ほんとに丹念に全部書いてあったりいたしますからね。だから、男の人だって、着る物にすごく関心があったんですよね。

——奥さんは旦那さんの衣装管理者ですね。

岩佐　そう、通い婚の時代にはそれが夫を引きつける要因。妻の責任で、いつでもちゃんとしとかなくちゃいけない。

——公の場では衣装がすごく大事だったという証明ですね。

岩佐　それはそうですわ。一つにはね、それが重要な装飾でございますからね。女房はもちろん、「出衣《いだしぎぬ》」なんかして座ってるのが一つの役割ですけれども、男の人にしても同じでございましょう。ちゃんとそれにふさわしい衣装を着て、お儀式に出てこないとねぇ、具合悪いわけで。

政治、管絃、詩歌が一体の生活

——『源氏物語』を読むと、政治と、そういう管絃、詩歌の生活というのが、渾然一体になっていますね。

岩佐　そう、美術も含めた総合的なお儀式がとても大事でしてねぇ。

――そういうものが、室町時代ぐらいで…。

岩佐　残念ですが、宮廷は疲弊してきます。

――宮廷というものがダメになっていくと、失われていくものがあるんだなとつくづく思います。

岩佐　ええ、でも、一方ではちゃんと残ってる部分もあるわけですね。

――中国では、王朝が変わるたびにみんななくなってしまいます。

岩佐　中国とは違うんです。征服して王様になるというのではなくて、連合体の長として、周りがみんな合意して天皇をお立てするわけですから。

　それに内裏だって、外国の宮殿のような豪華なものでもなんでもないわけです。結局はお役所ですから、決まった形にしとかないとお儀式に差し支えるわけですよ。どこへ集まれ、並べって言われたって困るわけでしょう。そのたんびたんび、御殿の形式が違ったらね。ですから、現代は知りませんけれども、戦前まではほんとに御質素なものでした。

――『源氏物語』に登場する女性では、誰を気に入っていらっしゃいますか。

岩佐　それはもちろんね、「紫の上」も「明石の君」も、それぞれにいいと思いますよ。ですけども、どっちかと言うと、あんまり中心のヒロインじゃない人。例えば「空蟬」「花散里」「玉鬘」、それから、宇治の「中の君」、そういう人が好きです。それから、端役の女房ね、そういう人たちも。ほんとによく書いてありますもの、みんな。

――『源氏』を原文で読むのはきついと、私は思うのですけれど（笑）。

岩佐　そんなことございませんよ。皆さん、わかろうと思ってお読みになるけど、もうわかろうとわかるまいと、むやみやたらに読む（笑）。そうしてるうちにわかってくるものなんですね。

――声を出して読まれるのですか。

岩佐　ええ、声を出して読みます。やっぱり音読しないとダメです。それは人に聞かせるとかそう意味じゃなくてね。口の中でモゾモゾじゃなくて、自分一人でもちゃんと声を出して、きちんと読む。それを耳で聴いて。そうすると、ここんとこはなんかひっかかっておかしいな、ここで切るよりこっちで切るほうがよさそうだ、ここはほんとにきれいだとかね、そういうことがわかるわけですね。

今、あまりにいろいろ解説本が出ていますが、そんなもの読むより原文読むのが一番早いし、それに本当は原文は短いんですよ。訳すから長くなる。もったいないと思いますよ、私。だって、訳なんて間違ってるとこいっぱいあるわけですもの（笑）。

——この言葉はどういう意味なのか、本当はわからない部分がたくさんあるでしょうね。

岩佐　でも、それがわかった時、うれしいじゃございませんか？「ああ、こういうことか」と納得したら、それは忘れません。今はなんでもわかって、○がつけばよくて、×ならダメってみたいになってますけど、そうじゃなくて、わかんなくっていいんですね。一生つきあって、自分の人生と重ねて、自然に「ああ、これはこういう事か」とわかって来る。それが古典の楽しみ方じゃありませんか？

——どうもありがとうございました。

［注］『昭和初期の天皇と宮中　侍従次長河合弥八日記』一～六巻（一九九三～九四、高橋紘ほか編）

初出一覧

清少納言のお裁縫　（「むらさき」50、平成二十五年十二月）
紫式部のお宮仕え　（平安文化博物館三周年記念特別展図録「光源氏と平安貴族——栄華の日の虚と実」平成三年十月）
「はだかぎぬ」あれこれ　（「鶴見日本文学会報」昭和五十七年五月）
自照文学の深まり——方丈記よりとはずがたりへ——　（「国文学解釈と鑑賞、別冊、日本文学新史」昭和六十年十二月）
土岐善麿と京極為兼　（於武蔵野大学武蔵野文学館紀要②、土岐善麿記念公開講座、平成二十三年十月十日）
伏見院宮廷の源氏物語　（『源氏物語とその前後　研究と資料』古代文学論叢　紫式部学会編、武蔵野書院、平成九年七月）
伝後伏見院筆「京極派贈答歌集」注釈　（「国文鶴見」平成二十八年三月）
頼みさだめて　（「短歌」41・11、平成六年十一月）
つゆのあとさき——荷風の名作に寄せて我が故郷を思う——　（「鶴見大学報」平成七年十月）
鳥居先生と寺中先生　（「ふかみどり」31、平成十二年十二月）
照宮さまと品川巻　（「ふかみどり」27、昭和六十年十一月）
女の子の見た二・二六　（「日本歴史」620、平成十二年一月）

生きんがためのたはむれ——なつかしのカッパ、尾上柴舟先生——
（「礫」180、平成十三年十月）

"Anglo-Saxon"——斎藤勇先生の試験問題——
（「ふかみどり」34、平成二十七年二月）

じわが湧く
（「図書」770、平成二十五年四月）

松はもとより常盤にて——万三郎と六平太——
（「観世」平成十八年一月）

映画「勧進帳」の思い出
（「日本歴史」608、平成十一年一月）

円朝・三木竹二・岡本綺堂
（円朝全集第六巻「月報」平成二十五年十月）

コンピュータことはじめ——国会図書館電子計算課にて——
（「一夏会報」平成六年十二月）

フリガナの文化
（「周辺」7-2、昭和五十三年四月）

そこでアッと驚くんじゃないの！——小野俊二さんのお教え——
（「アゴラ」66、平成六年十月）

あふひの祭
（「鶴見大学国語教育研究」25、平成四年六月）

十六年はひと昔——定年退職に当りて——
（「鶴見日本文学会報」平成九年一月）

貴重書展の思い出
（「年報」2、鶴見大学源氏物語研究所、平成二十四年三月）

青天に有明月の朝ぼらけ
（「図書」741、岩波書店、平成二十二年十一月）

人生のインデックス
（「リポート笠間新聞」平成二十三年五月）

王朝の美学と女房気質（インタビュー）
（「公研」9月号、平成二十一年九月）

岩佐美代子著作目録

【著書】

①『京極派歌人の研究』（笠間書院・昭49・4）
②『風雅和歌集』（三弥井書店・昭49・7）
③『永福門院―その生と歌―』（笠間書院・昭51・5）
④『あめつちの心―伏見院御歌評釈―』（笠間書院・昭54・9）
⑤『彰考館蔵　中務内侍日記』（和泉書院・昭57・2）
⑥『彰考館蔵　弁内侍日記』（和泉書院・昭62・4）
⑦『京極派和歌の研究』（笠間書院・昭62・10）
⑧『女房の眼』（鶴見大学日本文学会・昭63・1）
⑨『校注　文机談』（笠間書院・平元・7）
⑩『中世日記紀行集』の中「中務内侍日記」「竹むきが記」（『新日本古典文学大系』）（岩波書店・平2・10）
⑪『木々の心　花の心　玉葉和歌集抄訳』（笠間書院・平6・1）
⑫『中世日記紀行集』の中「弁内侍日記」「十六夜日記」（『新編日本古典文学全集』）（小学館・平6・7）
⑬『玉葉和歌集全注釈』上巻（笠間書院・平8・3）
⑭『玉葉和歌集全注釈』中巻（笠間書院・平8・6）
⑮『玉葉和歌集全注釈』下巻（笠間書院・平8・9）

⑯『玉葉和歌集全注釈』別巻（笠間書院・平8・12）
⑰『宮廷に生きる　天皇と　女房と』（笠間書院・平9・6）
⑱『宮廷の春秋　歌がたり　女房がたり』（岩波書店・平10・1）
⑲『宮廷女流文学読解考　総論・中古編』『同　中世編』（笠間書院・平11・3）
⑳『永福門院　飛翔する南北朝女性歌人』（笠間書院・平12・10）
㉑『光厳院御集全釈』（風間書房・平12・11）
㉒『宮廷文学のひそかな楽しみ』（「文春新書」文藝春秋・平13・10）
㉓『源氏物語六講』（岩波書店・平14・2）
㉔『風雅和歌集全注釈』上巻（笠間書院・平14・12）
㉕『永福門院百番自歌合全釈』（風間書房・平15・1）
㉖『内親王ものがたり』（岩波書店・平15・8）
㉗『風雅和歌集全注釈』中巻（笠間書院・平15・9）
㉘『風雅和歌集全注釈』下巻（笠間書院・平16・3）
㉙［責任編集］次田香澄『玉葉集風雅集攷』（笠間書院・平16・10）
㉚『千年の名文すらすら　源氏物語』おのでらえいこ・絵（小学館・平17・12）
㉛『校訂　中務内侍日記全注釈』（笠間書院・平18・1）
㉜『文机談全注釈』（笠間書院・平19・10）
㉝『京極派歌人の研究　改訂新装版』（笠間書院・平19・12）
㉞『京極派和歌の研究　改訂増補新装版』（笠間書院・平19・12）
㉟『岩佐美代子自著を語る』（笠間書院・平20・5）
㊱『秋思歌　秋夢集新注』（青簡舎・平20・6）

㊲『藤原為家勅撰集詠　詠歌一躰新注』（青簡舎・平22・2）
㊳『岩佐美代子の眼　古典はこんなに面白い』岩田なつ編（笠間書院・平22・2）
㊴『竹むきが記全注釈』（笠間書院・平23・2）
㊵『讃岐典侍日記全注釈』（笠間書院・平24・3）
㊶『和泉式部日記　三条西家本注釈』（笠間書院・平25・3）
㊷『岩佐美代子セレクション1　枕草子・源氏物語・日記研究』（笠間書院・平27・3）
㊸『岩佐美代子セレクション2　和歌研究　附、雅楽小論』（笠間書院・平27・3）
㊹『京極派揺籃期和歌新注』（青簡舎・平27・5）
㊺『為家千首全注釈』（笠間書院・平28・3）
㊻『京極派と女房』（笠間書院・平29・10）

【論文・エッセイ】＊↓下の丸中数字は、著書の一覧の数字と対応する。

永福門院御歌評釈（『心の花』［竹柏会］776・778・780、昭38・6〜昭38・10）
永福門院御歌抄（『むらさき』3〜13、昭39・11〜昭50）
永福門院の後半生―花園天皇宸記を通して―（『国語国文』35-8、昭41・8）↓①㉝所収
花園院の永福門院批判（『国語と国文学』43-12、昭41・12）↓①㉝所収
永福門院百番御自歌合の成立と性格（『和歌文学研究』22、昭43・1）↓①㉝所収
風雅集―勅撰集の特色と評価―（『国文学　解釈と鑑賞』33-4、昭43・3）
源具顕について―京極派揺籃期一歌人の考察―（『国語国文』37-10、昭43・10）↓①㉝所収
玉葉風雅表現の特異性―「特異句」による試論―（『国語と国文学』46-9、昭44・9）↓①㉝所収
後嵯峨院大納言典侍考―定家「鍾愛之孫姫」の生涯―（『和歌文学研究』26、昭45・7）↓①㉝所収

風雅集女流歌人伝記考――「田中本帝系図」を中心に――
（『国語国文』40－6、昭46・6）→①㉝所収

『竹むきが記』私注（上巻）
（『国語国文』41－2、昭47・2）→①⑲㉝所収

『竹むきが記』私注（下巻）
（『国語国文』41－3、昭47・3）→①⑲㉝所収

伏見院と永福門院
（『周辺』1－6、昭47・7）→①㉝所収

伏見院の春の歌――正安の政変をめぐって――
（『国語と国文学』50－4、昭48・4）→①㉝所収

弘安末年の京極為兼――看聞日記紙背詠草と為兼卿和歌抄――
（『国語国文』42－4、昭48・4）→①㉝所収

音せぬ萩――玉葉集「読人しらず」考――
（『周辺』4－1、昭49・1）→㊸所収

京極派の成立と衰退
（『文学・語学』72、昭49・8）

伏見院御集
（『私家集大成5　中世Ⅲ』明治書院、昭49・11）

京極派和歌と源氏物語
（『国語国文』44－9、昭50・9）→⑦㉞所収

親子・兼行・為子について
（『国語と国文学』52－12、昭50・12）→⑦㉞所収

『花園天皇宸記』と『徒然草』
（『周辺』5－5、昭51・12）→㊷所収

伏見院御歌評釈
（『明日香』42－5～44－2、昭52・5～昭54・2）→④所収

音楽史の中の京極派歌人達――琵琶・箏伝授系譜による考察――
（『和歌文学研究』37、昭52・9）→⑦㉞所収

中世の三女房日記
（『中世文学』22、昭52・10）→⑲所収

フリガナの文化
（『周辺』7－2、昭53・4）→㊻所収

京極為兼
（『和歌文学の世界』6、昭53・7）

『竹むきが記』私注（続編）――長講堂供花と作者の女房経歴について――
（『国語国文』47－10、昭53・10）→⑲所収

書評・岩崎禮太郎著『新古今歌風とその周辺』書評
（『和歌文学研究』40、昭54・3）

屛風の陰に見ゆる菓子盆
（『むらさき』19、昭54・6）→㊷所収

花園院七回忌「法華経要文和歌懐紙」翻刻と考察
（『国語国文』48-8、昭54・8）→⑦㉞所収

問はずがたり・表現衝動の内実
（『国文学　解釈と教材の研究』24-10、昭54・8）→⑲所収

京極為兼—その七つの謎—
（『国文学　解釈と鑑賞』44-10、昭54・9）

古筆手鑑の中の京極派和歌新資料—伏見院宸筆判詞歌合ほか一種—
（『国語と国文学』57-3、昭55・3）→⑦㉞所収

花園院の釈教歌—体露金風について—
（『仏教文学』4、昭55・3）→⑦㉞所収

とはずがたりと竹むきが記
（『国文学　解釈と鑑賞』46-1、昭56・1）→⑲所収

二十一代集各巻の巻頭・巻軸作者とその玉葉集における特色　付、『定成朝臣筆玉葉集正本』考
（『和歌文学研究』44、昭56・8）→⑦㉞所収

『中務内侍日記』読解考
（『国語国文』第50-11、昭56・11）→⑲所収

彰考館本中務内侍日記について
（『中世文学』26、昭56・12）→⑲所収

「はだかぎぬ」あれこれ
（『鶴見日本文学会報』昭57・5）→㊻所収

大宮院権中納言—若き日の従二位為子—
（『和歌文学新論』明治書院、昭57・5）→㊸所収

永福門院の消息二点について
（『国文鶴見』17、昭57・12）→⑦㉞所収

続後拾遺和歌集
（『新編国歌大観一　勅撰集編』角川書店、昭58・2）

翻刻頭注『文机談』
（『鶴見大学紀要』20、昭58・3）→⑨所収

京極為兼の歌風形成と唯識説
（『創立二十周年鶴見大学文学部論集』鶴見大学文学部、昭58・5）→⑦㉞所収

玉葉和歌集・風雅和歌集・夫木和歌抄
（『研究資料日本古典文学6　和歌』明治書院、昭58・5）

とはずがたり読解考—とりつくる定朝堂・さきの斎宮・みやうじやう院どの—
（『国語国文』52-8、昭58・8）→⑲所収

昭和五十七年国語国文学界の展望　中世（韻文）　（『文学・語学』99、昭58・9）

小島のロずさみ　以下十数項目　（『日本古典文学大辞典』岩波書店、昭58・10〜昭60・2）

中務内侍日記と狭衣物語　（『国文鶴見』18、昭58・12）→⑲所収

翻刻頭注『文机談』二　（『鶴見大学紀要』21、昭59・2）→⑨所収

明恵上人と京極派和歌　（『仏教文学』8、昭59・3）→⑦㉞所収

天皇の日常と思索—『花園天皇宸記』—　（『国文学研究資料館講演集5　日記と文学』国文学研究資料館、昭59・3）→⑰所収

玉葉・風雅自然詠の思想的系譜　（『古典の変容と新生』明治書院、昭59・11）→⑦㉞所収

池田亀鑑先生におじぎ　（『鶴見日本文学会報』16、昭59・11）→㊷所収

中世女流日記研究への一提言　（『国文鶴見』19、昭59・12）→⑲所収

寅彦日記と私　（未発表）昭59頃→㊷所収

翻刻頭注『文机談』三　（『鶴見大学紀要』22、昭60・3）→⑨所収

俊成的世界の宝玉　（『書道芸術』14、昭60・3）→㊸所収

中世宮廷の源氏物語享受—京極派和歌と中務内侍日記の場合—　（『むらさき』22、昭60・7）

日記研究の概括と展望　（『中世文学研究の三十年』中世文学会、昭60・10）

照宮さまの御ことども　（『ふかみどり』昭60・11）→㊻所収、照宮さまと品川巻

中務内侍日記と源氏物語　（『国文鶴見』20、昭60・12）→⑲所収

自照文学の深まり　『方丈記』より『とはずがたり』へ　（『日本文学新史　中世』国文学　解釈と鑑賞別冊、至文堂、昭60・12）→㊻所収

翻刻頭注『文机談』四　（『鶴見大学紀要』23、昭61・3）→⑨所収

永福門院　以下数十項目　（『和歌大辞典』明治書院、昭61・3）

和泉式部日記読解考　（『国語国文』55-4、61・4）→⑲所収

讃岐典侍日記における鳥羽帝描写　附、「いづみもわびよ」考　（『国文鶴見』21、昭61・12）→⑲所収

翻刻頭注『文机談』五　（『鶴見大学紀要』24、昭62・3）→⑨所収

弁内侍日記・とはずがたり　（『日本の古典　名文名場面100選』「国文学　解釈と教材の研究別冊」学燈社、昭62・3）

仙洞五十番歌合　乾元二年・永福門院百番御自歌合　（『新編国歌大観五　歌合編・歌学書等収録編』角川書店、昭62・4）

京極為兼の八景歌　（和漢比較文学叢書5『中世文学と漢文学Ⅰ』和漢比較文学会、昭62・7）→⑦㉞所収

枕草子管見―「はひぶし」と「女官」と―　（『国文鶴見』22、昭62・12）→⑲所収

翻刻頭注『伏見宮本文机談』　（『鶴見大学紀要』25、昭63・3）→⑨所収

人家和歌集　（『新編国歌大観六　私撰集編Ⅱ』角川書店、昭63・4）

「ね」か「おと」か　（『鶴見大学会報』24、昭63・11）→㊸所収

中務内侍日記の贈答歌　（『国文鶴見』23、昭63・12）→⑲所収

抄出　玉葉和歌集　一　（『鶴見大学紀要』26、平元・3）

秋夢集・兼行集・為子集・親子集　（『新編国歌大観七　私家集編Ⅲ』角川書店、平元・3）

シンポジウム報告　中世の信仰と表現　（『中世文学』34、平元・5）

「御隋身どももありし」―夕顔の巻への一つの疑問―　（『むらさき』26、平元・7）→⑲所収

『桐火桶』をうらやむ　（『徳川黎明会叢書和歌篇四月報』平元・7）→㊸所収

新出写本「永福門院百番御自歌合」―考察と翻刻―　（『和歌文学研究』59、平元・11）

「伏見院宸筆判詞歌合」新出資料報告と続門葉集瞥見　附、続門葉集作者部類

嘉元元年伏見院三十首歌考—新資料紹介と歌人別集成—（『国文鶴見』24、平元・12）→㊸所収

抄出　玉葉和歌集　二（『鶴見大学紀要』27、平2・3）→㊸所収

讃岐典侍日記読解考—雪の思ひ出—（『国語国文』59-4、平2・4）→⑲所収

『とはずがたり』における和歌表現—「衣」をめぐる考察—（『女流日記文学講座5　とはずがたり・中世女流日記文学の世界』勉誠社、平2・5）→⑲所収

『竹むきが記』の引歌（『女流日記文学講座6　建礼門院右京大夫集・うたたね・竹むきが記』勉誠社、平2・10）→⑲所収

天皇の一生と女房日記文学（『国文鶴見』25、平2・12）→⑲所収

抄出　玉葉和歌集　三（『鶴見大学紀要』28、平3・3）

「いつしか」考（『国語と国文学』68-4、平3・4）→⑲所収

中世の女流日記　中務内侍日記—友愛の文学（『文学』2-3、平3・7）→⑲所収

紫式部のお宮仕え（平安文化博物館三周年記念特別展図録『光源氏と平安貴族—栄華の日の虚と実』平3・10）→㊻所収

「乳母のふみ」考（『国文鶴見』26、平3・12）→⑲所収

九条家本十六夜日記（阿仏尼）について（『鶴見大学紀要』29、平4・3）→⑲所収

「実躬卿記」ところどころ（『ぐんしょ』16、平4・4）→㊷所収

伝伏見院宸筆判詞歌合　他3編（『新編国歌大観十』角川書店、平4・4）

書評・位藤邦生著『伏見宮貞成の文学』（『国語と国文学』69-4、平4・4）

京極為兼の歌—その新しさと「伝統」（『林間』43-6、平4・6）

あふひの祭（『鶴見大学国語教育研究』25、平4・6）→㊻所収

「弁内侍日記」の人々　（『国文鶴見』27、平4・12）→⑲所収
光厳天皇—その人と歌—　（『駒沢国文』30、平5・2）→⑰所収
『十六夜日記』はなぜ書かれたのか　（『国文学』38-2、平5・2）
シンポジウム報告　日記と文学—「真実」の表現を求めて—「女房の日記」　（『語文』85、平5・3）→⑰所収
評釈　永福門院百番御自歌合　上　（『鶴見大学紀要』30、平5・3）
「萩の戸」考　（『創立三十周年記念鶴見大学文学部論集』鶴見大学文学部、平5・3）→⑲所収
『弁内侍日記』欠字考　（『日記文学研究』第一集、新典社、平5・5）→⑲所収
『とはずがたり』の衣裳　（『国文鶴見』28、平5・12）→⑰所収
玉葉集と風雅集　（『和歌文学講座7　中世の和歌』勉誠社、平6・1）
評釈　永福門院百番御自歌合　中　（『鶴見大学紀要』31、平6・3）
文学に見る公家の服飾　（『日本の美術　三三九　公家の服飾』至文堂、平6・8）
続・讃岐典侍日記読解考—看護者の目・中宮と作者—　（『平安日記文学の研究』和泉書院、平6・10）→⑲所収
そこでアッと驚くんじゃないの—小野俊二さんのお教え—　（『アゴラ』66、平6・10）→㊻所収
頼みさだめて　（『短歌』41-11、平6・11）→㊻所収
『玉葉集』と『栄花物語』　（『国文鶴見』29、平6・12）→㊸所収
コンピュータことはじめ—国会図書館電子計算課にて—　（『一夏会報』平6・12）→㊻所収
唯識説と文学—京極為兼の和歌　（『仏教文学講座2　仏教思想と日本文学』勉誠社、平7・1）
座談会記録　和歌文学研究の問題点　（『國學院雑誌』96-1、平7・1）
京極為兼の歌論と実践　（『和歌文学論集7　歌論の展開』風間書房、平7・3）→

㊸所収

評釈　永福門院百番御自歌合　下　（『鶴見大学紀要』32、平7・3）

「我が染めたるともいはじ」―蜻蛉日記服飾表現考―　（『王朝日記の新研究』笠間書院、平7・10）→⑲所収

座談会記録　十三代集　中世和歌研究の現在　（『リポート笠間』36、平7・10）

つゆのあとさき―荷風の名作に寄せて我が故郷を思う―　（『鶴見大学報』平7・10）→㊻所収

玉葉集伝本考　（『国文鶴見』30、平7・12）

歌がたり　女房がたり　その一　若かりしかな　（『季刊文学』7-1、平8・1）→⑱所収

翻刻九条家本十六夜日記（阿仏尼）上―残月鈔本対照―　（『鶴見大学紀要』33、平8・3）→⑲所収

歌がたり　女房がたり　その二　未生以前の青嵐　（『季刊文学』7-2、平8・4）→⑱所収

歌がたり　女房がたり　その三　思ふべしや、いなや　（『季刊文学』7-3、平8・7）→⑱所収

歌がたり　女房がたり　その四　わが、ともあきくん　（『季刊文学』7-4、平8・10）→⑱所収

玉葉集の定家―勅撰集入集歌を見渡して―　（『国文鶴見』31、平8・12）→㊸所収

歌がたり　女房がたり　その五　今日の春雨　（『季刊文学』8-1、平9・1）→⑱所収

十六年はひと昔―定年退職に当りて―　（『鶴見日本文学会報』平9・1）→㊻所収

翻刻九条家本十六夜日記（阿仏尼）下―残月鈔本対照　附、尊経閣文庫蔵阿仏仮名諷誦　（『鶴見大学紀要』34、平9・3）→⑲所収

京極派叙景歌の魅力　（『短歌』44-4、平9・4）

歌がたり　女房がたり　その六　唯識無境　（『季刊文学』8-2、平9・4）→⑱所収

歌がたり　女房がたり　その七　月を雲居に　（『季刊文学』8-3、平9・7）→⑱所収

伏見院宮廷の源氏物語―鎌倉末期の享受の様相　（『源氏物語とその前後』武蔵野書院、平9・7）→㊻所収

歌がたり　女房がたり　その八　わが思ふ人　（『季刊文学』8-4、平9・10）→⑱所収

御酒す、むる老女（季刊文学増刊『酒と日本文化』岩波書店、平9・11）→⑲所収

女流日記の服飾表現（『日記文学研究』第二集　新典社、平9・12）→⑲所収

映画「勧進帳」の思い出（『日本歴史』608、吉川弘文館、平11・1）→㊻所収

冷泉家時雨亭文庫蔵「歌苑連署事書」翻刻と訳注（『鶴見大学紀要』36、平11・3）→㊸所収

座談会記録　歌謡の世界（『季刊文学』10-2、平11・4）

中世音楽説話の魅力—「文机談」とその周辺—（『文学・語学』163、平11・5）

『花園天皇宸記』読解管見（『ぐんしょ』46、平11・10）→㊷所収

座談会記録　古典文学における色と美（『リポート笠間』40、平11・12）

女の子の見た二・二六（『日本歴史』620、吉川弘文館、平12・1）→㊻所収

宇治の中君—紫式部の人物造型—（『伊勢と源氏』古典講読シリーズ5、臨川書店、平12・3）

『弁内侍日記』の「五節」（『論集日記文学の地平』新典社、平12・3）→㊷所収

鳥居先生と寺中先生（『ふかみどり』31、平12・12）→㊻所収

清少納言から紫式部へ（『日本歴史』632、吉川弘文館、平13・1）→㊷所収

『花園天皇宸記』の「女院」（『日本歴史』639、吉川弘文館、平13・8）→㊷所収

尾上柴舟先生の思い出（『礫』180、礫の会、平13・10）→㊻所収

「菊亭本文机談」成立推考　附、新出菊亭本文机談断簡（南園文庫蔵）紹介（『中世音楽史論叢』和泉書院、平13・11）→㉜所収

源氏物語の皇女—藤壺・秋好中宮・女三宮—（『隔月刊文学』2-6、平13・11、12）

女はた知らず顔にて—枕草子解釈考—（『国文鶴見』36、平14・3）→㊷所収

「春かけて」考—中世同種表現詠の解釈に及ぶ—（『和歌文学研究』84、平14・6）→㊸所収

臨場感の魅力―複製『花園院宸記』の意義―　（『鴨東通信』46、平14・6）→㊷所収

宮廷王朝文学と女性のすがた［インタビュー］　（『文人の眼』1-3、平14・7）

近代と和歌―穂積歌子昭和三年『歌日記』―　（『和歌を歴史から読む』笠間書院、平14・10）→㊸所収

花や蝶やとかけばこそあらめ　（『むらさき』39、平14・12）→㊷所収

歌言葉「かげ」の歴史　古今集から玉葉風雅へ　（『日本の美学』35、平14・12）→㊸所収

うたかた人をしのばざらめや　（『短歌研究』60-1、平15・1）

そりゃ聞えませぬ　（『日記文学研究誌』5、平15・3）→㊷所収

対談　物語読解の楽しみ　（『源氏物語の鑑賞と基礎知識・行幸・藤袴』平15・9）→㊷所収

Mysteryを読もう　（『アゴラ』109、平15・11）

『たまきはる』考―特異性とその意義―　（『明月記研究』8、平15・12）→㊷所収

座談会　宮廷文学の楽しみ―皇女・源氏・女房日記　（『源氏研究』9、平16・4）

汗の香すこしかゝへたる（文学のひろば）　（『隔月刊文学』5-5、平16・9、10）→㊷所収

古今集・新古今集の魅力―文学の神の指先―　（『古今集新古今集の方法』笠間書院、平16・10）→㊸所収

阿仏尼の旅　我が子ども君に仕へんためならば　（『冷泉家　歌の家の人々』書肆フローラ、平16・11）

よるべの水　（『源氏研究』10、平17・4）

松はもとより常盤にて―万三郎と六平太―　（『観世』平18・1）→㊻所収

竹むきが記―三大危機の只中に立って―　（『日本文学』55-7、平18・7）

書評　井上宗雄著『京極為兼』　（『国文学研究』151、平19・3）

よとせの秋―中務内侍日記注釈訂正―　（『国文鶴見』41、平19・3）→㊷所収

濃水あつまりて茶海となる　（『梁塵』24、平19・3）

恋のキイワード―為家と阿仏の場合　（『文学』9、10月号、平19・9、10）→㊸所収
頭中将と光源氏　（『源氏物語の展望』第二輯、平19・10）→㊷所収
最高のNo.II　頭中将　（『むらさき』44、平19・12）→㊷所収
二人の命婦　（『源氏物語の展望』第三輯、平20・3）→㊷所収
若き日の妙音院師長―附、略年譜―　（『梁塵』25、平20・3）→㊸所収
これで夢中―「源氏物語」八つの名講義　（『和楽』6月号、平20・6）
為家の和歌―住吉社・玉津嶋歌合から詠歌一躰へ―　（『和歌文学研究』96、平20・6）→㊸所収
二人の中将の君　（『源氏物語の展望』第四輯、平20・9）→㊷所収
源氏物語の涙―表現の種々相　（『涙の文化学』青簡舎、平21・2）→㊷所収
二人の侍臣・二人の侍女　（『源氏物語の展望』第五輯、平21・3）→㊷所収
王朝の美学と女房気質［インタビュー］　（『公研』九月号、平21・9）→㊻所収
唯識説と和歌―京極為兼の場合―　（『宗教と文学』アウリオン叢書07、平21・12）
唯識説と和歌―京極為兼の開眼―　（『文学』1、2月号、平22・1）
書評　田渕句美子著『阿仏尼』　（『日本文学』59-6、平22・6）
青天に有明月の朝ぼらけ　（『図書』11月号、平22・11）→㊻所収
今様「よるひるあけこし」解釈考　（『梁塵』27・28、平23・3）→㊸所収
人生のインデックス　（『リポート笠間新聞』平23・5）→㊻所収
「しほる」考　（『和歌文学研究』102、平23・6）→㊸所収
源氏物語最終巻考―「本に侍める」と「夢浮橋」と―　（『源氏物語の展望』第十輯、平23・9）→㊷所収
土岐善麿と京極為兼　（『武蔵野大学武蔵野文学館紀要』2、平23・10）→㊻所収
貴重書展の思い出　（『年報』2、源氏物語研究所、平24・3）→㊻所収

『方丈記』と『断腸亭日乗』と　（『文学』3・4月号、平24・3）→㊷所収

じわが湧く　（『図書』4月号、平25・4）→㊻所収

円朝・三木竹二・岡本綺堂　（『円朝全集』月報、平25・10）→㊻所収

清少納言のお裁縫　（『むらさき』50輯、平25・12）→㊻所収

朗詠享受に見る『枕草子』『源氏物語』　（『これからの国文学研究のために』笠間書院、平26・3）→㊷所収

『枕草子』「……物」章段考　（『国文学叢録』笠間書院、平26・5）→㊷所収

“Anglo-Saxon”—斎藤勇先生の試験問題—　（『ふかみどり』平27・2）→㊻所収

伝後伏見院筆「京極派贈答歌集」注釈　（『国文鶴見』50、平28・3）→㊻所収

おわりに

久松潜一先生のお講義で永福門院の歌に感銘、「この方の事を知りたい！」と思って以来七十余年。戦中戦後のさま〴〵の生活変化を経つつ、まことに思いもよらなかった職にも恵まれ、本当に楽しい研究生活を送らせていただきました。かかわって下さいました方々皆様に、そして縁あってめぐり合い、取り扱いました作者・作品・資料・物件のすべてに、心からの感謝を捧げたく、個人的な回想録をもって、御礼の言葉に代えさせていただきます。

皆様、本当にありがとうございました。

岩佐美代子

平成二十九年五月吉日

【和歌一覧】

＊洋数字は本書の頁数。

【あ行】

あくがるゝ魂のゆくへよ恋しとも思はぬ夢に入りやかぬらん　（玉葉一五九六、伏見院）　103

明けぐれの空にうき身は消えななん夢なりけりと見てもやむべく　（源氏物語四九一、女三宮）　102

秋とてや今はかぎりの立ちぬらん思ひにあへぬものならなくに　（後撰八二四、伊勢）　128

秋の夜の月毛の駒よわが恋ふる雲居にかけれ時の間も見ん　（源氏二二八、光源氏）　120

あさぎりのうきたるそらにまがひなば我身もしばしたちをくれめや　（贈答歌集九、為子）　128

あさぎりのそらにまがひてきえねわれさてとはれではあらじ身なれば　（贈答歌集八、伏見院）　128

（上句欠）あさくなな[し]そ水くきのあと　（贈答歌集二三、作者不明）　133

あはれさもその色となき夕暮の尾花が末に秋ぞうかべる　（風雅四九一、為兼）　162

逢ふはかりなくてのみふるわが恋を人目にかくることのわびしさ　（後撰一〇一八、読人しらず）　125

あり経れば嬉しき瀬にもあひけるを身を宇治川に投げてましかば　（源氏物語七九五、大輔の君）　120

いかで〳〵わすれむこ□よなれし世のしのばれまさることのかず〳〵　（贈答歌集二九、為子）　136

幾度の命にむかふ歎きしてうきはて知らぬ世をつくすらん　（玉葉一七一六、伏見院）　119

いさやまたかはりも知らず今こそは人の心を見てもならはめ　（和泉式部集二一一）　132

いづくにも秋のねざめの夜寒ならば恋しき人もたれか恋しき　（玉葉一六四〇、伏見院）　105・142

犬上のとこの山なるいさら川いさと答へてわが名もらすな　（古今六帖、三〇六一）　92

いまよりはもしかよはゞのたのみゆへながめのそらぞあはれそふべき　（贈答歌集七、伏見院）　127

入相の声する山のかげくれて花の木の間に月いでにけり　（玉葉二一三、永福門院）　118

うき中のそれを情にありし夜の夢よ見きとも人にかたるな　（風雅一〇九五、為子）　109

憂き世をばいとひながらもいかでかはこのよのことを思ひ捨つべき　（和泉式部続集三一三）　130

うす氷とけぬる池の鏡には世にたぐひなきかげぞ並べる　（源氏三五一、光源氏）　96

うつりやすきためしをみする花にしも　（以下欠、贈答歌集三三、伏見院）　137

浦がくれ入江にすつるわれ舟の我ぞくだけて人は恋しき

（玉葉一四八四、伏見院）105
恨みてもかひなき果の今はたゞうきにまかせて見るぞ悲しき
（玉葉一七九九、新宰相）116
枝にもる朝日の影の少なさにすゞしさ深き竹の奥かな
（玉葉四一九、為兼）75・118・139
音せぬが嬉しき折もありけるよ頼みさだめてのちの夕暮
（玉葉一三八二、永福門院）119・140
音もなく夜はふけすぎてをちこちの里の犬こそ声あはすなれ
（玉葉二一六一、為子）111
大空にあまねくおほふ雲の心国土うるふ雨くだすなり
（風雅一〇八七、為兼）76
おぼつかなたれぞ昔をかけたるはふるに身を知る雨か涙か
（和泉式部集二〇四）131
思はじと思ふばかりはかなはねば心の底よ思はれずなれ
（玉葉一五八五、遊義門院）115
思ひ〳〵涙とまでになりぬるを浅くも人のなぐさむるかな
（風雅一二〇一、伏見院）105
おもひすてむ世はおほかたのあはれよりも我身のうへぞわれ
はかなしき
（贈答歌集一六、伏見院）130
思ふ人今宵の月をいかに見るや常にしもあらぬ色に悲しき
（風雅一一九〇、伏見院）142

【か行】

かきたれてのどけき比の春雨にふるさと人をいかにしのぶや
（源氏物語四二一、光源氏）106
かけつれば千々の黄金も数知りぬなど我が恋の逢ふはかりな
き
（寛平御時后宮歌合一五八、友則）126
風にさぞ散るらむ花の面影のみぬ色をしき春の夜の闇
（玉葉五六、九条左大臣女）107
風の音の聞えてすぐる夕暮にわびつゝあれどとふ人もなし
（玉葉一三四一、伏見院）105
鐘の音のたゆるひゞきに音をそへてわが世つきぬと君に伝へ
よ
（源氏物語一五五、浮舟）97
木々の心花ちかからし昨日今日世はうす曇り春雨のふる
（玉葉一三二一、永福門院）139
君もまたしのばゝかたりあはせばやゆふべの雨のふかきあは
れを
（贈答歌集一七、為子）131
空爆のいまぞ迫るに　くらき灯のもとに書きつぎき　最後の
章を
（京極為兼一一、土岐善麿）50
暮れかゝる麓はそこと見えわかで霧の上なるをちの山のは
（明題和歌全集五一一〇）72
呉竹のよゝの古ごと思ほゆる昔語りは君のみぞせん
（和泉式部集四二一）127
暮れぬるか遠つ高ねは空に消えて近き林のうすくなりゆく
（嘉元元年仙洞歌合、為兼）72
暮れやらぬ庭の光は雪にして奥くらくなる燈のもと
（風雅八七八、花園院）116
今朝の間の雪は跡なく消えはてて枯野の朽葉雨しほるなり
（玉葉九八七、延政門院新大納言）115
心しる鳥のねならばあきの夜の（以下欠）（贈答歌集一一）129
来ずやあらん来やせんとのみ河岸の松の心を思ひやらなん
（後撰九三八、読人しらず）130
この暮の心もしらでいたづらによそにもあるか我が思ふ人

（風雅一〇七七、永福門院）　141

木の葉なきむなしき枝に年暮れてまためぐむべき春ぞ近づく
（玉葉一〇二一、為兼）　75

こぼれおちし人の涙をかきやりて我もしほりし夜半ぞ忘れぬ
（玉葉一七六一、伏見院）　104

ころしもあれいくへの雪にみちたえてさはりやすさはとしやへだてん
（贈答歌集二四、永福門院）　134

【さ行】

さえわたる池の鏡のさやけきに見なれしかげを見ぬぞかなしき
（源氏物語一四四、光源氏）　96

咲きいづる八重山吹の色ぬれて桜なみよる春雨の庭
（玉葉二六六、為子）　110

咲きみてる花のかをりの夕づく日霞みて沈む春の遠山
（玉葉二〇四、実兼）　115

咲きやらぬ末葉の花はまれに見えて夕露しげき庭の萩原
（玉葉四九三、章義門院）　115

さてしもは果てぬならひのあはれさのなれゆくまゝになほ思はるゝ
（玉葉一五〇三、親子）　115

里の犬の声をきくにも人しれずつゝみし道のよはぞ恋しき
（光厳院御集一〇九）　117

里びたる犬の声にぞ知られける竹より奥の人の家居は
（玉葉二二五七、定家）　111

さびしさもしばしは思ひしのべどもなほ松風のうすくれの空
（弘安八年四月歌合、為兼）　71

さもこそはよるべの水に水草ゐめ今日のかざしよ名さへ忘るゝ
（源氏物語五七三、中将の君）　120

小夜ふけて宿もる犬の声高し村しづかなる月のをち方
（玉葉二一六二、伏見院）　111

さればこそそはまほしけれたれも世にさてありふべき物としらねば
（贈答歌集五、伏見院）　126

繁き草葉の露払ひ……名残までこそ忘れかねぬれ
（中務内侍日記一〇、為兼）　112

沈みはつる入日のきはにあらはれぬ霞める山のなほ奥の峰
（風雅二七、為兼）　57・73・75・76

しほりつる野分はやみてしのゝめの雲にしたがふ秋の村雨
（風雅六四九、徽安門院）　117

しほれふす枝吹きかへす秋風にとまらず落つる萩の上露
（風雅四八〇、九条左大臣女）　107

しめゆひし小萩が上も迷はぬにいかなる露にうつる下葉ぞ
（源氏物語七二五、中将の君）　120

すてやらぬたゞひとことのあ□（は）れゆへまよはむみちのすゑぞかなしき
（贈答歌集三一、永福門院）　137

そなたのそらをながめてぞふる（上句不明）
（贈答歌集六、作者不明）　127

そへて見ばあはれぞみえんふかくしむ心のほかはわけぬおもひを
（贈答歌集二六、伏見院）　135

空はれて梢いろこき月の夜の風におどろく蝉のひとこゑ
（風雅四二一、花園院）　56

【た行】

たくましく中世に生きし為兼と　現代のわれを　対決せしむ

（『京極為兼』土岐善麿1）　50
立ちこめてそこともしらぬ山もとの霧の上より明くる東雲　（続後撰三一八、通光）　108
頼まねば待たぬになして見る夜半の更けゆくまゝになどか悲しき　（風雅一〇四八、為兼）　74
月影の宿れる袖はせばくともとめても見ばやあかぬ光を　（源氏物語一七四、花散里）　105
つく〴〵と春日のどけきにはたづみ雨の数みる暮ぞさびしき　（玉葉九九、九条左大臣女）　106
つゝむなる人めよさらばしげくなれさてもあひみぬかたにおもはん　（贈答歌集一、永福門院大納言）　125
津の国のこやとも人を言ふべきにひまこそなけれ芦の八重葺　（後拾遺六九一、和泉式部）　125
つばくらめ簾の外にあまた見えて春日のどけみ人影もせず　（風雅一二一九、光厳院）　116
とはでわれあるべきものかとしもくれ雪もいくへのみちうづむとも　（贈答歌集二五、為子）　134
とまるべき宿をば月にあくがれてあすの道ゆく夜半の旅人　（玉葉一一四二、為兼）　76
とりのねや心しりけむいまはとておきつるのちも秋のひと夜を　（贈答歌集一〇、伏見院）　129
鳥のゆく夕の空よそのよには我もいそぎし方は定めき　（風雅一三八八、伏見院）　105

【な行】

ながゝらんなげきはたれもかなしけれどせめてわびぬる身とはしらずや　（贈答歌集一二一、伏見院）　133
ながめする軒のしづくに袖ぬれてうたかた人をしのばざらめや　（源氏物語四一二、玉鬘）　106
なごりとは心のみこそなりぬればなにかいまさらあらためもせん　（贈答歌集一九、永福門院）　132
なにとたゞさぞとは見てしそのきはをたがせきならぬせきぞゐるらん　（贈答歌集一三、永福門院）　129
波こゆる比とも知らず末の松まつらんとのみ思ひけるかな　（源氏物語七五〇、薫）　120
波の上にうつる夕日の影はあれど遠つ小島は色暮れにけり　（玉葉二〇九五、為兼）　56・73・74
なをいさやことの葉こそはあさからねそのふし〴〵もげにはみえねば　（贈答歌集四、為子）　126
（上句欠）のちの世までをいかゞたのめむ　（贈答歌集一一、作者不明）　129

【は行】

花のうへにしばしうつろふ夕づく日入るともなしに影きえにけり　（風雅一九九、永福門院）　48・56
はるさめのそのふるごとはかきつくしかたりあはすとはれじとぞ思　（贈答歌集一八、永福門院）　131
春といへばいつも霞の時にあれどなほ山の端の夕あけぼの　（永仁頃、為兼）　72
春の夜の夢の浮橋とだえして峯にわかるゝ横雲の空　（新古今三八、定家）　102
ひとたびとさこそはやすくおもふともながきなげきとならじ

物かは　（贈答歌集二一、永福門院）133
人の見する面影ならばいかばかり我身にそふも嬉しからまし
（玉葉一八二一、伏見院）103
ひらけそふ梢の花に露みえて音せぬ雨のそゝく朝あけ
（風雅一九八、進子内親王）116
昼しのぶことだにことはなかりせば日を経てものは思はざら
まし　（和泉式部続集一一二）136
吹きさゆる嵐のつての二こゑにまたはきこえぬあかつきの鐘
（風雅七八六、為兼）57
吹きしほる嵐をこめてうづむらし更けゆく山ぞ雪にしづまる
（金玉歌合六〇、為兼）75
吹きしほるよもの草木の裏葉見えて風にしらめる秋の曙
（玉葉五四二、永福門院内侍）115
更けぬなりほしあひの空に月は入りて秋風うごく庭のともし
び　（風雅四七一、光厳院）56・116
ふもとなる草にはしげき山あらしの峰の松には吹くかともなし
（金玉歌合一〇六、為兼）72
降りうづむ雪に日数はすぎのいほたるひぞ繁き山陰の軒
（光厳院御集一六二、風雅一六〇八）118
ふりはへて誰はた来なんふみつくる跡見まほしき雪の上かな
（和泉式部集五二八）134
降りよわる雨を残して風早みよそになりゆく夕立の雲
（風雅四一一、徽安門院小宰相）116
古き文やや新しく説くことも生きんがためのたはむれにして
（尾上柴舟）163
故郷を忘れんとてもいかゞせむ旅ねの秋のよはの松かぜ
（新拾遺七六九）71

時鳥声さやかにて過ぐるあとに折しも晴るゝ村雲の月
（玉葉三三二、九条左大臣女）108

【ま行】

まきの戸を風のならすもあぢきなし人知れぬ夜のやゝ更くる
程　（風雅一〇五九、永福門院）114
まぎれすぎてさておのづからあらるゝを思はれたちて後の夕
暮　（金玉歌合七六、為兼）74
ますらをのいのちを懸けてせしわざも過ぎては空し　われの
知るまで　（『京極為兼』土岐善麿10）50
まちたのめげにあらためぬ心ならばよしみよさらにわれはか
はらじ　（贈答歌集二〇、為子）132
松を払ふ風は裾野の草に落ちて夕立つ雲に雨きほふなり
（風雅四〇八、為兼）74
真萩散る庭の秋風身にしみて夕日の影ぞかべにきえゆく
（風雅四七八、永福門院）48・140
（上句欠）みだれはまさるこひの涙も
（贈答歌集二八、為兼）135
身にそへるその面影も消えななん夢なりけりと忘るばかりに
（新古今一一二六、良経）102
峰にのみ入日の影はうつろひてふもとの野辺ぞくれまさりぬ
る　（為兼卿記二、為兼）72
峰の嵐軒ばの松を吹きすぎて麓にくだるこゑぞさびしき
（伏見院三十首歌、為兼）71
み雪ふる枯木の末の寒けきにつばさを垂れて烏鳴くなり
（風雅八四六、花園院一条）116

眼にちかき庭の桜のひと木のみ霞みのこれる夕暮の色
（玉葉二一〇、九条左大臣女） 108

最上川の上空にして残れるはいまだうつくしき虹の断片
（『白き山』斉藤茂吉） 217

物思へばはかなき筆のすさびにも心に似たることぞ書かるゝ
（玉葉一五三五、為子） 110

物としてはかり難しなよわき水に重き舟しも浮ぶと思へば
（風雅一七二七、為兼） 75・195

物にふれてあはれぞふかきうき世を□《（ばカ）》いく程かはとおもひたつころ
（贈答歌集一五、為兼） 130

もろこしも天の下にぞありと聞く照る日のもとを忘れざらなむ
（新古今八七一、成尋阿闍梨母） 161

もろともに大内山は出でつれど入る方見せぬ十六夜の月
（源氏物語七〇、頭中将） 120

【や行】

やへぶきのひまをばしゐてもとめずてしげき人めにことよせんとや
（贈答歌集二、為子） 125

山風はかきほの竹に吹きすてて峰の松よりまたひゞくなり
（玉葉二二二〇、為兼） 56・72

山のはにかすめる月はかたぶきて夜深き窓に匂ふ梅が枝
（続古今六九、家良） 108

ゆきかよふ心のまゝのみちならばかへらんかたやせきとならまし
（贈答歌集一四、伏見院） 130

夕日さす峰の時雨の一むらにみぎりを過ぐる雲の影かな
（玉葉八六四、実兼） 119

よしやよし心もそへじそへて見ば人のふかさぞいとゞしられん
（贈答歌集一七、永福門院大納言） 135

よにかゝる簾に風は吹きいれて庭しろくなる月ぞ涼しき
（玉葉三八七、教良女） 115

世に知らぬ心地こそすれ有明の月のゆくへを空にまがへて
（源氏物語一〇五、光源氏） 113

世に経れど君に遅れて折る花は匂ひて見えず墨染にして
（和泉式部続集四八） 137

世の常に思ひやすらむ露深き道の笹原わけて来つるも
（源氏物語六六三、匂宮） 120

宵のまのむら雲づたひかげみえて山のはめぐる秋のいなづま
（玉葉六二八、伏見院） 56・118・139

よもすがら恋ひ泣く袖に月はあれどみし面影は通ひしもこず
（玉葉一四八六、伏見院） 104

世々を経て我やはものを思ふべきたゞ一たびのあふことにより
（和泉式部集四九九） 133

【わ行】

わが恋を知らんと思はば田子の浦に立つらん波の数を数へよ
（後撰六二〇、興風集七二、興風） 126

わすらればやすくすつべきなごりかとさらにかなしきあはれをぞおもふ
（贈答歌集三〇、伏見院） 136

わびはてしそのふしぐ〜をわすれてやさらに心をしらずとはいふ
（贈答歌集三、永福門院） 126

我ならで鳥もなきけり音をそへて明けゆく鐘のたゆるひゞきに
（中務内侍日記三、中務） 97

我のみやまよはむみちのすゑまでもおくれぬともとならむとすらむ（贈答歌集三二一、伏見院）137

をかのべやなびかぬ松はこゑをなしてした草しほる山おろしの風（嘉元三年仙洞歌合、為兼）72

荻の葉をよく〳〵見れば今ぞ知るたゞ大きなる薄なりけり（野守鏡五、為兼）101

芸能関係者名索引

主要研究者名索引

■著者紹介

岩佐美代子（いわさ・みよこ）

略　歴　大正 15 年 3 月　東京生まれ
　　　　昭和 20 年 3 月　女子学習院高等科卒業
　　　　鶴見大学名誉教授　文学博士
著書・論文は、著作目録参照。

京極派と女房

2017年10月30日　初版第 1 刷発行

著　者　岩　佐　美　代　子

装　幀　笠間書院装幀室
発行者　池　田　圭　子

発行所　有限会社 **笠間書院**
東京都千代田区猿楽町2-2-3［〒101－0064］
NDC 分類：901.4　電話　03-3295-1331　fax　03-3294-0996

ISBN978-4-305-70841-0　組版：ステラ　印刷／製本：モリモト印刷
落丁・乱丁本はお取りかえいたします。
出版目録は上記住所または info@kasamashoin.co.jp まで。